FRIEDERIKE SCHMÖE

Rosenfolter

AUF ROSEN GEBETTET Bamberg, kurz vor Eröffnung der Landesgartenschau im April 2012. Auf dem Ausstellungsgelände werden nacheinander ein Ohr, ein Finger und eine Hand gefunden, jeweils gebettet auf einem Kissen aus roten Rosen. Ein Rachefeldzug? Oder bedrohen grausame Gewaltakte das Großereignis? Die Polizei kommt bei ihren Ermittlungen nicht weiter. Als schließlich noch die Leiche eines Anwalts im Fischpass, dem Öko-Vorzeigeprojekt der Gartenausstellung, liegt, bricht Panik aus und die Gerüchteküche tobt: Der Anwalt hat bei etlichen Immobiliendeals mitgemischt – hat ein benachteiligter Eigentümer Rache geübt? Privatdetektivin Katinka Palfy, Hauptkommissar Harduin Uttenreuther und Reporter Dante Wischnewski nehmen die Ermittlungen auf und machen dabei grausige Entdeckungen …

Friederike Schmöe wurde 1967 in Coburg geboren. Neben ihrer schriftstellerischen Tätigkeit ist die habilitierte Germanistin als Dozentin an den Universitäten in Bamberg und Saarbrücken tätig. Friederike Schmöe lebt in Bamberg. »Rosenfolter« ist der neunte Titel in der Reihe um die Privatdetektivin Katinka Palfy.

Andere Fälle für Katinka Palfy:
Lasst uns froh und grausig sein (2011)
Süßer der Punsch nie tötet (2010)
Spinnefeind (2008)
Pfeilgift (2008)
Januskopf (2007)
Schockstarre (2007)
Käfersterben (2006)
Fratzenmond (2006)
Kirchweihmord (2005)
Maskenspiel (2005)

Weitere Veröffentlichungen im Gmeiner-Verlag:
Wasdunkelbleibt (2011)
Wernievergibt (2011)
Wieweitdugehst (2010)
Bisduvergisst (2010)
Fliehganzleis (2009)
Schweigfeinstill (2009)

FRIEDERIKE SCHMÖE

Rosenfolter

Ein neuer Fall für Katinka Palfy

GMEINER Original

Besuchen Sie uns im Internet:
www.gmeiner-verlag.de

Im Ehnried 5, 88605 Meßkirch
Telefon 07575/2095-0
info@gmeiner-verlag.de

2. Auflage 2012

Lektorat: Claudia Senghaas, Kirchardt
Herstellung: Julia Franze
Umschlaggestaltung: U.O.R.G. Lutz Eberle, Stuttgart
unter Verwendung eines Fotos von: © Beate-Helena / photocase.com
Druck: GGP Media GmbH, Pößneck
Printed in Germany
ISBN 978-3-8392-1275-2

Personen und Handlung sind frei erfunden.
Ähnlichkeiten mit lebenden oder toten Personen
sind rein zufällig und nicht beabsichtigt.

PROLOG

Die Schließanlage war ausgeklügelt. Hochtechnologie, voll elektronisch. Der Zeigefinger im schwarzen Handschuh glitt von links nach rechts über das Tastenfeld. Zwei von sechs Kontrollleuchten sprangen auf grün.

»Jetzt der zweite!«

»Ja-ha!« Er wusste, dass das Anwesen durch drei Codes geschützt war und er kannte alle Ziffern. Er hatte ein unglaubliches Zahlengedächtnis. Wenn ihn allerdings jemand antrieb, reagierte er gereizt. Seine Hände begannen in den Handschuhen zu schwitzen. Es waren leichte Handschuhe, beste Qualität, keine Gummiwürste, die seinen Tastsinn blockiert hätten. Sein linker Zeigefinger tippte die nächste Kombination. Wieder zwei rote Lämpchen weniger und zwei grüne mehr. Das hier war so simpel.

Zwar mochte es neugierige Nachbarn geben. Doch die Villa war von einem Garten umgeben, hohen Buchen, einer Hecke. Sensationsgeilen Blicken waren Grenzen gesetzt.

Die letzte Kombination. Er stemmte seine freie Hand in die Hüfte. Sechs Zahlen. Er hatte von all diesen Nummern geträumt, sie aufgesagt, unter der Dusche, auf dem Klo, hatte nachts den Wecker auf drei Uhr gestellt und schlaftrunken die Ziffern heruntergerasselt.

Der Bewohner war nicht zu Hause. Das hatten sie 100 Mal überprüft. Er war ein paar Tage in Zürich. Hatte es geheißen. Was er dort wollte, konnte man sich denken.

Die letzten beiden Leuchtdioden sprangen von rot auf grün. Es klickte sanft, beinahe unhörbar. Er schob die Tür auf. Sie waren drin.

Eine der beiden Taschenlampen streikte, und das war

ein Fehler, ein Problem, ein böses Omen. Es war einfach unprofessionell! Hatten sie die Lampen vorher nicht getestet? Beinahe begannen sie zu streiten, fanden aber dennoch den Raum – zweite Tür rechts von der Diele aus – und den Safe genau an der beschriebenen Stelle. Sie hebelten ihn mit brutaler Gewalt aus der Wand und wuchteten ihn auf den Sackkarren. Draußen hörte er die Hunde kläffen.

Darüber hatten sie am längsten gestritten. Wie sie die Köter außer Gefecht setzen würden. Am Ende tat es ein Ultraschallgerät. Eines, das es auf dem freien Markt nicht zu kaufen gab.

Sein schweißnasses Shirt klebte an seinem Rücken fest. Außer einem Loch in der Wohnzimmerwand – wenigstens vermutete er, dass die minimalistisch eingerichtete Bude eine Art Wohnzimmer war – hinterließen sie nichts. Keine Fingerabdrücke, keine Visitenkarten, keine DNA-Spuren. Sie betraten nicht einmal ein anderes Zimmer. Nur Diele und Wohnzimmer. Neben der Haustür befand sich der Kasten mit dem Computer, der die Videoüberwachung steuerte. Er brach ihn auf, fand den Reset-Knopf unten links und drückte. Dann unterbrach er die Stromversorgung.

Sein Wagen parkte in der Schützenstraße, sie mussten einmal um die Ecke. Der Sackkarren machte schmatzende Geräusche auf dem Asphalt, als die Villa längst dunkel hinter ihnen lag. So ein blödes Grinsen legte sich auf sein Gesicht. Unmöglich zu unterdrücken.

Er hatte die Schließanlage zurückgesetzt und aktiviert, nachdem sie das Haus verlassen hatten.

Finito.

Er lachte leise, als sie den Safe ins Auto hievten. Einsteigen, den Zündschlüssel drehen und Gas geben war eins.

Erst jetzt begann sein Herz zu hämmern. Er riss sich die Maske vom Gesicht.

»Pass doch auf!«, kam es vom Beifahrersitz.

Er hatte tatsächlich das Steuer ein Stück verrissen.

Eine halbe Stunde später luden sie in der Nähe von Pommersfelden den Safe aus. Der Kroate brauchte zwei Stunden, bis er die Kiste offen hatte, und vom Stahl war dann nicht mehr viel übrig.

500.000 Mäuse!

Sie konnten die Provision an die Frau zahlen, die ihnen den Tipp gegeben und den Code verraten hatte.

Kaum zu glauben, dass das hier sein erster Bruch überhaupt war. Klar, er hatte das eine oder andere Ding gedreht. Aber Einbruch war neu auf der Liste. Er konnte stolz sein.

Zwei Sachen waren im Safe, mit denen er nichts anfangen konnte. Notizen, handschriftlich, unleserlich. Dazu Zeichnungen. In einer Metallbox fand er irgendwelche Krümel, die er nicht mal näher ansah. Er schleuderte die Papiere und die Box in die Mülltonne auf dem Hof des Kroaten. Im Osten färbte sich der Himmel hellrosa.

Der Kroate bekam 5.000. Für den Tipp mussten sie 50.000 berappen. Das war fair. Sie hatten 445.000 übrig und teilten. 222.500 für jeden. Ein derart irres Geschäft hatte er noch nie gemacht.

Die Welt bekam ein neues Gesicht.

Selbst wenn er seine latenten Probleme mit einem Mal aus der Welt schaffte, hatte er locker 50.000 übrig. Man könnte auf Reisen gehen. Einfach so.

Sie stiegen in den Wagen. Der Kroate versprach, die Safereste zu entsorgen.

3.4.2012 – DIENSTAG

1

Semmler hatte schon eine Menge seltsamer Dinge bei seinen Rundgängen gefunden. Mausefallen, die angeblich niemand aufgestellt haben wollte, einen schlappen Fußball, auf dem South Africa 2010 stand, aufgeweichte Brötchen und – zum Brüllen – einen Vibrator.

Harri Semmler nahm seinen Job ernst und das bedeutete, er nahm Sicherheit ernst. Seit gut 13 Jahren war er bei der Security-Firma angestellt. Er galt als höchst zuverlässig. In seinen Berufsjahren war er mit renitenten GIs zusammengestoßen, hatte betrunkene Mountainbike-Fahrer vom Asphalt gepflückt und war zweimal von Bewaffneten bedroht worden. Das eine Mal kam ihm ein Kollege zu Hilfe, der den Angreifer anschoss, das zweite Mal war Semmler mehrere Stunden in einem Geldtransporter eingesperrt, bis die Polizei ihn rausholte.

Was er am Morgen des 3. April fand, fügte seinen reichhaltigen beruflichen Erfahrungen eine neue Dimension hinzu. Er fand ein Ohr.

Ein menschliches Ohr.

Semmler ging in die Hocke und betrachtete das Objekt interessiert. Noch verrückter aber war die Unterlage des Ohres: ein Rosenkissen. Rote Rosen, starke, spitzblättrige Knospen, die in einem Schwamm steckten. Als Umrandung geflochtene Weidenzweige. Das Kissen war quadratisch. Es lag dezent neben dem Brunnen. Er nahm sein Maßband aus der Tasche und checkte die Zentimeter. 20 mal 20. Und darauf ein menschliches Ohr. Ein linkes Ohr.

Niemand war in der Nähe.

Er befand sich im Historischen Garten, ganz in der Nähe des Eingangs auf das Landesgartenschaugelände. Des zukünftigen Eingangs. Noch war die Schau nicht eröffnet.

Semmler kam ächzend wieder hoch und zückte sein Handy. Während er Bescheid gab, sah er sich wachsam um. Die langgezogene Inselspitze, auf der die Gartenausstellung abgehalten wurde, wirkte so unfertig wie vor Wochen: Überall lag Werkzeug herum. Pflanzkübel standen da, große, plastikverschweißte Quader mit Erde, Paletten voller Sämlingskästen. Grün und Braun im Wechsel. In drei Wochen war Eröffnung.

Semmler hatte zwar beileibe keinen grünen Daumen, aber ihm war auch so klar, dass ein Ohr auf einem Rosenkissen auf der ERBA-Insel nichts zu suchen hatte. Das Ohr sah schrumpelig und bläulich aus im Morgenlicht. Oben auf der Ohrmuschel wuchsen dicke, schwarze Haare.

Das fand Semmler jetzt doch ein bisschen unappetitlich. Gähnend fragte er sich, wann er eigentlich das letzte Mal einer Frau Rosen geschenkt hatte. Ohne Ohr, natürlich.

2

Der Kroate hatte den Typen beobachtet, der seinen Kram in der Mülltonne auf dem Hof versenkt hatte. Der Knabe musste ein ziemlicher Dämlack sein. Wer schmiss denn den Inhalt eines Safes, den er vor Stunden aus einer fremden Wand gestemmt hatte, einfach in den Müll!

Der Kroate machte sich nichts aus den Aufzeichnungen anderer Leute, aber er nahm Papiere und Box aus der Tonne, stopfte alles in eine Aldi-Tüte und warf das Zeug mitsamt den Überresten des Safes auf seinen Pick-up. Er fuhr ständig Schrott in der Gegend herum, an den Anblick war man gewöhnt. Er schleuderte noch ein paar krumme Bleche auf die Ladefläche, schnappte sich seine Thermoskanne und schwang sich hinter das Lenkrad. Er hatte seine Sache gut gemacht, seinen Anteil kassiert, und wenn er öfter so einen Auftrag bekam – gesetzt den Fall, seine Künste sprachen sich an den entscheidenden Stellen herum – würde er … würde er … während er am Schloss Weißenstein vorbeifuhr, ging ihm durch den Kopf, dass er eigentlich wunschlos glücklich war.

14.4.2012 – SAMSTAG

3

Es gab zu viele Dinge, die schräg liefen, fand Privatdetektivin Katinka Palfy. Sie saß vor dem Café am Kranen und trank einen Latte Macchiato. Der April hatte sonnig und vielversprechend begonnen. Daran konnten auch der Finger und die Hand nichts ändern, die fünf beziehungsweise zehn Tage nach dem Ohrfund auf der ERBA-Insel entdeckt wurden. Den Finger fand ein Arbeiter, der eine Reparatur am Geländer des Aussichtsstegs ausführen musste. Der Steg ragte als Plattform Richtung Hafen übers Wasser und war einer der Diskussionsgegenstände gewesen, die während der Grabenkämpfe rund um die Landesgartenschau für verbale Attacken gut gewesen waren. Der Arbeiter erbrach sich in den Kanal. Die Hand wurde von einem Fünfzehnjährigen aufgespürt, der die Herausforderung annahm, noch vor der Eröffnung das Gelände kennenzulernen, und mit einem Kajak zur äußersten Spitze der ERBA-Insel hinübergepaddelt war. Das war gestern gewesen. Wie das Ohr, waren auch Finger und Hand auf einem mit Weidenzweigen eingefassten Rosenkissen drapiert gewesen. Katinka faltete den Fränkischen Tag zusammen und widmete sich ihrem Latte. Gegenüber am Kranen wallte eine Horde Touristen vom Ausflugsschiff. Gleich würden sie das Café stürmen, um ihre Wartezeit auf den Bus zu verkürzen.

»Haben Sie meinen Artikel gelesen?«, surrte eine Stimme in ihr Ohr.

»Dante Wischnewski. Wer anders könnte an einem solchen Tag durch die Stadt spuken.«

Es war nicht despektierlich gemeint. Sie mochte den rasenden Jungreporter, der ihr immerhin schon bei zwei Kriminalfällen in der letzten Zeit sekundiert hatte. Dante war jünger als Katinka, in den frühen Zwanzigern, hatte kaum Haare auf dem Kopf, dafür eine Menge Flausen darin. Er brannte für die gute Sache: seine Karriere als Journalist, die örtliche Zeitung und berauschende Storys. Letztere hatte ihm der Ohr-, Finger- und Handabschneider gerade geliefert.

»Setzen Sie sich. Das tun Sie sowieso.« Katinka versuchte, ihrer Stimme etwas Resigniertes zu geben, aber er sah sofort, dass es freundlich gemeint war.

»Sie grinsen, das heißt, Sie sind guter Laune. Was wiederum bedeutet: Die Geschäfte laufen gut. Sind Sie am Gliederschnippler dran?«

»Falsch getippt. Damit habe ich gar nichts zu tun.«

»Und der Hauptkommissar?«

»Ebenso wenig. Solange da keine Leiche ist, braucht es keine Mordkommission.«

»Die Frage ist doch: Stammen Ohr, Finger und Hand von derselben Person?« Dante warf sich auf den Korbstuhl Katinka gegenüber und kramte in seinem enormen Rucksack. Er förderte ein Basecap hervor und stülpte es sich über. »Muss höllisch aufpassen. Sonnenbrand auf der Platte – es gibt nichts Schlimmeres.«

»Sie schreiben doch, dass alle drei Teile von verschiedenen Menschen stammen.«

»Verschiedenen Männern. Gut achtgeben, Frau Ermittlerin.« Dante wedelte eine Wespe vor seinem Gesicht weg. »Sind die Mistviecher auch schon wieder unterwegs? He, Bedienung, einen Espresso bitte!«

Katinka wies auf die Menschentraube, die sich über die Straße auf die Cafébar zu wälzte.

»Obacht! Jetzt werden erst die Touris versorgt.«

»Egal!« Dante beugte sich vor. »Der Schnippler muss begabt sein, mit dem Messer, meine ich. Der Experte sagt, er hätte ein japanisches Tranchiermesser benutzt, wie sie für Sushi-Häppchen hilfreich sind. Scharf wie ein Porno nach eins im Privatfernsehen.«

»Also sind sämtliche Fingerabdrücke …«

»… weggeschnitten. Schon sehr speziell. Da hat sich einer viel Mühe gegeben.«

»Nehmen wir an, dass die Abdrücke in den einschlägigen Datenbanken gespeichert sind«, nickte Katinka. »Aber niemand soll je herausfinden, wer die Opfer sind.«

»Ich sage Ihnen was, Frau Palfy: Ohr und Finger, die Wunden können Sie sich zur Not selbst versorgen. Aber eine abbe Hand?«

»Innovative Sprachgestaltung, lässt Ihr Deskchef sicher nicht durchgehen.«

Dante winkte ab. »Die Bullerei hat sämtliche Kliniken in Franken abgesucht, überall hin Anfragen geschickt. Arztpraxen, ambulante Chirurgen, was weiß ich, alles abgegrast. Kein Einohriger, Neunfingriger oder Einhändiger hat sich gemeldet.«

Katinka schüttelte sich. Unwillkürlich griff sie sich an beide Ohrläppchen. Was sie am meisten gruselte, war die Akribie, mit der der Täter zu Werke gegangen war. Nachdenklich betrachtete sie ihren Latte.

»Ohr und Finger sind jeweils circa 24 Stunden nach der Operation gefunden worden«, berichtete Dante. »Die Hand war frischer. Angeblich keine drei Stunden, nachdem sich ihr ursprünglicher Besitzer von ihr verabschiedet hat.«

Sie konnte es nicht lassen: Im Geiste machte sie sich

bereits eine Notiz. Für die plötzliche Tempogsteigerung mochte es einen Grund geben.

»Die Bullerei sucht fieberhaft nach einer Floristin, die diese Rosenkissen angefertigt haben könnte. Wobei man dafür nicht unbedingt vom Fach sein muss. Als hobbymäßiger Blumenliebhaber kriegt man so eine schnuckelige Unterlage sicher auch gebacken.« Dante holte tief Luft. »Dann die Symbolik. Wofür stehen Ohr, Finger, Hand? Ich habe Dutzende Lexika abgegrast. Es gibt alle möglichen religiösen und sonstigen Deutungen. Nehmen Sie nur die Hand. Sie steht für Selbständigkeit, denken Sie an den Spruch ›sein Leben in die Hand nehmen‹.«

»Hand anlegen«, ergänzte Katinka. »Seine Hände in Unschuld waschen, etwas von langer Hand planen, jemandes rechte Hand sein …«

»Checken Sie die Redensarten für Ohr und Finger, lässt sich die Liste verlängern.« Dante schüttelte den Kopf. »Ich komme hier nicht weiter. Die Sache ist bedrohlich, das steht fest.«

Ein Mann vom Nebentisch mischte sich ein. Er war fett, hatte schütteres Haar und einen österreichischen Akzent. »Sind hier in Bamberg Kannibalen aktiv?«

Niederösterreich, dachte Katinka. Er kommt aus Niederösterreich. Sie selbst war in Wien geboren und freute sich üblicherweise, Leute aus der alten Heimat zu treffen.

»Das nicht«, antwortete Dante für sie. »Aber anscheinend …«

»Wir kommen aus dem Waldviertel, aus Horn«, machte der Mann weiter. »Eine Woche Weltkulturerbe. Aber nach der Lektüre dieses Blattes«, er wies mit herabgezogenen Mundwinkeln auf die Zeitung, »haben wir ein ganz dummes Gefühl.«

Die verhuschte Frau im Outdoorlook, die neben ihm saß, lachte verlegen.

»Ach, das ist in Bamberg normal, sowas passiert hier ständig!«, bemerkte Dante leutselig.

»Genau.« Katinka nickte mit bedeutungsschwerem Blick. »Sehen Sie da drüben, das gelbe Gebäude auf der anderen Flussseite?«

Der Mann kniff die Augen zusammen. »Und?«

»Das ist der Knast. Erst letztens sind da fünf schwere Jungs ausgebrochen, bislang nicht gefasst.«

»Ach!« Der Waldviertler zückte seine Brieftasche. »Zahlen, bitte!«

Das Paar erhob sich, als endlich Dantes Espresso kam, und ging mit einem raschen Nicken davon.

»Davor haben sie Panik, unsere Stadtväter und –mütter inklusiver aller Veranstalter, Geschäftemacher und Businessleute«, kicherte Dante. »Dass die Besucher ausbleiben.«

»So weit spricht sich das nicht rum«, erwiderte Katinka. »Und die Einheimischen sind harte Knochen, die gehen trotzdem hin. Wenn sie überhaupt mitkriegen, dass wir eine Landesgartenschau haben.«

»Na, ich bitte Sie!« Dante hieb mit der Faust auf die Zeitung. »Sie müssen doch bloß lesen.«

»Die Abos brechen ein, habe ich gehört.« Katinka machte sich einen Spaß daraus, Dante mit Negativmeinungen zu seiner Tageszeitung zu triezen.

»Ich muss los. Einen Rosenfachmann aufsuchen. Und Sie? Genießen Sie die Sonne, machen Sie frei?« Er goss sich seinen Espresso hinter die Binde und stand auf.

»Ich kaufe jetzt gleich ein Haus.« Sie fand selbst, sie hörte sich zuversichtlicher an, als sie war.

Dante schob das Kinn vor. Seine Augen blitzten. »Verstehe. Wo? Was für eins?«

»Himmel, Wischnewski, Sie geben ja doch keine Ruhe. Aber behalten Sie es bitte für sich!«

»Kein Thema. Es handelt sich sicher nicht um eine Angelegenheit von öffentlichem Interesse.«

Katinka beugte sich vor und flüsterte theatralisch: »Alleinstehendes Einfamilienhaus in Schweißdorf.«

»Aha.« Er sah enttäuscht aus. »Man sieht sich.«

4

Katinka grinste immer noch, als Dante längst um die nächste Ecke gefegt war. Den hatte sie schön hereingelegt. Aufs Land zu ziehen, hatte sie nicht vor. Aber ob sie zuschlagen sollte oder nicht, fiel ihr schwer zu entscheiden. Das alte und zugegeben nicht gerade rundum sanierte Haus in der Concordiastraße, in einem der beschaulichsten Winkel der Altstadt, war ihr von einer alten Dame zum Kauf angeboten worden. Der Bekannten einer ehemaligen Klientin, die Katinka zutraute, aus dem Gebäude etwas zu machen. Die Mieter zu bändigen und für die nötigen Reparaturen zu sorgen. Katinka trank ihren Latte aus und zahlte. Sie musste sich jetzt einen Stoß geben, diese Veränderung in ihrem Leben sofort herbeiführen oder es für eine ganze Weile lassen.

Ihre Geschäfte liefen gut. Sie hatte Geld gespart, und ihr Vater war bereit, ihr Geld zu leihen. Für eine Immobilie, die, auch wenn sie bröselte, in Zeiten der Finanzkrise beständiger erschien als ein Konto bei einer Bank. Sie würde Mieteinnahmen haben, könnte das Geld bald zurückzahlen und wäre schuldenfrei.

Im Prinzip, das spürte sie, während sie die Touristen beobachtete, die lärmend und schwitzend um die wenigen Stühle im Freien rangen, ging es ihr um das Neue im Leben. Um einen Impuls, der zu etwas führen würde, das noch im Dunkel lag, aber hin und wieder vielversprechend aufblitzte.

Sie war Anfang 30. Irgendwie war ihr Leben schon am Ende angelangt. Jahrelang hatte sie darum gekämpft, die Selbstständigkeit als Privatermittlerin zu erreichen, durchzuhalten und damit erfolgreich zu sein. Ideell und wirtschaftlich. Nach über fünf Jahren auf Verbrechersuche und im Personenschutz sehnte sie sich nach etwas Neuem. Etwas Erfrischendem. Nicht, dass sie ihren Job aufgeben wollte. Aber sie sehnte sich danach, irgendwas auszuprobieren. Eine Art Selbstlabor. Zudem schien es ihr immer unbefriedigender, zur Miete zu wohnen. Allein, ohne Hardo. Sie stellte sich vor, eine der Wohnungen, um die sie sich ab jetzt kümmern würde – sofern sie den Vertrag unterschrieb – an Hardo zu vermieten. Eine andere würde sie für sich selbst nutzen. Sie wären zusammen, aber mit dem nötigen Freiraum.

Hardo selbst fand die Vorstellung, dass Katinka sich ein Haus mit sechs Mietwohnungen, das noch dazu dringend hergerichtet werden musste, ans Bein binden wollte, geradezu beängstigend. Vor allem, da die Noch-Eigentümerin selbst nicht darin wohnte, sondern eine Villa im Haingebiet ihr Zuhause nannte.

Beamter! Katinka atmete tief durch. Stets auf Sicherheit aus. Beständigkeit. Kein Unternehmergeist.

Ihre Beziehung zu Hauptkommissar Harduin Uttenreuther, dem Leiter der Bamberger Mordkommission, war in einem ruhigen Fahrwasser angekommen. In einem ein bisschen zu ruhigen, nach Katinkas Geschmack. Ihre Liebe hatte einen leichten Grauschleier abbekommen. Es lag nicht an der Gewohnheit. Es lag am Stillstand.

Außerdem waren sie viel zu häufig getrennt. Beide hatten sie abnorme Arbeitszeiten, wenn es hart auf hart kam. Wenigstens hatte Hardo begriffen, dass Katinka nicht fortwährend in fürchterlicher Gefahr schwebte. Zurzeit befasste sie sich hauptsächlich mit Wirtschaftsfällen, und die waren im Grunde genommen langweilig. Sie fanden vorwiegend auf Papier statt, und wenn man die nötigen Beweise zusammentrug und die Delinquenten damit konfrontierte, gaben sie sofort alles zu. Kein Mumm! Katinka grinste. Sie stand auf und ging. Was für ein Frühling. Warm, sonnig – das verhieß keinen guten Sommer. Aber nach dem dreimonatigen Dauergrau mal eine Abwechslung.

Sie schlenderte durch die Theatergassen Richtung Schillerplatz, als ihr Handy klingelte. Bernd Wellmann, der Makler.

»Frau Palfy? Machen Sie sich nicht die Mühe, herzukommen.«

»Bitte, was?«

»Frau Roose ist …«

»Sie sagen mir jetzt nicht, sie hätte es sich anders überlegt.«

»Ach, i-wo. Bloß: Sie kann nicht kommen.«

»Warum das?« Katinka überfiel die entsetzliche Vorstellung, Frau Roose, Noch-Eigentümerin ihres Traumobjekts, sei plötzlich gestorben. Sie war weit über 80 und nicht unbedingt in einem Zustand, den man als sportlich fit beschreiben könnte.

»Sie ist gestürzt und hat sich den Arm oder den Fuß gebrochen. Sie wird gerade im Klinikum behandelt.«

Den Arm oder den Fuß – genauer ging es nicht. Katinka hasste unklare Angaben. »Das heißt …«

»Das heißt, sobald sie einigermaßen okay ist, machen wir beide uns mit den ganzen Papieren auf ins Klinikum und erledigen alles dort. Keine Frage.«

Dem brennt's aber unter den Nägeln, dachte Katinka. Ratlos legte sie auf. Knochenbrüche in dem Alter kamen immer mal vor. Sie ging langsam nach Hause, das sich – noch – in der Herzog-Max-Straße befand. Innenstadtnah auf der Insel zwischen Regnitz und Kanal. Ihr Beetle stand dort. Sie hatte ihn von einer Freundin geerbt. Aber es wurde Zeit, dass sie den Wagen abstieß. Er war einfach unpraktisch.

Einer Eingebung folgend zückte sie die Autoschlüssel und fuhr zum Klinikum. Fragte nach Linda Roose. Fuhr mit dem Fahrstuhl, klopfte an die Tür, trat ein.

Zwei alte Damen lagen in ihren Betten, und auf den ersten Blick sahen sie beide gleich aus. Dünn, zerbrechlich, gelb im Gesicht. Sie dämmerten vor sich hin und beachteten Katinka nicht.

Ruhiggestellt.

Frau Roose lag in dem Bett am Fenster. Katinka zog sich einen Stuhl heran. In ihrem Zustand war Frau Roose tatsächlich nicht unterschriftsfähig. Allein deshalb, weil ihre rechte Hand in Gips lag.

»Misstrauen Sie Herrn Wellmann?«

»Wie bitte?« Katinka blinzelte. War diese dünne Stimme tatsächlich von Frau Roose gekommen?

»Hätte ja sein können, dass er das Haus einem anderen unterjubeln will. Bei den Maklern weiß man nie.« Die alte Dame kicherte leise.

»Na ja, das mag ein Gedanke gewesen sein, aber ich wollte vor allem wissen, wie es Ihnen geht!«

»Wird wieder werden. Das Handgelenk musste operiert werden. Ich bin müde.«

»Dann lasse ich Sie lieber in Ruhe, Frau Roose.«

»Nein, bleiben Sie!«

Katinka musterte das magere Gesicht der alten Frau, die ein wenig schiefe Nase, das fisselige, graue Haar.

»Wie ist das passiert?« Sie deutete auf den Gips.

»Ich habe alles zu Protokoll gegeben«, flüsterte Linda Roose. Sie stemmte sich mit Hilfe ihres gesunden Armes ein Stück in sitzende Position.

»Jemand war im Haus. Jemand hat mich gestoßen. Von hinten, die Treppe runter. Ich habe mich abgestützt. Dabei hat es ›Kracks‹ gemacht.«

»Jemand hat Sie die Treppe runtergestoßen?«

»Sie denken doch nicht wie alle, oder? Sie denken doch nicht, die Alte hat nicht mehr alle Tassen im Schrank, wie? Sie nicht, oder, Frau Palfy?«

Katinka sah sich hastig um. Niemand war hier, bis auf die andere Frau in ihrem Bett, die leise schnarchte. Katinka sah ihre Lippen flattern.

»Was ist mit Ihrer Nachbarin los?«

»Gebrochene Schulter. Auch gestürzt. Alle sagen, wir Alten, wir fallen andauernd hin. Dann brechen wir uns die dünnen Knochen. Die splittern mir nichts, dir nichts in unseren Körpern.«

»Es kommt eben häufig vor«, gab Katinka zu bedenken.

»Ich war nie ein stämmiger Typ, Frau Palfy. Aber ich bin noch nie eine Treppe runtergefallen. Man stolpert mal, aber dann fängt man sich.«

Sie redet, als würde sie einem Erstklässler erklären, was ein Purzelbaum ist, amüsierte sich Katinka.

»Ich war oben im Schlafzimmer. Ich wollte mich fertigmachen, war mit einer Freundin verabredet. Nur zum Kaffeetrinken in der Stadt. Ich ziehe mich um, als ich einen Luftzug spüre. Im oberen Stock habe ich alle Fenster gekippt. Ist ja schönes Wetter. Ich gehe durch die Räume, gucke, ob alles in Ordnung ist. Schließlich will ich das Haus für ein paar Stunden verlassen. Und dabei habe ich ein dummes Gefühl – als wenn mich jemand beobachtet. Als wenn«, Linda Roose beugte sich vor, »jemand im Zimmer wäre. Lachen Sie nicht!«

»Ich lache nicht.«

»Sie grinsen.«

»Nicht die Bohne. Erzählen Sie weiter!«

»Ich kann nichts Seltsames sehen. Da ist nur dieses Gefühl. Aber ich bin spät dran und will meine Freundin nicht warten lassen. Also nehme ich meine Tasche, meine schöne Ausgehtasche, und mache mich auf den Weg. Und als ich meine Hand auf das Geländer lege und die erste Stufe runtergehen will, stößt mich jemand. Ich spürte zwei Hände. Auf den Schultern. Alles ging rasend schnell. Ich hielt mich zuerst am Handlauf fest, aber dann kam die Treppe auf mich zu, alles wirbelte, drehte sich, ich spürte einen stechenden Schmerz im Handgelenk. Das war's.«

Erschöpft lehnte Linda Roose sich zurück.

»Schlafen Sie erst mal«, schlug Katinka vor. »Wie heißt denn Ihre Freundin?«

»Emma. Emma Theiss.«

»Ich melde mich.«

Katinka steuerte das Treppenhaus an. Das ist ein Zeichen. Ich soll das Haus nicht bekommen. Nicht so schnell jedenfalls.

5

Katinka traf Emma Theiss in einem Coffeeshop in der Austraße. Emma war das ganze Gegenteil ihrer Freundin. Vollschlank, stattlich, robust und außerordentlich energisch. Das Haar blond gefärbt, schick geschnitten. Schwere Ohrringe, ein witziger Modeschmuck im Dekolleté.

»Ach – Privatdetektivin sind Sie? Ich dachte, Sie wären Lindas Anwältin!«

»Braucht sie eine Anwältin?«

»Braucht sie eine Privatdetektivin?«

Sie lachten beide.

»Ich möchte das Haus in der Concordiastraße kaufen«, sagte Katinka.

»Tun Sie sich das bloß nicht an. Das Ding ist ein Rattenloch. Der Kasten hat nie was anderes als Ärger gemacht. Die Mieter ein wüstes Gesindel, koksen, kiffen, dealen.«

»Das muss aber schon eine ganze Weile her sein.« Katinka hatte natürlich Erkundigungen eingezogen. Darin war sie berufsbedingt nicht schlecht. Von wüstem Gesindel war zumindest gegenwärtig nicht die Rede.

»Sie machen ja sowieso, was Sie sich in den Kopf gesetzt haben. Warum wollten Sie sich mit mir treffen?«

»Wegen Frau Rooses Unfall.«

»Unfall! Darf ich lachen? Jemand hat sie gestoßen!«

»Das sagte sie mir. Was ist Ihre Meinung?«

Emma Theiss lehnte sich zurück. »Sie gefallen mir. Fürs Rumfackeln haben Sie nicht viel übrig, wie?«

»Nicht direkt.«

»Natürlich hat Linda sich das nicht eingebildet. Sie ist begütert, finanziell steht sie prima da, sie hat ihre Schafe im Trockenen. Sie ist 85 Jahre alt, und man kann sich ausrechnen, dass sie es noch maximal zehn Jahre schafft. Zähes Luder, das sie ist. Für zehn Jahre hat sie genug Geld. Sie kann Reisen machen, sich in ein Luxusaltenheim einsperren lassen und was weiß ich. Wenn sie jetzt den Erlös aus dem Hausverkauf dazurechnet … so viel kann sie nicht ausgeben, selbst wenn der DAX implodiert und die Welt zusammenbricht. Aber dann ist ohnehin alles egal.«

»Sie denken, jemand wollte ihr Geld?«

»Einbruch ist schließlich nichts Ungewöhnliches, oder?«, fragte Emma Theiss angriffslustig.

»Ich nehme an, dass Ihre Freundin die Kröten nicht zu Hause aufbewahrt.«

»Als Karl noch lebte, hatten sie einen Safe. Aber das habe ich ihr ausgeredet. Der Safe ist zwar noch immer da, in die Wand eingebaut, aber ihr Geld ist auf der Bank.«

»Da sind Sie sicher?«

»Total.«

Katinka kaute auf ihrer Unterlippe. »Denken Sie nicht, dass ein Räuber damit rechnet – heutzutage?«

»Sie meinen, dass kein Bargeld im Haus ist? Kann sein, aber Menschen besitzen andere wertvolle Dinge. Bilder, Schmuck …«

»Frau Roose auch?«

»Bilder nein, Schmuck ja.«

»Im Safe?«

»Im Safe.«

»Erzählen Sie mir Ihre Version«, bat Katinka.

»Wir treffen uns gern auf einen Cappuccino. Morgens rufen wir einander an. Fragen, ob bei der anderen alles in Ordnung ist. Wenn wir nichts weiter vorhaben, verabreden wir uns in einem Café. In Bamberg hat man ja die freie Auswahl. Mein Lebtag komme ich mit all den Cafés nicht mehr rum. Diesmal wollten wir ins Luitpold. Um zehn. Man kann dort gut frühstücken. Ich sitze da und warte. Trinke meinen ersten Cappuccino. Rufe Linda an. Niemand geht ans Telefon. Ich denke, sie ist auf dem Weg. Rufe ihr Handy an. Sie nimmt nicht ab. Ich denke mir nichts. Linda kommt mit dem Handy nicht klar. Außerdem hört sie es oft nicht, wenn sie es in der Handtasche herumträgt. Ich warte. Es ist Viertel vor elf. Ich zahle und mache mich auf den Weg. Über die Kreuzung und die Hainstraße entlang. Hier müsste sie mir entgegenkommen, aber …«

»Sie fühlten instinktiv, dass Frau Roose nicht kommen würde?«, fragte Katinka, als Emma Theiss nicht mehr weitersprach.

»Ja. Eigenartig, nicht? So eine Sicherheit. Ganz plötzlich. Intuition. Oder was sonst? Ich komme zum Haus, schließe auf, da liegt sie stöhnend am Fuß der Treppe. Nicht ganz bei sich. Die Hand steht irgendwie komisch vom Arm weg. Ich rufe den Notarzt.«

»Moment, sie lag am Fuß der Treppe?«

»Sage ich doch.«

»Sie ist die ganze Treppe runtergestürzt? Aus dem oberen Stockwerk?«

»Und hat sich nichts weiter getan, als sich das Handgelenk zu brechen. Allerdings so kompliziert, dass es operiert werden musste.«

»Na, bravo.«

»Die Polizei kam. Aber groß was gemacht haben die nicht. Keine Einbruchspuren, angeblich.« Emma Theiss trank ihren Cappuccino aus. »Das ist heute schon mein vierter!« Sie lachte und dabei baumelten ihre Ohrhänger wie wild. »Sagen Sie – haben Sie vielleicht eine Stunde übrig?«

»Ich ahne es!« Katinka griff nach ihrem Geldbeutel. »Ich komme mit.«

6

»Es ist nämlich so: In der Gegend wurde eingebrochen. Ist nicht lang her, einen knappen Monat«, redete Emma Theiss drauflos, als sie die Hainstraße entlangliefen. Die alte Dame hatte einen richtigen Stechschritt drauf.

»Ach, ja?«

»Wo genau, weiß ich nicht. Aber man hört einiges. Ich wohne in der Mittelstraße, da geht es eher zünftig zu. Nicht so viel Vornehmheit.«

»Hat Ihre Freundin Ihnen anvertraut, dass sie Angst hat? Vor Einbrechern, meine ich?« Katinka stellte sich vor, wie die zart gebaute Linda Roose einem vermummten, gewaltbereiten Zwei-Meter-Brecher gegenübertrat.

»Linda lässt sich so leicht nicht die Butter vom Brot nehmen.« Emma Theiss zuckte die Schultern. »Sie hat keine Lust, sich im Alter ins Bockshorn jagen zu lassen. Ich übrigens auch nicht. So, da wären wir.«

Sie stieß das Gartentor auf.

»Wow, prächtig!« Katinka blieb stehen. »Sie sagen mir aber jetzt nicht, dass Frau Roose den Garten alleine in Schuss hält.«

Die Hecke spross in einem prickelnden Frühlingsgrün, an allen Ecken und Enden regten sich Blätter und Blüten.

»Traumhaft, nicht? Linda hat einen Gärtner für zehn Stunden die Woche. Der kommt kaum zurande.« Emma Theiss legte Katinka die Hand auf die Schulter: »Wenn Sie das schwammdurchsetzte Gemäuer in der Concordiastraße kaufen, denken Sie dran: Einen Garten haben Sie dort nicht.«

»Mir reicht ein Basilikumtopf auf der Fensterbank. Sie haben einen Schlüssel zum Haus?«

»Wir haben beide die Schlüssel der anderen. Falls mal was ist. In unserem Alter muss man mit allem rechnen.« Emma Theiss schloss auf.

Katinka rechnete nicht damit, irgendetwas Aufschlussreiches zu finden. Die Polizei war immerhin hier gewesen und hatte keine Hinweise auf einen Einbruch entdeckt. Aufgrund langer Erfahrung wusste Katinka aber auch, dass älteren Leuten, vor allem älteren Damen vom Format Linda Rooses, oft kein Glauben geschenkt wurde. Wie, Sie sind gefallen? Ach? Da war jemand in Ihrem Haus? Haben Sie sich vielleicht erschreckt? Lief das Radio? Hm? Na, haben Sie sich den Stoß vielleicht eingebildet?

Katinka hasste es, wenn die Erfahrungen von Menschen nicht ernst genommen wurden. Daher ließ sie sich mit der festen Überzeugung durch die Villa treiben, dass Linda Rooses Geschichte der Realität entsprach und sich genau so zugetragen hatte, wie sie es berichtet hatte.

Im Parterre befand sich ein riesiges Wohnzimmer, das von einer mit Glasfenstern durchsetzten Schiebetür von Esszimmer und Küche getrennt war. Die Räume versprühten einen altmodischen Charme mit den vielen Beigetönen und geblümten Sofas. Dennoch wirkte alles sehr minimalistisch.

»Frau Roose mag wohl keinen Nippes?«

»Sie verabscheut Klimbim!«, bestätigte Emma Theiss. »Hier ist übrigens der Safe.«

Katinka streifte Gummihandschuhe über.

»Die Kombination wissen Sie nicht zufällig?«

»Doch, aber die sage ich Ihnen nicht.«

»Wissen Sie, was drin ist?«

»Ja!«

»Dann gehe ich jetzt nach oben und Sie überprüfen den Inhalt. Könnte sein, dass der Einbrecher ein geschickter Panzerknacker ist«, sagte Katinka.

»Jetzt weiß ich, was Sie meinen!« Emma Theiss lachte. »Hauen Sie schon ab.«

Katinka ging nach oben. Das Bad lag gleich auf der linken Seite und war ganz in einem dunklen Blaugrün gehalten. Alles war geradezu penibel aufgeräumt.

Das Schlafzimmer war irgendwann vergrößert worden, indem eine Wand in ein kleineres Zimmer zur Hälfte herausgebrochen worden war. In dem Extra-Eck hatte Frau Roose eine kleine Bibliothek eingerichtet. Regale vom Boden bis zur Decke. Die Bücher waren fein säuberlich einsortiert.

Das Bett im Schlafzimmer war gemacht und mit einem bunt gemusterten Plaid abgedeckt. Es lagen keine Kleider herum. Die Fenster waren gekippt und mit Schlössern versehen. Katinka versuchte, sie ganz zu öffnen. Keine Chance, jedenfalls nicht auf die Schnelle.

Okay, dachte sie. Kein Wunder, dass die Polizei einen Einbruch so gut wie ausschließt. Das Haus ist ziemlich gut gesichert.

»Frau Palfy?«, kam es von unten.

»Ja?«

»Alles im Lot. Im Safe fehlt nichts.«

Katinka setzte sich auf die Treppe. Irgendwo hier hatte Frau Roose gestanden und jemand hatte sie gestoßen.

»Kommen Sie mal rauf, Frau Theiss?«

»Schon unterwegs.«

»Sie spielen jetzt Frau Roose und ich den Einbrecher.«

»Sie meinen, Sie wollen herausfinden, warum Lindas Geschichte trotzdem glaubhaft ist? Obwohl nichts auf einen Einbrecher hindeutet?«

»Wenn Sie bitte hier im Treppenhaus stehen bleiben!« Katinka ging ins Schlafzimmer.

»Sie hat gesagt, sie hätte sich überall umgeschaut«, rief Emma Theiss ihr nach. »Und ein dummes Gefühl gehabt. Als wenn jemand da ist.«

Sie redete weiter, aber Katinka achtete nicht mehr auf sie.

Linda Roose hat sich umgezogen, rekapitulierte sie. Katinka öffnete die Schranktüren. Hier liegen aber keine Kleider herum, also hat sie das, was sie vorher anhatte, sofort aufgeräumt. Kann sein. Sie ist Ordnungsfanatikerin. Na schön.

Wenn aber Frau Roose ihre Klamotten sofort weggehängt hatte, konnte sich niemand im Schrank versteckt haben. Und das war der einzige Platz im Schlafzimmer, wo man sich zur Not verbergen konnte.

»Sie sagte, sie hatte das Gefühl, jemand wäre im Zimmer gewesen«, murmelte Katinka.

Emma Theiss steckte den Kopf herein. »Überfallen Sie mich jetzt oder was?«

»Gleich!«

Katinka ging in den Bibliotheksraum. Emma kam ihr nach.

»Die Wand hat Lindas Mann herausbrechen lassen, als sie hier einzogen. Er wollte ein Ankleidezimmer. Als Karl starb, wandelte sie es in ein Lesezimmer um.«

»Wandern Sie mal im Schlafzimmer auf und ab. Ich bleibe hier. Quetsche mich in die Ecke. Können Sie mich sehen?«

Emma Theiss probierte es. »Nein. Also ein ideales Versteck.«

Katinka nickte. »Der Einbrecher konnte hier im hintersten Winkel stehen und warten, bis Frau Roose das Haus verlässt.«

»Aber wie kam er herein?«

»Und wann?« Diese Frage schien Katinka beinahe wichtiger als die erste. Schlösser konnte man überwinden. Es gab Leute, die knackten jedes Schloss innerhalb von maximal 30 Sekunden.

»Haben Sie das mit den abgetrennten Gliedmaßen mitgekriegt?«, fragte Emma Theiss plötzlich.

»Klar. Warum fragen Sie?«

»Es fiel mir gerade ein. Überall gibt es kranke Typen. Finden Sie nicht?«

»Doch, sicher.«

»Linda und ich haben uns zu Weihnachten gegenseitig Dauerkarten für die Landesgartenschau geschenkt. Damit wir zu jeder Tages- und Nachtzeit reinkönnen. Auf das Gelände, meine ich. Waren Sie im September beim Baustellenfest? Da habe ich wirklich Blut geleckt.« Sie kicherte, als ihr auffiel, wie doppeldeutig ihre Formulierung klingen musste.

»Gehen Sie raus auf die Treppe«, bat Katinka.

Emma Theiss stellte sich auf die obere Stufe.

»So, ich komme aus dem Schlafzimmer.« Katinka schaffte es bis fast zur Treppe, ehe Emma Theiss herumfuhr.

»Es ist vorstellbar. Dass der Angreifer aus dem Bibliothekszimmer kam«, behauptete Katinka.

»Trotzdem seltsam. Warum attackiert er Linda? Wenn sie ihn gar nicht bemerkt hat? Dann hätte er fröhlich die Bude ausräumen können, und sie wäre Stunden später nach Hause gekommen und er hätte längst das Weite gesucht.«

»Guter Einwand.« Katinka nickte. Irgendein Mosaikteilchen fehlte, um das Bild vollständig sehen und die Ereignisse rekonstruieren zu können. »Wollen Sie bei mir anfangen? Als Juniorermittlerin?«

Emma Theiss lachte schallend.

»Lassen Sie uns gehen.«

»Aber Sie glauben Linda doch?«

»Ich glaube ihr.« Aber ich kann mir den Zusammenhang trotzdem nicht erklären, schob Katinka still für sich nach.

Sie verließen die Villa. Katinka sah zu, wie Emma Theiss ordentlich zuschloss.

»Irgendwas Dunkles hängt über der Stadt. Finden Sie nicht?«, murmelte die alte Dame.

Katinka zuckte die Achseln. »Der Frühling hat jedenfalls vielversprechend begonnen.«

»Das mit den abgetrennten Gliedmaßen. Ein Ohr, ein Finger, dann eine ganze Hand. Irgendwie gruselig.«

»Und?«, bohrte Katinka.

»Ich frage mich, ob das alles was zu bedeuten hat. Ein Ohr. Wozu ein Ohr? Oder der Finger. Dann Lindas Sturz. Ich reite jetzt vielleicht auf dem immer gleichen Gedanken herum, aber warum hat der Einbrecher nicht gewartet, bis Linda weg war? Um dann in Ruhe zu schauen, was es zu holen gab?«

»Er kann ja nur auf etwas Bestimmtes aus gewesen sein.« Und er war ein Profi, fügte Katinka im Stillen hinzu. Er wusste genau, wie er ins Haus kam, ohne Spuren zu hinterlassen. Vermutlich hat er Linda Roose eine gute Weile observiert. Sich ihre Gewohnheiten eingeprägt.

»Sie können sicher sein, dass ich mich bei Ihnen melde«, sagte Emma Theiss.

»Prima. Bis dann.«

15.4.2012 – SONNTAG

7

Die Schlaflosigkeit wurde allmählich zur Gewohnheit. Mit schöner Regelmäßigkeit wachte Katinka gegen vier Uhr früh auf. Ging zur Toilette, legte sich wieder hin, grübelte über das Haus in der Concordiastraße. Alle wollten ihr den Kauf madig machen. Wo sie sich auf Träume berief, führten ihre Gesprächspartner Vernunftargumente an. Vor allem natürlich Hardo.

Sie war kein unvernünftiger Mensch. Und auch kein Emotionshardliner. Aber irgendwas war an diesem Haus, was sie faszinierte. Vielleicht, dass es alt und brüchig war. Dass es ein bisschen Mitleid und Fürsorge verdient hatte.

Außerdem liebte Katinka die enge Straße, die vielen bunten Fassaden, wo keine wie die andere aussah, das ungleichmäßige, grobe Kopfsteinpflaster, den Ziehbrunnen an der Ecke zum Unteren Stephansberg, die winzigen Gässchen, die zum Fluss hinunter führten. Der marode Charme zog sie an. Das ein ganz klein wenig Vergammelte, das Flair des Unfertigen, der Geruch nach Flusswasser, der sich an warmen Tagen über das Viertel legte, die Tatsache, dass keine Wand hundertprozentig gerade stand, dass man in diesem Haus keine Wasserwaage brauchen würde, dass das Augenmaß reichte …

An Einschlafen war nicht mehr zu denken. Selbst heute, am Sonntag, nicht. Nachdem sie sich 20 Minuten im Bett gewälzt hatte, stand sie auf und trat ans Fenster. Sie könnte ebenso gut joggen gehen. Rasch zog sie sich an. Doch als sie aus dem Haus trabte, stand ihr Fahrrad an der Mauer. Sie schwang sich in den Sattel.

Zum ERBA-Gelände war es nicht weit. Sie liebte den Radweg an der Regnitz entlang. Um diese Zeit hatte sie freie Bahn, ohne mit viel Geklingel und »Vorsicht, bitte« schnarchlangsame Fußgänger umschiffen zu müssen. Über dem Fluss hing Nebel. Es war kalt. Sie fröstelte in ihrem Softshell. Ein Eichhörnchen flitzte knapp vor ihr über den Weg. Kein Mensch war unterwegs.

Emma Theiss und ihre düstere Stimmung glitt durch Katinkas verschlafenes Hirn: ›Irgendwas Dunkles hängt über der Stadt.‹ Wie gut, dass die Bevölkerung normalerweise nicht wusste, wie viele paranoide Dinge permanent in ihrer unmittelbaren Umgebung geschahen. Kriminalstatistiken las eben niemand gern, und ausgerechnet jetzt, wo Bamberg sich auf die Gartenausstellung vorbereitete, passten Einbrüche, Bestechungsskandale, Totschlag und rätselhafte Unfälle gar nicht ins Bild.

Sie rollte unter der Friedensbrücke durch. An der großen Kreuzung über ihr begann Gaustadt. Ein Stadtteil Bambergs mittlerweile. Die Insel zwischen Kanal und Regnitz war einst der Ort, wo Gaustadts wichtigster Arbeitgeber, die Spinnerei, Menschen in Lohn und Brot gehabt hatte. Seit dem Konkurs in den frühen Neunzigern lag die Insel brach. Was sich nun ändern würde.

In elf Tagen, überschlug Katinka, würde auf der ERBA-Insel die bayerische Landesgartenschau eröffnen. Gleich hier hinten befand sich ein Eingang zum Gelände. Dann noch einer, den man erreichte, wenn man zu Fuß oder mit dem Rad von der Hauptstraße aus zum Wehr abbog. Katinka radelte weiter, rechts der Fluss, links die Wohnhäuser von Gaustadt. Die neuen Häuser auf der Flussseite gegenüber erinnerten sie an ihre eigenen Pläne. Was sollte sie mit dem Haus in der Concordiastraße tun? Kaufen? Es schleunigst vergessen? Hatte sie Lust, sich mit Handwerkern zu ärgern, Mieter zu betreuen und Nebenkostenabrechnungen zu machen?

Es ist eigentlich eher so, dass ich was Neues ausprobieren will, überlegte Katinka. Die Wohnung in der Herzog-Max-Straße hatte ihren Reiz verloren. Eine schnöde Mietwohnung. Dort hingen Erinnerungen in den Ecken, die wehtaten. Nicht mehr sehr, aber doch so, dass sie froh wäre, ihnen zu entkommen. All die unausgesprochenen Dinge schwebten wie staubige Spinnennetze von den Decken: Ich bin traurig. Ich fühle mich allein. Manchmal wird mir das Herz schwer. Tabus in einer Gesellschaft, die ausschließlich Erfolge auf der Habenseite verbuchte.

Katinka rollte an der Brücke vorbei, die zu der Kleingartenanlage auf der ERBA-Insel führte. Am Ufer dümpelten Motorboote und Miniyachten. Die Kleingärtner waren mitsamt ihren grünen Oasen in die Landesgartenschau eingesaugt worden. Ihre früher abgeschiedene Kolonie war zu einem begehbaren kleinen Reich mutiert, durch das im kommenden halben Jahr Scharen von Besuchern geleitet würden. Auch kein Spaß, dachte sie, wenn man sich hier einen Rückzugsraum geschaffen hat. Aber ein Kleingarten kam für Katinka nicht in Frage. Dann schon eher ein Haus. Ein Haus voller Kiffer und Dealer in der Concordiastraße. So pflegte Hardo es auszudrücken, wenn sie mit ihrer Idee kam. Katinka seufzte. Emma Theiss hatte in dieselbe Kerbe geschlagen.

Nun kam die Inselspitze zum Vorschein. Im Dämmerlicht ragte sie weit hinaus ins Wasser. Eine Bühne war dort errichtet worden. Alle träumten von lauen Sommernächten mit Lesungen und Konzerten an der Inselspitze, einem romantischen Flecken Bambergs, der bislang kaum zugänglich gewesen war. Hinter der Insel führte der Main-Donau-

Kanal entlang, mit direkter Zufahrt zu den beiden Hafenbecken, und traf am nordwestlichen Zipfel der Insel auf die Regnitz. Beide Wasserarme flossen als Main weiter nach Westen, um sich irgendwo bei Mainz-Kastel in den Rhein zu ergießen.

Katinka hielt an und stieg vom Rad. Emma Theiss lag völlig falsch. Beschauliches Bamberg, das passte schon eher. Verträumte kleine Stadt, heimgesucht von Touristen, entstellt von Reisebussen, die sich trotz aller Verbote durch die engen Gässchen quälten, durchströmt von einem irrsinnigen Autoverkehr, dem die alten Häuser kaum standhalten konnten. Geschweige denn ihre Bewohner. Aber hier, am frühen Morgen, im Dämmerlicht, während der Nebel über dem Wasser schwebte, schien alles still und vollkommen.

Hinter der Insel tauchte ein Frachtschiff auf. Wie ein übergroßer Schatten glitt es über das Wasser, tief einsinkend, schwer beladen. Seine Bugwelle erreichte schnell das Ufer und schwappte gegen die Befestigungssteine. Ein Kanadier mit grasgrünem Rumpf tauchte wippend zwischen dem Ufergestrüpp auf.

Katinka ließ das Rad stehen und kletterte die Böschung zum Fluss hinunter. Locker mit einem Seil an einer Ankeröse befestigt, die Paddel bereit, schien ihr das Boot zuzurufen: »Komm, Privatdetektivin. Eine Spritztour auf dem Wasser gefällig?« Aufmerksam sah sie sich um. Niemand war zu sehen.

Blinde Stunden nannte man solche Momente, in denen sich ungewollt und doch wie von langer Hand geplant alles änderte. Später würde sie darüber nachdenken.

Nun stieg sie einfach ein. Das Boot schwankte unter ihrem Gewicht. Natürlich würde ihr vorgehalten werden, dass es ungesetzlich sei, was sie tat. Der Besitzer des Kanadiers würde voraussichtlich nicht hierherkommen, bis sie zurück war. Vielleicht gehörte das Boot einem Angler, der gerade seinen morgendlichen Fang in die heimische Tiefkühltruhe packte? Nur eine Spritztour. Zur Inselspitze. Sie war neugierig auf das Gelände, die Bepflanzung, die ganze Anlage. Man hatte viel in der Zeitung gelesen und Gerüchte gehört. Wie würde es sein, kurz vor der Eröffnung?

Sie überquerte die Regnitz. Es war mühsamer, als sie gedacht hatte, gegen die Strömung anzupaddeln. Sie legte an der Inselspitze an. Zurrte den Kanadier fest und stieg an Land. Es fühlte sich ein klein wenig an wie die Landnahme an feindlicher Küste. Katinkas Atem wurde schneller. Schlafmangel ließ einen Menschen auf die verrücktesten Ideen kommen. Tausche Fahrrad gegen Boot. Auch gut.

Sie schlenderte den Uferweg am Kanal entlang. Gegenüber lag der Hafen. Schrottberge türmten sich auf, die alten Speicherhäuser lugten aus den Nebelfetzen. Der Kontrast zwischen dem industriellen Ambiente drüben im Hafen und dem idyllischen Regnitzufer auf der Südseite der Insel wirkte unwirklich.

Kehr um, meldete sich eine kleine, vorsichtige Stimme in Katinkas Kopf. Sattle die Hühner, Frau Privatdetektivin, das hier gibt Ärger.

Aber der Nebel fühlte sich an wie ein unsichtbarer Schutz, und Katinka mochte es, Grenzen zu verschieben. Auch Grenzen des Erlaubten. Gerade solche. Immer alles richtig zu machen – es erschien ihr wie ein Hohn. Hardo würde diese Einstellung nicht gut heißen. Umso besser. Man muss sich selbst treu bleiben. Beziehung hin oder her.

Katinka überquerte die Pyramidenwiese, überzeugt, dass kein Sicherheitsmann sie sehen würde. Denn der Dunst wurde wieder dichter, das Licht milchiger. Ein typischer

Bamberger Morgen. Im Laufe des Tages würde die Sonne durchbrechen, der Himmel wäre strahlend blau.

Sie hockte sich für einen Moment auf der abschüssigen Seite der Pyramidenwiese hin und bewunderte den Gaustadter Kirchturm, der aus den Nebelbänken ragte. Die feuchten Schleier verhüllten ihn und gaben ihn wenig später wieder frei. Weit unter ihr lag der neu angelegte Fischpass. Mehr Fische als erhofft, und mehr Fischarten als kalkuliert. Das waren die Meldungen, die Frohsinn stiften sollten. Es ist noch nicht alles zerstört, die Natur behilft sich und wir helfen ihr. Ein Reiher stand einbeinig im Dunst, direkt am Wasser. Ja, Freundchen, dein Tisch ist reich gedeckt. Angeblich hatten sich hier sogar Eisvögel niedergelassen.

Allerdings gehörte das Bein sicher nicht in die renaturierte Idylle. Ein menschliches Bein. Katinka legte die Handflächen auf die feuchte Wiese. Sie blinzelte angestrengt.

Ein Bein im Fischpass. Bekleidet mit einer dunklen Hose, darunter zeigte sich ein Stück weiße Männerhaut, es folgten eine dunkle Socke und ein Schuh. Irgendwie schien das alles zusammen zu gehören. Ohren, Finger, Hände, jetzt ein Bein. Klar.

Sie rutschte die Wiese hinunter und stolperte an Büschen und Sträuchern vorbei, bis sie am Bachufer stand.

Allerdings handelte es sich bei dem Objekt, das die Besinnlichkeit des Morgens sträflich zerrüttete, nicht ausschließlich um ein Bein. Da lagen zwei Beine. Zusammen mit einem ganzen Körper. Einem männlichen Körper. Auf dem weißen Hemd des Toten lag eine langstielige Rose. Rot.

Blinde Stunden.

Übler hätte es nicht kommen können.

8

Feli Bohnstett interessierte sich für eine Menge Dinge. Am meisten für solche, die sie umsonst bekam. Denn einerseits hatte sie kein Geld. Sie lebte von Hartz IV, und davon konnte man zugrunde gehen, fand sie. Andererseits war sie neugierig. Von Kindheit an. Anders als die meisten Erwachsenen hatte sie diese Neugier mit den Jahren nicht abgelegt, sondern kultiviert und ausgebaut. Überrasche dein Gehirn einmal am Tag, das war ihr Wahlspruch. Schließlich hatte Feli Bohnstett etwas im Überfluss, was den meisten vollkommen abging: Sie hatte Zeit. Daher stapfte sie gern auf Wertstoffhöfen herum, durchforstete Mülldeponien und entdeckte dabei eine Menge wertvolle Dinge. Funktionsfähige Radios, Quirle, Küchenmaschinen. Werkzeug. Klamotten. Sie hatte sogar mal einen Fuchsmantel gefunden. Ihn emsig gereinigt. Sie trug ihn im Winter. Ein Traum.

Auch ihre Arbeitskleidung hatte sie auf einer Deponie gefunden. Einen Overall aus reißfestem Papier. Den trug sie jetzt immer, wenn sie auf Erkundungstour ging. Sie reinigte ihn sehr vorsichtig mit einer weichen Bürste, weil ihr das weiße Papier gefiel. Wenn man sie von Ferne sah, konnte man sie für eine Imkerin halten.

Die Aldi-Tüte erregte ihr Interesse. Weil es ungewöhnlich war, dass jemand sich die Mühe machte, Müll in einer Tüte wegzuschmeißen. Die Deponie war keine Tonne. Hier schleuderten die Leute aus ihren Kofferräumen, was sie nicht mehr sehen konnten und wollten. Feli Bohnstett streckte ihren Greifer nach der Tüte aus. Sie war schwer und der Greifer brach ab.

»Verfluchte Scheiße!« Feli presste die Hände an die Schläfen. Der Greifer war das Beste, was sie in den letzten

Monaten auf dem Müll gefunden hatte. Verdammt, ausgerechnet … aber warum war die Tüte so schwer? Feli watete ein Stück weit durch den Schrott. Aufpassen, Alte, befahl sie sich. Sie hatte keinen Nerv für Wunden. Sie konnte nämlich kein Blut sehen.

Als sie nahe genug herangekommen war, streckte sie die linke Hand aus und griff nach der Tüte. Erwischte nur einen Zipfel. Die Tüte war verdammt noch mal wirklich schwer. Jetzt gehörst du mir, dachte Feli. Dass irgendein Ding sie derart narrte! Noch ein Schritt zwischen alten Autoreifen. Sie rutschte aus, fing sich mit Mühe. Feli war beleibt. Sie hatte einen enormen Busen und einen ebenso enormen Bauch. Deswegen ging der Overall nicht ganz zu. Aber das Gleichgewicht würde sie deshalb nicht gleich verlieren. Sie nicht.

Ihre linke Hand schnappte zu. Die Tüte an sich gepresst, wankte Feli zurück auf sicheren Grund. Als sie in den Beutel hineinsah, fluchte sie. Wütend zog sie ein paar Zettel heraus.

»Himmel, Arsch und Gewitter!« Wegen einer Blechdose und einem Stapel Papier hatte sie ihren Greifer geopfert! Gerade wollte Feli Bohnstett der Tüte einen Tritt verpassen und sie zurück ins Müllnirwana befördern, als sie innehielt.

Denn die Notizen erinnerten sie an etwas. An früher. An eine Zeit, als sie einen Garten besessen und an die Zukunft geglaubt hatte.

Bevor reichlich bescheuerte Dinge passiert waren.

Sie machte es sich auf dem Rand ihres Bollerwagens bequem und begann zu lesen.

9

»Zu Tode gefoltert.« Hardo hockte sich neben Katinka.

»Aber nicht hier.«

»Nein.«

Katinka schwieg. Die Morgensonne erwärmte das Areal, der Reiher war längst weg. Eisvögel sah sie auch keine. »Ich fürchte, ich bin in dem Kanadier hier rübergekommen, den der Mörder zum Transport der Leiche und für seine eigene Flucht genutzt hat.«

»Dein Freund, der Nebel«, entgegnete Hardo kryptisch.

»Verdammter Mist.«

»Die Technik klemmt sich das Boot unter die Pupille. Ich werde meine liebe Not haben, deinen Ausflug zu erklären. Und du kriegst vermutlich eine Anzeige. Noch ist hier No-go-Area.«

»Wenn du englisch sprichst, klingst du zum Piepen«, erwiderte Katinka.

Hardo legte ihr die Hand auf die Schulter und drückte zu. Eine deutliche Warnung. Treib es nicht auf die Spitze.

»Max Walters«, ruderte Katinka zurück. »Bamberger Staranwalt. Ich kenne das Gesicht aus der Zeitung. Wieso foltert ihn jemand und bringt ihn dann um? Legt ihn kurz vor Eröffnung der Landesgartenschau hier ab?«

»Jedenfalls hat er sämtliche Ohren, Finger und Hände.« Sabine Kerschensteiner, Polizeiobermeisterin, setzte sich zu ihnen ins Gras. »Feucht hier.«

»Ich hoffe, die Damen fangen jetzt nicht an zu spekulieren«, juxte Hardo. »Ich hatte noch kein Frühstück. Gnade.«

»Ich auch nicht«, sagten Katinka und Sabine gleichzeitig.

»Dann bringen wir's hinter uns.« Hardo stand auf. »Halte dich bedeckt, Katinka. Nachrichtensperre. Kann ich mich drauf verlassen?«

»Niemand kann ernsthaft was gegen die Landesgartenschau haben«, brummte Katinka, während sie langsam Richtung ERBA-Turm gingen. Das verrottete Äußere, ein Überbleibsel der Spinnerei, wirkte auf sie heute nicht malerisch, sondern bedrohlich. Irgendwie feindlich. Sie dachte an Emma Theiss' Behauptung, etwas Dunkles läge über der Stadt. Sie hatte recht. Der strahlende April konnte darüber nicht hinwegtäuschen.

»Ich glaube es auch nicht«, drang Hardos Stimme in ihr Bewusstsein. »So, wie sie Walters zugerichtet haben, sieht es nach einem Mord im Milieu aus.«

»Wir nehmen ihn auseinander. Mandanten, Geschäfte, Geschäfte hinter den Geschäften.« Sabine ballte die Faust. »Mit seiner Sekretärin habe ich schon gesprochen. Sie steht unter Schock, viel ist momentan aus ihr nicht rauszuholen.«

»Ein Mord mit einer verdammt abschreckenden Wirkung«, überlegte Katinka laut. Ihr war flau im Magen. Was sie gesehen hatte, genügte ihr. Holzsplitter unter jedem einzelnen Fingernagel. Gebrochene Nase. Geplatzte Lippen. Brandwunden.

»Soweit ich weiß, hat Walters nicht gerade für die sympathischen unter unseren Zeitgenossen gearbeitet«, sagte Sabine.

»Was meinst du damit?«

»Er mischte bei richtig dicken Insolvenzen mit. Soll dabei mächtig getrickst haben.«

»Gerüchte!«, knurrte Hardo.

Katinka zuckte die Achseln. »Das machen Anwälte so.

Walters ist dabei wohl jemandem in die Quere gekommen. Oder jemand war mit der Dienstleistung nicht zufrieden.«

»Letzteres, schätze ich«, sagte Sabine.

»Warum?«

»Sein Tod ist zelebriert worden. Soll sich vermutlich rumsprechen. Schaut her, so brutal können wir sein.«

»Deshalb: Nachrichtensperre. 24 Stunden!« Hardo räusperte sich.

»Vielleicht hat er für die Falschen gearbeitet«, schlug Katinka vor. »Sich auf die verkehrte Seite geschlagen und ist damit jemandem auf die Zehen getreten.«

»Wir brauchen seine Handydaten, Bewegungsprofile, E-Mails.« Hardo strich sich über die Glatze. »Kerschensteiner, fahren Sie Katinka heim?«

»Fahr mich zu meinem Fahrrad«, bat Katinka und hob die Hand, als Hardo protestieren wollte. »Ich kann gut auf mich alleine aufpassen.«

Hardo nickte resigniert und küsste sie kurz auf die Wange. Mehr war nicht drin. Nicht hier, nicht jetzt.

»Was ist mit dem Haus in der Concordiastraße?«, erkundigte sich Sabine, als sie im Streifenwagen saßen und die Gaustadter Hauptstraße entlang fuhren. »Hast du es jetzt endlich gekauft?«

»Die Eigentümerin wurde die Treppe in ihrer Villa runtergestoßen und liegt mit Gipsarm im Krankenhaus.«

»Du machst Witze.«

»Mache ich nicht.« Katinka setzte Sabine rasch ins Bild. »Nach dem heutigen Morgen bin ich allerdings umso mehr überzeugt, dass sich was ändern muss. Bieg hier ab! Irgendwo da unten auf dem Radweg habe ich meinen Drahtesel stehen gelassen.«

Sabine blinkte. »Was meinst du mit ›ändern‹?«

»So genau weiß ich es selber nicht«, erwiderte Katinka. »Was Produktives, Starkes, Sauberes machen. Ohne Kriminelle.«

»Die Kriminellen sind unser Job.«

»Du meinst, wir müssen ihnen dankbar sein, weil sie unser Gehalt bezahlen?« Katinka lachte überspannt. »Weißt du, ich brauche einfach etwas Zusätzliches. Ich mag meine Arbeit. Aber ich mag auch dieses alte Gemäuer. Habe mich in das Haus verguckt.« Oder in ein Bild von dem Haus, das ich in meinem Kopf mit mir herumtrage, fügte sie im Stillen hinzu.

»Wir sollten bei Gelegenheit einen Kaffee trinken«, schlug Sabine vor. »Und ausführlich quatschen.«

Katinka sah sie von der Seite an. Langes, blondes Haar, die klassische Modelfigur. Auf dem harten Karriereweg der bayerischen Polizei.

»Und du? Bist du zufrieden?«

»Der Job ernährt mich.« Sabine lachte. »Statt Kaffee zu trinken, könnten wir natürlich auch joggen gehen.«

»Ich rufe dich an.«

»Ich fürchte, ich rufe dich früher an!« Sie trat auf die Bremse. Der Streifenwagen kam zum Stehen. »Wegen …« Ihre Hand wies in die Richtung der ERBA-Insel. »Wir kriegen eine Soko, sagt der Chef. Ehrlich gesagt, ich bin mir nicht sicher, ob für mich da ein Platz frei ist.«

»Kopf hoch!« Katinka kletterte aus dem Streifenwagen und ging zu ihrem Fahrrad. »Und melde dich, wenn es was Neues gibt!«

»Tschau!«

Das Rad lehnte im Gebüsch, wo Katinka es vor einigen Stunden zurückgelassen hatte. Dem Mörder hatte eigentlich nichts Besseres passieren können, als dass sie sich den Kanadier schnappte und in See stach. Warum habe ich das gemacht?, fragte sie sich, während sie sich auf den Sattel schwang. Welcher Klabautermann hat meine Denke ausgetrickst?

Sie trat kräftig in die Pedale und als sie am Wehr vorbeisauste, sah sie Hardo auf der Brücke stehen und angestrengt in sein Handy sprechen.

10

»Wo sind Sie denn?« Emma Theiss' Stimme auf Katinkas Mailbox klang besitzergreifend und genervt gleichzeitig. »Linda und ich brauchen Ihre Hilfe. Melden Sie sich.«

Katinka legte das Handy achtlos auf ihr Bett, zog sich aus und stellte sich unter die Dusche.

Ohr, Finger, Hand. Leiche. Ein Haus, das zum Verkauf stand. Die Anzeige, die ihr drohte. Sie hörte das Telefon klingeln, ging aber nicht hin. Kurz darauf läutete ihr Handy. Sie shampoonierte ihr kurzes Haar.

Es stimmte eigentlich nicht, was sie vorhin zu Sabine gesagt hatte. Sie mochte ihren Job. Wenn sie es genau nahm, hatte sie nicht viel mit wirklichen Kriminellen zu tun. Sie regelte die Angelegenheiten von Leuten, die irgendwelche Seitenwege eingeschlagen hatten und nun nicht mehr zurückfanden. Die sich Feinde gemacht hatten. Aber mit Mord kam sie kaum in Berührung. Gut, sie war mit dem Leiter der Mordkommission liiert. *Liiert*. Ein Wort, das Hardo kategorisch ablehnte. Sie waren zusammen. Katinka spülte ihr Haar aus. Sie waren ein Paar. Klang schon besser. Sie nahm die Brause in die Hand und stellte auf ›kalt‹.

In kreisenden Bewegungen duschte sie ihre Beine bis zu den Hüften ab. Dann dasselbe mit warmen Wasser. Dann wieder mit kaltem.

Sie waren ein Paar, das nicht recht wusste, wie es weitergehen sollte. Wenn es nach Hardo ging, blieb der Status quo bestehen. Ende der Fahnenstange. Katinka stellte die Dusche ab und rubbelte ihre krebsrote Haut trocken. Immerhin hatte Hardo eine Scheidung hinter sich. Sie selbst stand auch nicht gerade auf Hochzeiten. Vor allem nicht auf das Klimbim drumrum. Doch wenn sie einfach so weiterlebten, gab es kein Ziel. Und ohne Ziel keine Perspektive. Sie schlang das Handtuch um ihr nasses Haar und ging in die Diele, um die neue Nachricht auf dem Handy abzuhören.

»Dante Wischnewski hier. Ich habe gehört, auf dem ERBA-Gelände gibt's ordentlich Ärger? Rufen Sie mich zurück!«

Pfff, machte Katinka. Sie zog ein Paar saubere Jeans an, ein T-Shirt und einen von Hardos Troyern, den er hier bei ihr vergessen hatte. Der dicke Wollstoff schenkte ihr die Illusion von Schutz und Wärme. Sie setzte Kaffee auf und legte ein leeres Blatt und einen Stift auf den Küchentisch.

Es war eine Sache, sich daran zu gewöhnen, dass man allein lebte. Man richtete sich ein. Man genoss die Vorteile. Fernsehprogramm alleine bestimmen. Niemandem hinterherräumen müssen. Keine Kontrolle, keine Kompromisse.

Als Tom sie verlassen hatte, war es hart gewesen. Die leere Wohnung, die vorwurfsvollen Wände, nachdem ihr Ex seine Sachen weggebracht hatte. Danach hatte sich die Wohnung Schritt für Schritt verwandelt. In eine Zwischenstation, ein Experiment mit sich selbst. Katinka wollte herausfinden, wohin ihr Leben trieb, aber dann hatte sie schnell begriffen, dass alles auf Hardo hinauslief, sich längst subtil in diese Richtung entwickelt hatte.

Die Kaffeemaschine ließ ein entschiedenes Fauchen hören. Katinka goss sich eine Tasse ein und betrachtete das leere Blatt. Noch schien alles möglich. Sie würde jetzt Wellmann anrufen und ihn wegen der Unterschrift unter Druck setzen. Dann hätte sie das Haus gekauft und wäre ins kalte Wasser gesprungen. Sie musste anfangen, Nägel mit Köpfen zu machen. Über Entscheidungen bloß nachzudenken, half selten.

Sie schrieb ›Makler‹ auf das Blatt und war damit nicht zufrieden. Ihr Telefon klingelte. Sie hatte Dante im Verdacht und ging ran, nuschelte absichtlich und übertrieben.

»Palfy?«

Es war eine ganze Weile still in der Leitung.

»Wer?«, fragte schließlich eine Stimme. Eine dunkle, heisere Stimme.

»Wer spricht denn da?«, gab Katinka zurück.

Jedenfalls nicht Dante, dachte sie, als es nach gefühlten drei Ewigkeiten endlich in der Leitung klickte. Sie ärgerte sich, ihr Telefon noch nicht umgerüstet zu haben, um die Nummer von Anrufern im Vorhinein zu erkennen.

Grüblerisch trank sie ihren Kaffee. Setzte die Namen ›Emma Theiss‹ und ›Dante Wischnewski‹ auf das Blatt. Kritzelte ›Max Walters‹ dazu.

Goss sich eine weitere Tasse Kaffee ein. Schrieb ›Wie geht es Linda Roose?‹

Zu viele Bruchstücke. Ein verlassener Kanadier am Fluss. Ein nebliger Morgen.

Sie musste mehr wissen. Wann war Walters gestorben? Wann hatte man angefangen, ihn zu foltern? Und wo?

Woher kam die Rose? Ging es um Liebe? Waren genauer gesagt eine Affäre, heiße Eifersucht und stürmischer Hass das Motiv? Wann war er in dem Kanadier hinüber aufs Landesgartenschaugelände gebracht worden? Und warum?

Wenn es eine Warnung gegen die Großveranstaltung sein sollte, warum fand niemand ein Bekennerschreiben? Oder irgendeinen Text, in dem sich jemand erklärte? So lief das normalerweise. Aber bereits die anderen Körperteile waren ohne Begleitkommentar dort abgelegt worden, wo man sie gefunden hatte. Wie sollte man sich auf ein Ohr, einen Finger und eine Hand einen Reim machen? Und stets war die Rose im Spiel. Die Opfer ausschließlich männlich. Schlug eine enttäuschte Geliebte wie im Rausch um sich?

Katinka schrieb ›LGS‹ auf ihr Blatt. Landesgartenschau.

Sie hatte erlebt, dass ein Verrückter die Sandkirchweih hatte hopsnehmen wollen, Bambergs größte Party, die jedes Jahr Ende August stattfand. Aber eine Gartenschau?

Garten klang nach Friede, Freude, Eierkuchen. Nach Erholung und Langeweile. Nach Äußerlichkeiten. Nach … Katinka stützte ihren Kopf in ihre Hände.

Sie hatte keinen Bezug zu Gärten. Hatte sie nie gehabt. Sie hatte zeitlebens in Städten gewohnt. So zentral wie möglich. Sie zog nicht mal Kresse auf dem Fenstersims.

Warum eine Rose als Begleitgabe der Gliedmaßen und der Leiche? War die Rose das Bekennerschreiben? Der dezente Hinweis auf das, worum es hier ging?

Gab es irgendjemanden, an den diese Botschaft gerichtet war? Jemanden, der sie sofort lesen konnte – und sie verstand? Jemanden, der inzwischen die Krise bekommen hatte? Der türmte, sich davonschlich? Oder dickfellig genug war, nichts von der ganzen Aufregung in Bamberg mitzubekommen?

Jemanden, der keine Zeitung las?

»Das Ganze ist krank!«, sagte sie laut.

Die Küche antwortete nicht. Nur die Kaffeemaschine gurgelte leise.

Ohr, Finger und Hand konnte man mit etwas Mühe als Scherze abtun. Aber wer machte solche Scherze? Hatten die drei Gliedmaßen auf Rosenbett ihre Wirkung noch nicht erreicht, dass es einen Toten brauchte?

Katinka stand auf. Wenn zu viele unbekannte Variablen in ihren Gleichungen standen, musste sie ihre Aufmerksamkeit auf jede einzelne richten. Nacheinander.

Und dann war da Emma Theiss mit ihrem drängenden Anruf. Dante Wischnewski, zu dem sich der ganze Quatsch schon durchgesprochen hatte. Trotz Nachrichtensperre.

Das Telefon klingelte wieder.

»Palfy?«

»Kohlschwab.«

»Guten Morgen«, sagte Katinka. Den Hörer an sich gepresst, schenkte sie sich eine dritte Tasse Kaffee ein. Milch war aus, und sie trank ihn schwarz, während sie zuhörte.

Jetzt wurde es wirklich interessant. Staatsanwalt Kohlschwab hatte die Leiche im Fischpass in seine Zuständigkeit übernommen.

»Ich gehe davon aus«, schloss Kohlschwab seine Tirade ab, »dass Sie mit mir und meinen Leuten uneingeschränkt zusammenarbeiten. Sonst knicken Sie mal gleich Ihre Dauerkarte.«

Ich habe keine Dauerkarte, versetzte Katinka lautlos.

»Selbstverständlich«, antwortete sie.

»Dann ist es ja gut«, sagte Kohlschwab.

Sie stellte ihn sich vor, schwergewichtig, Biertrinkerfigur, wie er auf seinem Bürostuhl thronte und die Backen aufblies wie Satchmo. Kohlschwab galt als regelmäßiger Gast bei den Konzerten der Bamberger Symphoniker. Spendabel als Pate für neue Kinosessel und anderen kulturellen Kram. Befreundet mit der High Society Bambergs: Uni, Stadtrat, Anwälte, Finanzfritzen, Ärzte.

»Wiederhören«, sagte Katinka und legte auf.

Sie schaltete die Kaffeemaschine aus, zog sich ein Fleece über und verließ die Wohnung.

Laufen, um durchzublicken. Wäre sie heute Morgen losgejoggt, anstatt sich aufs Fahrrad zu schwingen, wäre sie der Misere entkommen. Fast war es zu dämlich, um wahr zu sein. Entschlossen schritt Katinka durch die Lange Straße und überquerte die Obere Rathausbrücke. Es war fast elf am Vormittag – beste Touristenzeit. Ungeduldig drängte Katinka sich durch die Menschenmenge. Neben dem UNESCO-Welterbe, dem ganzen Salbader von Fränkischem Rom und diversen kulturellen Höhepunkten, warb nun auch noch die Landesgartenschau um Gäste. Unter dem Torbogen hatte sich eine Besuchergruppe um einen Englisch sprechenden Führer geschart. Um die Hälse der Touristen baumelten Namensschildchen. Damit man sie zurückbringen konnte, wenn sie verloren gingen. Ein Namensschildchen, soweit kam es noch.

Sie schlängelte sich durch die Gruppe und machte, dass sie in weniger weltbekannte Bamberger Sträßchen kam. Hier begegnete sie am Sonntag Vormittag allenfalls ein paar Kirchgängern.

Die Concordiastraße war nun nicht berühmt. Zumindest nicht unter Touristen. Allerdings bisweilen unter Leuten, die auf dem Trip waren. Katinka trat durch das breite Tor in den Innenhof ihres Traumhauses. Die Briefkästen der Mieter hingen windschief an der Wand. Fahrräder, von denen einige seit Jahren nicht mehr bewegt worden sein konnten, rosteten still vor sich hin. Zwischen den uralten Kopfsteinen spross allerlei Kraut.

»Haben Sie schon unterschrieben?«, tönte Dante Wischnewski ihr aus dem Innenhof entgegen.

»Sagen Sie mir, dass das nicht wahr ist. Sie sind es nicht. Ich habe Visionen«, stöhnte Katinka. Den schreibenden Ehrgeizling wollte sie noch weniger sehen und hören als Kohlschwab.

»Sie haben eine Erscheinung, allerdings eine ganz und gar erklärliche. Ich dachte mir, an einem Tag wie heute haben Sie gar kein Interesse, ins Büro zu gehen. Sie wollen sich mit Positivem beschäftigen. Mit Ihren Immobilienplänen. Ergo …« Er beugte sich vertraulich vor. »Im Ernst, Frau Palfy: Diese Schauerhütte wollen Sie kaufen? Damit ruinieren Sie sich.«

»Sonst irgendwelche Anmerkungen?« Wenn Hardo mitbekäme, dass Dante ihr aufgelauert hatte, würde die ganze Sache noch komplizierter. Katinka verfluchte den Kanadier und den Menschen, der ihn dort festgemacht hatte, wo sie ihn ausgeliehen hatte.

»Schwamm und Schimmel geben sich keine große Mühe, ihr Vorhandensein zu verbergen«, sagte Dante leutselig. »Ich war im Keller. Mannomann. Lassen Sie die Finger von dem Kasten.«

»Was haben Sie in drei Teufels Namen im Keller gemacht?«

»Mich umgesehen. In die Wohnungen kam ich nicht rein.«

»Wäre ja auch noch schöner.« Katinka verkniff sich ein Grinsen. Dante wurde in seinem Eifer immer irgendwie drollig. Wie ein Faun, der die Welten verwechselt hat, dachte sie, während sie die schauerliche Mütze mit den Ohrenklappen musterte, die seinen fast kahlen Kopf bedeckte. »Ist es dafür nicht ein wenig warm?«

»Lenken Sie nicht ab. Ich lag also richtig. Sie haben keinen Bock auf Arbeit heute.«

»Wohingegen Sie ständig Bock auf Arbeit haben.«

»Ich habe ein paar knuffige Sachen herausgefunden. Sehr zur Freude meines Deskchefs. Der will nämlich, dass ich der Stadt Bamberg ein Desaster vorhersage. Die Gartenschau als Gruselsetting. Nachdem Sie mich nicht zurückgerufen haben … ach, egal.« Er musterte Katinka lauernd.

Sie zuckte die Achseln. Wie viel wusste er? »Heute ist Sonntag!«, sagte sie. »Zeit, sich von der Mühsal der Woche zu erholen. Was haben Sie rausgefunden?«

»Was werfen Sie dafür in den Ring?«

»Ich habe nichts. Falls Sie …«

»Ohr, Finger, Hand. Und die Leiche.«

Katinka stöhnte.

»Haben Sie Schmerzen?«

»Nicht direkt.«

Aus der Wohnung im Erdgeschoss stob eine junge Frau hervor.

»He, sind Sie die Frau, die die Bude hier kaufen will?«

»Und Sie sind?«, fragte Katinka zurück.

»Eva Braun.«

Dante prustete los.

»Wer ist denn der Knilch!«, schnaubte die junge Frau.

Sie mochte Mitte 20 sein, trug einen Cordrock und Clogs, dazu eine kurze Jeansjacke, unter der ein bauchfreies Top hervorlugte.

»Beachten Sie ihn gar nicht, Frau Braun. Er hat hier

nichts zu suchen.« Katinka rief sich ihre Erkundigungen in Erinnerung. Sofern sie es korrekt auf dem Schirm hatte, arbeitete Eva Braun als freiberufliche Hebamme.

»Ich wollte nur sagen, weil hier immer so komische Typen rumlungern.«

»Komische Typen?«

»Seit zwei Wochen ungefähr. Mal ein Kerl, mal zwei. Ich wollte das nur gesagt haben. Irgendwie spooky.«

Was habe ich damit zu tun?, fragte sich Katinka matt. Eva Braun sah hübsch aus, frech, mit dem breiten Streifen Sommersprossen quer über der Nase. Sie lachte gern, das sah man an den feinen Fältchen in ihrem Gesicht.

»Kaufen Sie die Hütte wirklich?«

»Das steht noch nicht fest. Warum? Hat das was mit den Kerlen zu tun?«

»Glaub ich jetzt nicht. Aber hier muss etliches gemacht werden. Bei mir modert die Tapete von der Wand.«

»Verstehe.«

»Tschüss dann!« Eva Braun wandte sich um und verschwand in ihrer Wohnung.

»Was habe ich gesagt«, bemerkte Dante. »Dieses schnuckelige Chalet fault Ihnen über dem Scheitel zusammen, bevor die ersten Handwerker angerückt sind. Wenn Sie unbedingt was kaufen wollen: am Stefansberg …«

Katinka hob die Hand. »Genug der Witze. Sie haben mir was zu erzählen.«

»Gehen wir in die Teegießerei?«

»Von mir aus.«

»Ich weiß, Sie machen sich nichts aus Tee. Aber dort gibt es auch Kaffee.«

Katinka hielt sich demonstrativ die Ohren zu und ging los, zurück Richtung Innenstadt. Nur zwei Minuten entfernt lag das Pfahlplätzchen, ein idyllischer Platz unterhalb des Domes, schattig und kühl, aber vergleichsweise ruhig. Sie ließen sich an einem Tischchen vor der Teegießerei nieder und bestellten zwei Espresso.

»Ich bin ja so nett.« Dante begann, seine Tasche auszupacken. Fotobände, Hochglanzmagazine, fliegende Blätter. »Und allzeit bereit, mein Wissen mit Ihnen zu teilen.«

»Sie rühren mich zu Tränen«, kommentierte Katinka.

»Ich gehe davon aus, dass Sie mir bei Gelegenheit zutragen, was *Sie* wissen. Ich meine, manchmal bricht einfach irgendwas aus einem heraus. Man kann nicht beständig alles in sich hineinfressen ...«

Katinka griff nach einer Zeitschrift. ›Garten Eden‹. »Bisschen hoch gegriffen«, murmelte sie.

»Ich bin dabei, die Rose, auf der Ohr, Finger und Sie wissen schon was gebettet waren, zu bestimmen. Ich bin ganz nah dran. ›Princess of the Dark‹ könnte hinkommen.« Er blätterte emsig in einem Bildband und hielt, kaum hatte er die passende Seite gefunden, den Schinken unter Katinkas Nase. Sie sah eine dunkelrote Rosenblüte. Mehr nicht. Dante riss das Buch wieder an sich.

»Es stimmt das meiste. Die Farbe. Die Form und Beschaffenheit der Knospen. Sie sind sehr fest, aber, wie soll ich sagen ...«

»Sie ist es nicht.« Katinka verdrehte die Augen.

»Nein. Meine sprichwörtliche Liebe zum Detail«, begann Dante, »... aber egal. Sie wollen es sowieso nicht hören. Nein, die Größe stimmt nicht. Die ›Princess of the Dark‹ ist kleiner.«

»Wenn Sie wirklich der Wischnewski sind, der mir wie ein Bandscheibenvorfall im Nacken sitzt, haben Sie längst einen Gartenexperten zu Rate gezogen.«

Die Espressos kamen.

»Tut mir leid, das mit dem Bandscheibenvorfall«, feixte Dante. »Aber Sie haben ja gar keinen Schimmer. Bei Gärten redet jeder mit. Staudengärtner, Floristen, Landschaftsarchitekten …«

»Rosen sind sehr spezielle Wesen. Ich wette, Sie haben einen Rosenzüchter angezapft.«

»100 Punkte für Sie. Seiner Meinung nach gibt es die Rose gar nicht.«

»Welche?«

»Die, auf der wir Ohr, Finger und …«

»… Sie wissen schon was gefunden haben«, beendete Katinka. »Aber Sie hatten doch keine Rose?«

»Ein Foto.«

»Wenigstens etwas. Trotzdem nicht dasselbe. Ihr Experte konnte die Rose nicht anfassen. Wie fühlt sie sich an? Hart, weich, haarig, was weiß ich. Wie riecht sie?«

»Ich sehe, Sie nehmen die Sache ernst. Aber mein Rosenfreak hat mir versichert, dass es diese Rose noch nicht gibt. Die ›Princess of the Dark‹ ist vor zwei Jahren prämiert worden, und nun arbeitet man daran, sie weiter zu veredeln. Die dunkle Prinzessin steht nämlich mit Winter und Nässe auf Kriegsfuß. Dann werden ihre Knospen steinhart. Nur, wenn sie brutal zurückgeschnitten wird, lässt sie sich in der nächsten Saison zu neuer Blüte herab. Aber selbst das ist nicht garantiert, die Dame ziert sich.«

Katinka trank ihren Espresso in einem Schluck aus. Dante hatte sich ganz schön in die Sache reingehängt. Klar, die abgetrennten Körperteile waren seine Story.

»Suchen Sie weiter. Irgendwer wird die Rose ja wohl kennen?«

»Im Gartenbauamt sagen sie, in Bamberg ist die ›Princess of the Dark‹ nie aufgetaucht. Eine zu teure und zu unsichere Kandidatin für den Rosengarten.«

Katinka zuckte die Schultern. Ehrlich gesagt, es war ihr egal. Die Begegnung mit Eva Braun hatte sie runtergezogen. Sie wusste plötzlich nicht mehr, was sie tun sollte. Das Haus kaufen? Wellmann anrufen? Mit einem zweiten Gutachter durchmarschieren und mehr schadhafte Stellen zusammentragen? Wozu? Um zu kapitulieren?

Der Gutachter, den Wellmann ihr empfohlen hatte, hatte ihr versichert, dass die meisten Schäden halbwegs leicht zu beheben seien. Weil die Substanz des alten Hauses in Ordnung schien.

»Ob ihre Eltern Altnazis sind?«, fragte Dante.

»Huch?«

»Eva Braun. Wer nennt sein Kind denn Eva, wenn der Nachname Braun ist.«

»Ist mir herzlich egal.«

»Macht nichts. Es könnte natürlich sein, dass sie jemanden geheiratet hat, der dummerweise Braun heißt. Aber dann … also ich für mein Teil möchte nicht mit dieser Kombination rumlaufen.«

»Nein, als Mann käme man mit diesem Namen durchaus unvorteilhaft rüber.« Katinka stand auf. »Danke für die Einladung.«

»He!«

»Tschau!«

»Rosen stehen für die Liebe. Mal drüber nachgedacht?«

Katinka winkte und lief den Kaulberg hinauf. Warum auch immer. Sie brauchte dringend Bewegung.

11

»Die Nachrichtensperre war das Geschickteste, was ihr machen konntet«, beschwerte sich Katinka. Sie saß eine gute Stunde später bei Hardo im Büro, mit drei großen Portionen gebratenen Nudeln mit scharfem Gemüse vom Chinaimbiss in der Tüte.

»Stellt das Zeug in die Mikrowelle«, schnappte Hardo. »Lauwarm krieg ich den Sperrmüll nicht runter.«

Sabine Kerschensteiner verdrehte die Augen. »Klar, Chef.« Sie nahm die Tüte und verschwand auf den Gang.

»Kohlschwab hat mich angerufen.«

»Ich habe ihm gesagt, er soll Luft ablassen«, grinste Hardo. »Besser, du hast die Leiche gefunden als ein Security-Futzi kurz vor der Rente, der gleich noch draufkotzt.«

»Hardo!«

»Ist doch wahr.« Er warf sich auf seinen Bürostuhl, der unter seinem Gewicht quietschte, und begann, Papiere auf seinem Schreibtisch hin- und herzuschieben. »Das hier wird Fleißarbeit. Ganz klar. Die Soko ›Rose‹ tritt in einer Stunde zusammen. Thema Nummer eins: Mandantschaft von Max Walters auseinandernehmen. Kerschensteiner und ein paar andere sind dran. Thema Nummer zwei: Wege rekonstruieren. Hier wird's haarig. In Walters Adern war kein Tropfen Blut mehr, als er im Fischpass abgelegt wurde. Er ist anscheinend nach innen verblutet. Der Rechtsmediziner steckt mitten in der Arbeit, aber er sagt, Walters war definitiv tot, als er auf das Gelände gebracht wurde.«

»Diese Behauptung hilft nicht wirklich.«

»Nein, klar«, ein anerkennendes Glimmen spukte durch Hardos Blick, »aber er ist anderswo getötet und später auf das ERBA-Gelände gebracht worden.«

»Todeszeitpunkt?«

»Zwischen Mitternacht und zwei Uhr morgens.«

»Wann gingen die Folterungen los?« Katinka spulte Frage um Frage ab. Ihre Art, sich wieder auf Linie zu bringen und das Nervenflattern abzustellen.

»Ungefähr 24 Stunden früher.«

»Was ist mit seinen letzten Lebensstunden vor der Folterung?«

»Steht auf unserer Agenda. Bis jetzt nichts Spezifisches.«

Sabine kam mit dem Essen zurück: drei dampfende Teller auf einem Tablett. Sie zwinkerte Katinka zu. »Ich bin drin«, raunte sie, als sie ihr eine Portion hinstellte. »In der Soko.«

»Sieht ja ganz appetitlich aus.« Katinka zeigte Sabine ihren nach oben gerichteten Daumen, bevor sie sich auf ihre Portion stürzte. Sie hatte tatsächlich einen Mordshunger. Und Essen war etwas Normales. Etwas, das sich nicht vermeiden ließ. Sogar wenn man kurz zuvor eine Leiche entdeckt hatte.

»Sofern jemand vernünftiges Besteck auftreibt.« Hardo schleuderte seine Stäbchen in den Papierkorb.

»Wir haben deutliche Schleifspuren. Sie ziehen sich vom oberen Ende der Pyramidenwiese bis zu der Stelle, wo du Walters gefunden hast, Katinka«, sagte Sabine, ohne auf den Einwand ihres Vorgesetzten zu achten, und spachtelte los. »Lecker.«

Knurrend hievte Hardo sich hoch und angelte Gabel und Löffel aus einer Schublade bei der Kaffeemaschine.

Katinka stellte sich das Gelände vor. Der Mörder konnte mit dem Kanadier und der Leiche an Bord ähnlich wie sie an der Spitze angelandet sein, hatte die Leiche ein Stück getragen, sie schließlich weitergeschleift, weil sie ihm zu schwer wurde.

»Gibt es verwertbare Spuren aus dem Boot?«, erkundigte sie sich.

»Nein. Keine Fingerabdrücke außer deinen. Die hatten wir schon im System.« Hardo klopfte auf seinen Laptop.

Katinka grinste schief. Dass ihre Fingerabdrücke im Kontext früherer Fälle bei den Behörden gespeichert worden waren, ließ sich nun nicht mehr ändern.

»Sie haben ihn gefoltert«, sagte Sabine. »Ihn gezwungen, Glasscherben zu schlucken. Versucht, ihn in seinem eigenen Urin zu ertränken. Der Rechtsmediziner …«

Katinka hob die Hand. »Gnade. Ich hatte heute noch kein Frühstück.«

»Und jetzt dieser chinesische Vogelschiss!« Hardo hatte seinen Teller geleert. »Thema Nummer drei, nur um das abzuschließen: die Leiche selbst. Hier gibt es wohl viel zu entdecken, was uns die Mediziner dann in einem orakelhaften Bericht zumuten. Wir müssen warten.«

»Es gibt weitere Themen«, sagte Katinka. »Die Rosenkissen und die langstielige Rose auf Walters' Körper. Vielleicht ein Hinweis, dass es letztlich um Liebe geht. Eifersucht, Untreue, was weiß ich. Dann die Symbolik: Das Ohr, der Finger …«

»Et cetera, et cetera«, sagte Hardo. »Keine Erkenntnisse bisher. Wir wissen, dass es drei verschiedene Menschen gibt, die jetzt verstümmelt durch die Weltgeschichte laufen. Was diese Rosenkissen betrifft, sind wir auch nicht schlauer. Sämtliche Gärtnereien und Floristen in Stadt und Landkreis sind durchgecheckt worden. Ohne Ergebnisse. Letzten Endes kann jeder mit einem Händchen für Grünzeug so was herstellen. Im Internet schreibt dieser Wischnewski was von einer verborgenen Symbolik. Wo hat er denn den Blödsinn her?«

»Ich glaube, er wird von höherer Stelle dazu genötigt, eine Horrorvision zu verbreiten. Nach dem Motto, jeder dritte Gartenschaubesucher bekommt ein Ohr abgeschnitten. In der Art«, mutmaßte Katinka.

»Ich hoffe, es darf gelacht werden!«

»Verstümmelung ist eine Bestrafung aus dem Drogenmilieu.« Sabine Kerschensteiner schob ihren Teller weg. »Wahrscheinlich können wir auf die Symbolhaftigkeit pfeifen. Dem Täter ging es darum zu strafen, zu drohen und eine Message in die Welt zu setzen: Wir lassen uns nicht verarschen.«

»Vergeltungen dieser Art haben wir auch unter Zuhältern unterschiedlicher Hierarchiestufe. Zwischen Schuldner und Gläubiger. Du hast nicht bezahlt? Ich zwicke dir den Finger ab. Gleichzeitig erhöhen sich deine Schulden um 30 Prozent.« Hardo starrte verdrießlich vor sich hin. »Aber die drei Opfer waren keine Junkies. Das haben uns die Mediziner versichert. Und einem Junkieohr widmet man kein Rosenkissen.«

»Also Milieu. In Bamberg müsste es eigentlich überschaubar sein.«

»Dass du dich da mal nicht täuschst, Katinka«, seufzte Hardo.

»Ich meine das professionelle Business. Die Handvoll Leute, die in ganz großem Stil das Heu einfahren.«

»Steuerberater, Finanzjongleure und Anwälte«, grinste Sabine. »Außerdem Ärzte und Stadträte.«

Katinka gluckste vor Lachen. Jede Branche kultivierte ihre Feindbilder.

Die Tür ging auf, und jemand reichte eine Akte herein.

»Fragen wir anders herum: Warum ist ein Anwalt das

Opfer?« Hardo nahm die Papiere entgegen und blätterte. »Sieh einer an: Max Walters ist Fachanwalt für Baurecht.«

»Auf den ersten Blick ist er nicht gerade prädestiniert für einen Mord im Milieu«, meinte Sabine. »Aber man hat ab und zu was läuten hören, dass Walters seine Finger im Spiel hat, wenn es um Insolvenzen geht, bei denen was zu holen ist.«

Hardo fuhr mit dem Finger über die Zeilen. »Von Strafrecht hat Walters das letzte Mal im Studium gehört, nehme ich an.«

»Hört mal!« Katinka stand auf und trat hinter Hardo, um einen Blick auf die Papiere zu werfen. Sie hätte ihn jetzt gern auf die Glatze geküsst. »Damit bricht die Grundlage unserer Theorie nicht zusammen. Er kann auf ganz anderen Wegen in eine Rachegeschichte reingeraten sein. Es muss nichts mit seinen offiziellen Mandanten zu tun haben, dass er jetzt dort liegt und die Rechtsmediziner die verborgenen Geheimnisse seines Todes aus ihm rauskratzen. Vielleicht steckt eine Frau dahinter!«

»Katinka: Wenn jemand so zugerichtet wird«, begann Sabine, »dann soll das abschrecken. Sich rumsprechen. Bei anderen, die vielleicht auch … du weißt schon.«

»Na und? Trotzdem ist es denkbar, dass ihm jemand das Licht ausgeknipst hat, den er beraten hat. Oder eine Frau, die er betrogen hat.«

Hardo kniff die Augen zusammen, während er die Namen derjenigen Leute überflog, die im vergangenen halben Jahr Walters' Vertretung erbeten hatten.

»Er war vor allem für Bauunternehmer und Makler tätig. Suchte die Leichen im Keller, um die Preise zu drücken. So schaut's aus.«

»Für solche Einschätzungen ist es zu früh, Chef!« Sabine Kerschensteiner stand auf. »Ich mache mich wieder an die

Arbeit. Bis später.« Sie nahm ihrem Vorgesetzten die Akte aus der Hand und ging.

»Sie ist ganz schön ehrgeizig, was?« Hardo sah der Polizistin nach. Katinka lehnte sich an seinen Schreibtisch. Nah genug, um sein Aftershave zu riechen. Sie rekapitulierte, was Dante ihr über die ›Princess of the Dark‹ berichtet hatte.

»Genau. Die Rosen.« Hardo nickte grüblerisch. »Cleveres Kerlchen, dein Journalist. So weit sind wir ebenfalls schon gekommen.«

»Wir?«

»Meine Kollegen, die an Ohr, Finger und Hand arbeiten.«

»Die haben den Fall wahrscheinlich ganz unten in den Stapel mit der Aufschrift ›unlösbar‹ einsortiert.«

»Heute Morgen haben sie ihn aber wieder rausgeholt«, entgegnete Hardo grimmig. »Keine Ahnung, wie viele Gärtnereien der Praktikant bislang abgeklappert hat.«

»Praktikant? So eine delikate Aufgabe legst du in die Hände eines Praktikanten?« Gespielt entrüstet sah Katinka Hardo an.

Er griff nach ihren Händen und hielt sie einen Moment fest. »Ich muss hier weitermachen. Pass auf dich auf. Und überleg dir das mit dem Haus.«

»Hardo«, begann Katinka und verdrehte die Augen.

»Die Schauerhütte ist ein Alptraum, ich verstehe nicht …«

»Das ist immer noch meine Angelegenheit.« Katinka machte sich los. Sie klang schärfer, als sie beabsichtigte. »Muss ich jetzt um Erlaubnis fragen, wenn ich ein Haus kaufen will?«

»Darum geht es doch nicht.« Hardo stieg die Röte ins Gesicht.

»Morgen rufe ich erst mal Wellmann an«, sagte Katinka. Sie musste unbedingt kühlen Kopf bewahren. Nach der Sache heute früh auf der ERBA-Insel konnte sie sich keine zusätzlichen Reibereien mit Hardo leisten. »Wie sieht es eigentlich mit Walters' Privatleben aus?«

»Alleinstehend. War nie verheiratet. Keine Kinder. Die Eltern sind seit langem tot. Keine Geschwister.«

»Hatte er eine Freundin?«

»Kerschensteiner kümmert sich drum.«

»Besser Sabine als der Praktikant!« Katinka ging zur Tür. »Genial, dass sie Teil der Soko ist.«

»Sie schafft das.« Hardo wandte sich seinem Schreibtisch zu.

Katinka sah die feinen Schweißtröpfchen auf seiner Glatze. Seine Kiefer mahlten.

»Vielleicht war er schwul«, schlug sie vor.

»Wer? Lukas?«

»Wer ist denn Lukas?«

»Der Praktikant.«

»Nein. Ich meinte Walters. Ob Walters vielleicht schwul war.«

»Lass das Kerschensteiner herausfinden.«

12

Kaum stand Katinka vor der Polizeidirektion, hing Emma Theiss in ihrer Leitung.

»Wo sind Sie denn?«

»Und Sie?« Katinka hasste vorwurfsvolle Bemerkungen.

»Ich habe Linda aus dem Krankenhaus abgeholt. Jetzt

sitzen wir bei ihr im Wohnzimmer. Uns ist etwas Wichtiges eingefallen. Kommen Sie vorbei! Schnell!«

»Was ist es?«

»Das sage ich Ihnen nicht am Telefon.«

»Nun gut, dann bitte ich Sie in mein Büro, damit wir erst mal das Geschäftliche klären.«

In der Leitung blieb es für Augenblicke still.

»Ach, das meinen Sie!« Emma Theiss hatte ihre Sprache wiedergefunden. »Ihren Lohn bekommen Sie natürlich. Wofür halten Sie uns?«

»Ich halte niemanden für irgendwas. Verstehe ich Sie richtig? Sie möchten mich …«

»Ich will Sie engagieren, ja. Mit allem Pipapo. Honorar und was weiß ich.«

Katinka konnte sich nicht vorstellen, wie die Geschäftsbeziehung mit Theiss & Roose aussehen sollte. Sollte sie einen Einbruch klären? Oder nach einem Handy fahnden?

Irgendwas stimmt mit mir nicht. Katinka spürte, wie winzige Schweißtröpfchen auf ihre Stirn traten. Die Sache mit dem Haus macht mich ganz verrückt.

»Ich muss ohnehin mit Frau Roose sprechen«, sagte sie ruhig. »Bis gleich.«

Sie fuhr mit dem Bus in die Innenstadt und lief vom ZOB zu Fuß in die Hainstraße. Auf dem Minigolfplatz tobte sich eine Schulklasse aus. Sonntagsspaziergänger genossen den Frühlingsnachmittag. Auf dem Basketballfeld trainierten ein paar Knirpse.

»Kommen Sie herein.« Frau Roose machte selbst auf. Sie sah zerbrechlich aus, durchsichtig fast, und hielt den verbundenen Arm unnatürlich nach oben gestreckt.

»Wie geht es Ihnen?«

»Geht schon wieder.«

Katinka folgte ihr ins Wohnzimmer, wo Emma Theiss hoch aufgerichtet auf einem der geblümten Sofas saß.

»Na, endlich. Wollen Sie Tee?«

»In den seltensten Fällen.«

Unbeeindruckt stellte Linda Roose einhändig und wie der Wind Tasse, Löffel und eine Kanne mit frisch gebrühtem Tee auf den Tisch. »Bitte. Nehmen Sie. Kandis ist hier drin.« Sie schob die Zuckerdose zurecht. »Oder möchten Sie Milch dazu?«

Katinka, die Tee für nichts anderes als gefärbtes Wasser hielt, rührte sich nicht. »Was wollten Sie mit mir besprechen?«

»Mein Handy ist weg!« Linda Roose sah Katinka unglücklich an. Auf ihrem rechten Wangenknochen schimmerte die Haut grünlich.

Die hat es, verdammt noch mal, ziemlich erwischt bei dem Sturz, dachte Katinka.

»Ich kannte mich mit dem Handy zwar nicht besonders aus, aber irgendwie war es mir lieb. Ich habe gern Fotos damit geschossen. Weil ich keine andere Kamera habe, und weil man das Handy leicht einstecken kann.«

»Haben Sie den Verlust bei Ihrem Anbieter gemeldet?«

»Natürlich!«, versetzte Emma Theiss.

»Dann besorgen Sie sich ein neues Handy.«

Linda Roose beugte sich vor und goss Katinka Tee ein. Mit links. Zielsicher.

»Sind Sie Linkshänderin?«

»Eigentlich ja. Ich wurde in der Schule zwangsweise auf rechts umgestellt.«

»Sie versteht nicht, wie das Handy verschwinden konnte«, machte Emma Theiss weiter.

»Ich habe den Verdacht, es ist im Klinikum gestohlen worden.« Linda Roose nickte traurig. »Erstaunlich, oder? Vielleicht finden Sie es albern, aber an dieses kleine Ding in meiner Handtasche habe ich mich irgendwie gewöhnt …«

»Sie hatten das Handy in der Tasche, als Sie ins Krankenhaus eingeliefert wurden?«

»Es war in ihrer Ausgehhandtasche.« Emma Theiss ging in die Diele und kam mit einer orangefarbenen Tasche aus glänzendem Leder zurück. »Und jetzt ist es weg.«

Katinka rieb sich die Schläfen. Das hier war nicht wahr. Es war unglaublich skurril. Sie beneidete Dante um seine Fähigkeit, Komisches so geschickt in Worte zu packen, dass man nicht wusste, ob man lachen oder weinen sollte.

»Gucken Sie mal!« Emma Theiss hielt Katinka die Tasche hin.

Katinka kippte den Inhalt neben sich auf das Sofa. Ein schickes Notizbuch mit silbernem Drehbleistift, eine elegante Damenbörse, ein gebügeltes Taschentuch mit Initialen. Sie wollte nicht daran denken, wie es in ihrem Rucksack aussah. Aber immerhin befand sich ein Handy darin.

»Ist das Handy eingeschaltet?«

»Es ist immer eingeschaltet. Es ist sowas wie … ein Draht hinaus in die Welt, verstehen Sie?«

Katinka verstand vor allem eins: Linda Roose war einsam. Sie hatte eine treue Freundin, aber im tiefen Innern fühlte sie sich verlassen. Ein Handy spielte den Tröster.

»Ja, aber wir haben die Telekom angerufen, und das Handy ist jetzt gesperrt. Damit niemand damit telefoniert.«

»Nun gut.« Katinka sah von einer zur anderen. »Was kann ich jetzt tun?«

»Die Dame bei der Telekom meinte«, sagte Linda Roose, »man könnte das Handy wieder entsperren. Falls ich es doch noch finde.«

»Haben Sie versucht, das Handy anzurufen, bevor die SIM-Karte gesperrt wurde?«

Die beiden sahen einander verständnislos an.

Katinka seufzte leise. Handy geklaut, SIM-Karte rausgenommen, Handy auf dem Flohmarkt verkauft, Kohle eingestrichen. Sehr simpel.

»Ich dachte nur, ich habe ein paar Fotos drauf. Wegen der Fotos hätte ich es gerne zurück. Aber …«

»Darf ich in Ihre Börse schauen?«

»Nur zu.«

Es lagen 500 Euro drin. In 100-Euro-Scheinen. Ein Fünfer und Kleingeld.

»Warum klaut jemand das Handy und verschmäht die 500 Euro?«, fragte Katinka.

»Vielleicht war keine Zeit!«

Quatsch mit Soße. Unruhig fuhr Katinka sich über die Stirn. Wieder fühlte sie feine Schweißtröpfchen auf ihrem Gesicht.

»Stand die Tasche im Klinikum offen herum?«

»Natürlich nicht.« Emma Theiss winkte ab. »Aber es ging alles so schnell. Als ich Linda fand, lag sie hier, neben ihr die Tasche. Dann habe ich die Polizei und den Krankenwagen gerufen, sie haben Linda ins Klinikum gebracht, und als ich sie besuchen ging, habe ich ihr die Tasche mitgebracht, zusätzlich zu Zahnbürste und Schlafanzug.«

»Haben Sie vorher nachgeschaut, ob das Handy drin war, als Sie die Tasche im Klinikum ablieferten?«

Emma Theiss spitzte die Lippen. »Ach so, Sie meinen … nein, habe ich nicht. Ich habe überhaupt nicht in die Tasche reingeschaut.« Sie schien sich verteidigen zu wollen.

Hier sitze ich mit zwei alten Ladys am Teetisch und lasse mich rühren von Linda Rooses traurigen Augen, wenn sie von ihrem Handy spricht, dachte Katinka. Was ist das jetzt für eine neue Masche?

»Es war einfach seltsam«, murmelte Linda. »Ich ging durch alle Räume. Hatte das Gefühl, da ist jemand.« Sie senkte die Stimme. »Das bleibt unter uns, Frau Palfy, ja?«

»Was denn?«

»Was ich Ihnen jetzt sage. Ich habe nämlich manchmal das Gefühl, dass Karl hier ist. Mein verstorbener Mann. Dass er … sich hier aufhält, durchs Haus streift.«

»Das passiert uns Witwen oft«, sagte Emma Theiss. »Denken Sie nicht, wir spinnen.«

»Schon gut. Aber diesmal war Ihr Gefühl anders?«

Linda Roose klammerte sich an Katinkas Verständnis. »Diesmal war es ganz anders. Ich spürte einen Luftzug. Fühlte mich alarmiert. Ging noch einmal durch alle Zimmer, dann trat ich auf den Treppenabsatz, nahm diese Tasche, legte die Hand auf das Treppengeländer …«

»Frau Roose, erinnern Sie sich, ob Sie in das kleine Bibliothekszimmer hineinsahen?«, fragte Katinka.

Die alte Frau konzentrierte sich. Sie schloss die Augen für einen Moment.

»Nein. Ich habe nicht hineingesehen. Ich stand nur im Schlafzimmer.«

»Aber da bleibt ein Winkel«, bemerkte Emma Theiss und griff nach der gesunden Hand ihrer Freundin.

»Ich weiß. Ich muss da was machen lassen. Dieses tote Eck gefällt mir gar nicht.«

»Haben Sie nicht hineingesehen, weil …«

»Weil ich vielleicht so ein dummes Gefühl hatte, das dort jemand lauert? Mag sein, Frau Palfy. Ich hatte Angst. Keine schlimme Angst, aber mehr als ein dummes Gefühl.«

»Eine Vorahnung«, hauchte Emma Theiss.

Das wurde Katinka nun wahrhaftig zu gefühlsduselig. Was ihr vorschwebte, war ein Szenario, bei dem der Einbrecher ausschließlich auf das Handy aus gewesen war. Als ihm klar wurde, dass Linda im Begriff war, ihre schicke Tasche mitsamt dem Handy auf ihren Stadtgang mitzunehmen, hatte er sie die Treppe hinuntergestoßen, ihre kurze Bewusstlosigkeit genutzt, um das Handy aus der Tasche zu klauben.

Die beiden Frauen beobachteten Katinka atemlos. Als sähen sie mir beim Denken zu! Katinka presste die Lippen zusammen. Aber warum hatte der Einbrecher es auf Lindas Handy abgesehen? Wegen der Fotos? Was war da zu sehen? Und wie war er hereingekommen?

»Was für Fotos hatten Sie denn auf Ihrem Handy, Frau Roose?«

»Och, nichts Besonderes. Wenn Emma und ich einen Ausflug machen, dann knipse ich das eine oder andere. Und wenn ich jetzt im Frühling etwas sehe, eine Blüte oder so, ja, dann mache ich eine Aufnahme. Nichts Spezielles.«

Katinkas Handy läutete. Sie sah Linda Rooses Blick. Gierig, traurig, verloren. Alles zugleich.

»Wischnewski, was ist denn!«

»Befinden Sie sich im Augenblick in einem Kundengespräch?«

»Kann man sagen.«

»Dann rufen Sie mich zurück. Bis gleich!« Er legte auf.

Katinka verstaute das Telefon in ihrem Rucksack. »Ich muss los. Eins noch, Frau Roose: Sie sollten Ihr Haus besser sichern. Solange nicht klar ist, wie der Einbrecher reinkam, und das finden wir wahrscheinlich nie raus, brauchen Sie neue Schlösser. Günstig wäre auch eine Videoüberwachung und Bewegungsmelder rund um den Garten.«

»Das ist kein Problem. Darum kümmere ich mich sofort.« Linda Rooses Gesicht nahm einen resoluten Ausdruck an.

»Und Sie meinen, das Handy ist unwiederbringlich verloren?«, fragte Emma Theiss.

»Wenn es jemand geklaut hat, ist es weg.« Das klang hart, war aber nicht zu ändern.

Die Ladys brachten Katinka zur Tür.

»Noch eins: Sie sagten, in der Nachbarschaft wäre vor nicht allzu langer Zeit eingebrochen worden, Frau Theiss. Wissen Sie, wo genau das war?«

Linda drängte sich vor. »In der Sodenstraße. Lediglich ein paar Minuten von hier. Die fliederfarben gestrichene Villa mit den griechischen Säulen.«

Ach du Schande! Eine neue Welle Schweiß befeuchtete ihre Stirn. Auch noch griechische Säulen. »Wer wohnt dort?«

»Ein Herr. Alleinstehend. Ich kenne ihn nicht weiter. Er hat zwei Doggen. Ziemlich unangenehme Viecher. Alle sagen, die wären friedlich. Wer's glaubt! Und die sabbern, sage ich Ihnen! Wenn ich spazieren gehe, meide ich die Straßenseite. Die kommen an den Zaun gelaufen, und der Geifer läuft ihnen von den Lefzen.« Linda schüttelte sich. »Wenn ich jetzt meine Handyfotos hätte, könnte ich Ihnen zeigen, was ich meine.«

»Tja, dann. Machen Sie es gut.«

Katinka ging an der Villa vorbei, die Linda Roose ihr beschrieben hatte. Ein blickdichter Metallzaun ging um das gesamte Grundstück herum. Die riesige Hecke aus Stauden in zweiter Reihe machte den Sichtschutz perfekt. Das Zugangstor, breit genug für einen PKW, war gute zwei Meter hoch. Zwei Kameras bewachten den Gehsteig und den Gartenweg hinter dem Tor. Tote Winkel konnte es aus dieser Perspektive kaum geben. Das Tor hatte weder Knauf noch Klinke noch Schloss.

Katinka lief weiter und kehrte nach einer Viertelstunde zurück, diesmal mit einem Basecap aus ihrem Rucksack auf dem Kopf. Aus dem Garten des Anwesens hörte sie ein heiseres Bellen.

Sie bog in die Querstraße ein und lief schließlich die Parallelstraße hinunter, um das Haus von hinten in Augenschein zu nehmen. Durch den Garten des dazwischen liegenden Grundstücks erhaschte sie kaum einen Blick auf die fliederfarbene Villa. Die Nachbarschaft wirkte, obgleich umzäunt und mit dezenter Security ausgestattet, um Klassen weniger hochgerüstet.

Katinka erwischte den Bus in der Schützenstraße und fuhr ein paar Stationen bis nach Hause. Jemand hatte ein extremes Sicherheitsbedürfnis. Und wenn ein anderer Jemand es wirklich geschafft hatte, in diese hochbewachte Villa einzubrechen, musste erstens der Einbrecher ziemlich gewieft sein und zweitens die Villa Unsägliches an Reichtümern bieten.

13

Feli Bohnstett kam mit ihrer Tochter nicht klar. Das war eigentlich ihr größtes Problem. Das Mädel schämte sich seiner Mutter, die auf Mülldeponien und in Komposthaufen nach Verwertbarem suchte.

Allerdings war die Hassliebe zwischen Feli und ihrer Tochter nicht erst mit Hartz IV ausgebrochen. Ihr ganzes Leben lang hatten sie grundverschiedene Ansichten gehabt.

Feli Bohnstett drehte am Radio herum. Bayern 4 Klassik hörte sie am liebsten, aber die hatten heute nur schräge Tonleitern im Angebot. Warum nichts Gefälliges, Leichtes? Immer mussten sie einen quälen, indem sie wildes Getröte für den Superlativ der Musik verkauften.

Feli schaltete das Radio ab. Mit Mozart im Hintergrund gab sie sich besonders gern ihren Erinnerungen hin, aber es klappte genauso gut ohne. Sie hatte eine Staudengärtnerei geleitet. 14 Stunden am Tag geschuftet und mit erdigen Fingern am Computer gesessen, sich mit Abrechnung und Umsatzsteuer befasst. Der Bürokratiekram war ihr am Hintern geklebt, und sie hatte mehr mit Verwaltung zu tun gehabt als mit Strauch-Päonien und Storchschnabel.

Für ihre eigene Liebhaberei, die Rosenzucht, hatte Feli genauso wenig Zeit gefunden. Mit Rosen konnte man nicht hudeln. Sie brauchten Ruhe und ein Gespür für die Pflanze.

Sie und ihre Tochter unterschieden sich zu sehr. Nun allerdings brannte es Feli unter den Nägeln, dem Mädel mitzuteilen, welchen Schatz sie im Müll aufgelesen hatte. Wenn etwas sie begeisterte, musste Feli darüber reden. Nur gab es leider nicht mehr viele, die ihr wenigstens aus Gewohnheit zuhörten.

Als sie noch arbeitete, hatte sie keine Zeit für Freundschaften. Abends schaltete sie den Anrufbeantworter zwischen sich und die Welt und schlief beim Heute Journal ein. Wer sich meldete, hinterließ Rückrufbitten auf der Maschine. Feli rührte sich nie.

Staudengärtnerei Felicitas, dachte sie traurig. Vorüber. Vorbei. Unternehmerin sein war eben nichts für sie. Wahrscheinlich wäre sie als simple Angestellte, die Sukkulenten pflanzte und Friedhofskränze band, besser bedient gewesen.

Feli würde bei ihrer Tochter vorbeigehen und sich bei der Gelegenheit gleich bekochen lassen. Zu dumm, dass das Mädel den Kauz geheiratet hatte. Aber was sollte sie, die alte, schmutzige Mutter, dagegen tun? Sie hatte ihnen einen Rosenstrauch zur Hochzeit geschenkt. ›Weißes Mariechen‹. Ihre eigene Züchtung. Der Strauch hatte keine drei Monate überlebt. Nicht einmal eine Rose konnten sie pflegen und bildeten sich ein, füreinander und – so Gott wollte – ein Kind die Verantwortung schultern zu können. Naja, mittlerweile hatte der Fatzke von Schwiegersohn ja sein wahres Gesicht gezeigt. Nicht mehr lange, und ihre Tochter würde verstehen, dass er kein bisschen besser war als andere Kerle. Feli hatte mit Männern ihre eigenen Erfahrungen. Keine guten.

Sie heftete die Blätter, die sie auf der Müllkippe gefunden hatte, sorgfältig zusammen und schob sie in einen Plastikordner. Was für eine drollige Schrift! Feli strich sanft über das oberste Papier. Die Aldi-Tüte klemmte als Müllbeutel im Abfalleimer. Die Metallbox stand auf dem Tisch. Hagebutten! Sie schnaubte grimmig.

Rosen machten unsterblich. Wenn nichts von dir bleibt: Eine Rose überdauert die Zeiten, sinnierte Feli. Zumindest, wenn sie in anständige Hände gegeben und nicht nach wenigen Wochen von einem Pilz aufgefressen wird. Sie schnaubte. Rosen waren nicht allein für den Kopf. Sie waren für das Herz. Man brauchte eine gehörige Portion Unvernunft, um sich überhaupt mit diesen heiklen Geschöpfen abzugeben. Dabei ging es nicht um ein Sträußchen zum Valentinstag, das man verwelkt nach ein paar Tagen wegwerfen konnte. Die Rose ist eine Diva, formulierte Feli Bohnstett im Geist. Sie betört uns mit ihrer Gunst, wenn es ihr gut geht. Wohlgeformt und duftend, samtweich und liebevoll.

Rosen, fand Feli Bohnstett, waren alles in allem verlässlicher als Menschen.

14

Staatsanwalt Kohlschwab liebte Weizenbier. Vor allem das Weizla der Brauerei Fäßla. Obwohl die verniedlichende Endung –la gar nicht zu seinem Körperbau passen wollte. Sein ganzes Dasein verlief in Größe XXXL.

Hauptkommissar Hardo Uttenreuther fand, er selbst sehe neben Kohlschwab kümmerlich aus. Und das wollte was heißen. Hardo hatte einen Bierbauch, aber auch Muskeln. Er ging zweimal wöchentlich in die Muckibude. Er brauchte das als Ausgleich zum Schreibtischtätertum. Nie hätte er zugegeben, dass die Beziehung zu einer sehr viel jüngeren Frau ihn unterschwellig auf Trab hielt.

Sie saßen auf Kohlschwabs Terrasse. Kohlschwabs Villa im Bamberger Haingebiet war renoviert worden. Die Arbeiten hatten erst kürzlich ein Ende gefunden. Die Hecke blühte bereits. Weiße Flöckchen saßen auf Büschen. Amseln zwitscherten. Der Rasen war frisch gemäht, die Blumenrabatten säuberlich hergerichtet. Es roch ganz leicht nach Gras. Pralle Knospen schienen zu flüstern: ›Bald, bald!‹ Der Apfelbaum blühte bereits. Ein alter, verknorzelter, gebeugter Geselle. Einige Äste ragten wie tot weg: braun, grau, dürr. Doch die anderen standen in voller weiß-rosa Pracht. Der Duft wehte in der milden Abendluft zur Terrasse herüber. Kohlschwab lehnte sich in seinem Gartenstuhl zurück.

»Ich wollte wieder in der Stadt wohnen«, erläuterte er und drehte das Weizenglas ins Licht, bevor er trank. »Stegaurach war mir zu … ich weiß nicht.«

»Wie lange haben Sie noch?«, fragte Hardo.

»Sie meinen, zu leben?« Kohlschwab lupfte die dichten Augenbrauen. »Noch drei Jahre bis zur Pensionierung. Dann lebe ich. Richtig.«

Hardo nickte.

»Sie sind noch jung«, bemerkte der Staatsanwalt. »Irgendwo Anfang 50, schätze ich? Da kommt einem das Leben noch nicht so … wie soll ich sagen … brutal vor.«

Hardos eisgraue Augen fixierten den Bauch des Staatsanwaltes.

»Pardon, ich meine … natürlich, Sie haben Ihre Schicksalsschläge hinter sich. Aber ich finde das gut, Ihre Beziehung zu der Detektivin. Wirklich gut. Ihnen steht alles offen. Ich meine«, er beugte sich vor, »als Mann.«

Du lieber Himmel, dachte Hardo nur. Er war geschieden, er hatte seine einzige Tochter bei einem Verkehrsunfall verloren, er war ein Gezeichneter. Hatte sich jahrelang aufrecht gehalten, wollte auf keinen Fall in die Depression abgleiten. Depression lag ihm nicht, und ebenso wenig hatte er die Absicht, in den Folterkammern sogenannter Therapien zu landen.

Dass er Katinka gefunden hatte … seltsam, warum kam Kohlschwab ihm damit? Natürlich hatte er, Harduin Uttenreuther, der übergewichtige, von der Schlechtigkeit der Welt beladene Mann und Leiter der Mordkommission, ein irrsinniges Glück gehabt. In seinem Alter fand man zwar jüngere Frauen, wenn man es darauf anlegte, aber keine wie Katinka.

Kohlschwab räusperte sich.

Hardo schwieg. Er hatte nicht die Absicht, sich mit dem Staatsanwalt über sein Privatleben auszutauschen. Vor allem, weil dieser Hauskauf zwischen ihm und Katinka für Zündstoff sorgte. Was niemanden etwas anging, schon gar nicht Kohlschwab. Er fragte sich, warum ein vernunftbegabter Mensch wie Katinka ernsthaft in Erwägung zog, dieses Gerippe von einem Haus zu kaufen. Geriet sie in eine frühe Midlifecrisis? Und warum regte ihn das alles so auf? Sollte sie eben ihr Haus haben. Vor einem Jahr war er noch ausgerastet, wenn sie ganz allein unter ungünstigsten Umständen Schwerverbrecher stellte. Dagegen war ein Hauskauf wohl das kleinere Übel. Es wurmte ihn nur irgendwie. Womöglich, weil er gegen Veränderungen im Privatleben allergisch war. Er mochte es, wenn die Dinge sich einpendelten und dann blieben, wie sie waren.

Konzentration jetzt. Seine Privatprobleme konnte er später überdenken. Hardo griff nach seinem Glas. Er hatte lange kein Weizenbier getrunken. Es schwemmte einfach zu viele Kilos an.

Kohlschwab schien zu merken, dass das Thema ›Hauptkommissar liebt Privatdetektivin‹ bei Hardo nicht gut ankam. Er wies auf ein Papier vor sich auf dem Gartentisch. Ein schäbiger Zettel, etliche Male geknickt und an den Kanten eingerissen.

»Jemand wollte mir einen Gefallen tun. Und vielleicht«, er senkte die Stimme, »hilft uns dies bei der schnellen Aufklärung des Falles.«

›Uns‹, dachte Hardo gereizt. Allenfalls mir. Kohlschwab hatte im Laufe ihrer Zusammenarbeit des Öfteren diverse Informanten ins Spiel gebracht. Hardo fragte sich, wie der Staatsanwalt es schaffte, zum informationellen Gläubiger dieser Leute zu werden.

»Ich meine, das Ohr, der Finger und die Hand, die können sonst wo abgetrennt worden sein. Dann hat sie jemand auf der ERBA-Insel abgelegt.«

»Die Hand war keine drei Stunden abgeschnitten, als sie gefunden wurde.«

»Gut, gut. Die Hand. Aber Ohr und Finger? Für die haben wir ein Zeitfenster von 24 Stunden, nicht wahr?«

Hardo nickte. »Das Abknipsen von Fingern ist eine gängige Bestrafung. Bei Schulden etwa.«

»Wussten Sie, dass die Henker im Mittelalter eine Art Sanitätsausbildung hatten? Sie hackten den Delinquenten die Finger ab und legten dann ein Wundpäckchen auf.«

»Nicht dumm.«

»Nein. Aber warum landet die Hand so rasch dort, wo sie nachher gefunden wird? Und warum hat man sich die Mühe gemacht, die Fingerabdrücke unsichtbar zu machen?«

»Sogar der Handballen war derart zerstört, dass eine Identifikation nicht möglich ist.« Hardo runzelte die Stirn. Katinka hätte sich jetzt über sein Polizeisprech lustig gemacht.

»Also müssen wir davon ausgehen, dass die Fingerabdrücke der Gemarterten gelistet sind.«

»Höchstwahrscheinlich.«

»Oder der Handabschneider wollte uns bloß suggerieren, das Opfer wäre polizeibekannt«, gluckste Kohlschwab.

»Mag sein.« Hardo trank sein Bier aus.

»Steht die Soko?«

»Wir haben gute Leute dabei. Zwei Kollegen, für die diese Geschichte mit dem Ohr angefangen hat. Der Praktikant ist ein Segen. Es wird viel Laufarbeit geben. Kerschensteiner macht sich außerdem.«

»Ja, ich weiß, die junge Kollegin, von der Sie viel halten. Ich hoffe, die Zusammenarbeit mit den Herren in der Soko ›Rose‹ führt nicht zu unnötigen Konflikten. Wir hatten erst eine Menge internen Ärger wegen Mobbing. Frauen fühlen sich schnell ins Abseits gedrängt. Möchten Sie noch ein Bier?«

»Gern.« Warum nicht. Es war Frühling, Sonntagabend, es saß sich angenehm in Kohlschwabs Garten im Hainviertel. Es war ruhig, der Verkehr schien weit weg, nur ab und zu klang Hundegebell zu ihnen herüber. Hardo hatte nicht die Absicht, Kohlschwabs Ansichten über Mobbing zu kommentieren. Längst war ihm klar, dass Frauen bei der Polizei überhaupt nicht in der Situation waren, saubere Arbeit zu leisten und zugleich ihre eigene Position zu verbessern oder gar für Frauenrechte zu kämpfen. Sie mussten zusehen, dass sie überhaupt Mund und Nase über Wasser behielten. Seine Strategie bestand darin, Sabine Kerschensteiner alle Unterstützung zukommen zu lassen, die sie brauchte, um nach oben zu kommen. Möglichst ohne dass ›Frauenticket‹ auf ihrer Stirn stand. Er förderte sie, weil er sie für begabt und fleißig hielt. Sie besaß einen scharfen Verstand und genau die richtige Menge Einfühlungsvermögen.

Kohlschwab stemmte sich hoch und kam mit zwei Flaschen zurück.

»Beschäftigen Sie einen Gärtner?«, erkundigte sich Hardo.

»Sicher. Geht nicht anders.« Kohlschwab klopfte sich auf die Wampe. »Aber wenn ich in Pension bin, lege ich selbst Hand an.«

Gute Vorsätze, fand Hardo amüsiert, versanden meist recht flott.

»Sie sehen doch ein, dass wir vor Eröffnung dieser Baumschule draußen auf der ERBA-Insel den Fall lösen müssen? Ich meine, niemand in der Stadt wird sich allen Ernstes direkt bedroht fühlen, aber es ist unschön. Das mit dem Ohr und dem Finger und der Hand. Und dann erst der tote Walters.«

»Sagen Sie mir etwas zu Walters!«, bat Hardo. Er goss sich das Weizen ein. Währenddessen beobachtete er Kohlschwab aus den Augenwinkeln.

»Walters soll letztes Jahr an der Insolvenzverschleppung von Glas&Glas beteiligt gewesen sein. Als Berater. Inoffiziell. Die Sache ist ziemlich hochgekocht. Knapp 1.000 Arbeitsplätze weggespült, dann fährt der Eigentümer mit dem Maibach zum Termin mit dem Insolvenzverwalter. Der hat sich vielleicht umgeschaut, als er mit dem Taxi heimfahren musste.«

»Ist er nach Hause gefahren? Oder gleich …«

»… in die Zelle?« Kohlschwab lachte, dass sein Bauch schwabbelte. »Sei's drum. Jedenfalls hat Anwalt Max Walters seine Pfoten in solchen Geschichten drin. Vergessen Sie nicht: Wir haben gerade eine Bürgermeisterwahl hinter uns.«

Hardo schwieg. Er verabscheute Politik. Es genügte

ihm völlig, in der Zeitung von wundenleckenden Idioten zu lesen. Apropos Zeitung: Die kriegte mit den Spekulationen zu Ohr, Finger und Hand wenigstens ihre Seiten voll.

»Das waren Beratungen?«, fragte er, »keine offizielle Mandantschaft?«

»Es gibt Menschen, die legen gesteigerten Wert darauf, dass ihre Namen nicht im Computersystem eines Fachanwalts für Baurecht auftauchen.«

»Die Beratungen in Sachen Insolvenz betrafen also die Immobilien, die ...«

»Immobilien, die mit getürkten Rechnungen und ebenso getürkten Gutachten in eine andere Preisklasse verfrachtet wurden. Aber so geschickt, dass man Walters nichts nachweisen kann. Ich überlege, ob ich einmal einen Spezialisten ranlasse.«

»Einen, der Ihnen was schuldet?«

Kohlschwab verzog die Mundwinkel. »Machen Sie sich nicht lustig über mich. Auch ein Staatsanwalt muss mit dem Leben zurechtkommen. Und mit dem Job. Außerdem fällt Betrug nicht in Ihr Ressort.«

»Sicher.«

Kohlschwab nahm den schmuddeligen Zettel in die Hand.

»Ich habe eine Leidenschaft, Hauptkommissar. Ich sammle Namen. In Kladden. Ich habe mittlerweile 32 Hefte beisammen, und die Seiten füllen sich täglich weiter.«

»Namen.« Hardo sagte es in einem Ton, als stellte er fest, dass eine Schnecke in sein Weizen gefallen war.

»Sie brauchen darüber nicht viel zu wissen. Ich nenne Ihnen jetzt ein paar. Und Sie recherchieren.«

»Ich höre.«

»Sie brauchen nichts notieren. Ich gebe Ihnen die Liste

mit.« Kohlschwab zitierte drei Namen. So melodisch, als lese er einen Vers aus Ovids Metamorphosen vor. »Sie gehen das durch?«, insistierte er.

»Sonst keine Informationen?«

»Ich sammle ausschließlich Namen.«

Hardo trank sein Weizen aus. Die Audienz war beendet.

15

»Er hat dir die Namensliste zugeschoben und gesagt, du sollst mal forschen?« Ungläubig legte Katinka die Hand auf den Fresszettel.

Sie saßen in Hardos Küche. Der rote Kirchturm auf der anderen Seite des Ulanenplatzes leuchtete warm in der Frühlingsnacht. Das Fenster stand offen.

»Sind das Leute, denen Finger oder Ohr gehören könnten?«, fragte Katinka. »Oder potentielle Schnippler?«

»Beides, nehme ich an. Ich habe die Daten kurz durch das System gejagt. Unsere Datenbanken wissen so gut wie nichts über die Herren. Theo Bauer, Manfred Korin und Ethelbert Schneider. Kerschensteiner darf morgen intensiver suchen.«

»Und?«

»Sagt dir irgendein Name was?«

»Ehrlich gesagt, nein. Hardo, ich habe mit Klein- und Kleinstfällen zu tun. Betrug, ein paar Austricksereien, Eifersucht. Bei mir landen keine großen Deals.« Linda Rooses trauriges Gesicht kam ihr in den Sinn. Alte Damen, die Handys vermissen. Das ist meine momentane Kragenweite, dachte sie.

»Katinka, wegen dem Haus …«

»Schon gut. Lass uns ein andermal darüber reden, okay?«

»Ich möchte nicht, dass du dich finanziell zugrunde richtest.«

»Hardo, ich kann rechnen.«

»Aber du kannst nicht in die Zukunft sehen. Du ahnst nicht einmal, welche Ausgaben auf dich zukommen.«

Sie stand auf. »Erzähl mir doch keine Märchen. Du machst dir nicht um meinen Geldbeutel Sorgen. Das ist alles viel diffuser! Im Grunde hast du Angst, dass ich etwas ausprobiere, was zugegeben nicht ohne Risiko ist, was sich aber deiner Kontrolle entzieht.«

»Nein, ich …«

»Du bist ein Kontrollfreak, Hardo. Du hasst Experimente. Du willst im Vorhinein genau wissen, wie die Dinge letztlich ausgehen. Leben funktioniert aber anders.«

Hardo stand auf und nahm Katinka in die Arme. »Ich will dich in Sicherheit wissen.«

»Löblich. Aber ich bin nicht in Gefahr, nur weil ich ein Haus kaufe!« Sie wusste, wie sehr der Verlust seiner Tochter selbst nach Jahren an ihm nagte. Schuldgefühle, Trauer, vermischt mit dem Bewusstsein, dass nichts wieder gut zu machen waren. Dass er sein Leben mit dem Gedanken ›hätte ich doch‹ verbringen würde. Sybille war in einer eiskalten Winternacht auf der B 4 gestorben. Jemand war in ihr Auto gerast. Ein anderer hätte Sybille helfen können, hatte es jedoch nicht getan. Das alles war bei einem von Katinkas früheren Fällen erst ans Licht gekommen. Grausam. Bitter. Katinka konnte Hardos Empfindungen nachvollziehen. Aber der Bruch in seinem Leben hatte mit ihr nichts zu tun.

Seine Arme hielten sie fest wie Schraubstöcke. Sie spürte seinen Atem in ihrem Haar. »Kohlschwab beneidet mich um dich.«

Eine gefühlvollere Liebeserklärung würde sie nicht bekommen. Nicht im Moment. Nicht von ihm.

»Sag mal«, sie machte sich los. »Worüber redet ihr denn so? Ich dachte, das wäre ein Arbeitsgespräch gewesen.«

»Er ist zweimal geschieden.«

»Was mich nicht wundert.«

»Warum?«

»Wer will schon mit einem Staatsanwalt verheiratet sein!«

16.4.2012 – MONTAG

16

Der nächste Tag begann trist und bedeckt. Ein frischer Wind fegte durch die Stadt. Plötzlich fühlte sich die Jahreszeit an wie Frühherbst. Tatsächlich lag heute etwas Dunkles über den Häusern.

Hardo war schon weg. Das Bett roch nach ihm. Nach diesem ozeanigen Aftershave, das er benutzte, seit Katinka ihn kannte. Am liebsten wäre sie liegen geblieben. Gerade halb acht, wer wollte sich zu so früher Stunde den Verwerfungen der Welt stellen. Katinka gähnte ausgiebig, bevor sie sich aus den Federn schälte und in die Küche tappte. Auf dem Tisch lag ein Zettel.

Ich habe das Papier mit ins Büro genommen. Du hast ja ein gutes Gedächtnis, oder? H.

»Dz«, machte Katinka, während sie die Kaffeemaschine in Betrieb setzte. Wenn sie jetzt in ihrem zukünftigen Haus in der Concordiastraße wohnen würde und Hardo die Wohnung daneben hätte … Sie blickte auf den Kirchturm. Im düsteren Wetter sah er heute braun aus, nicht rot. Und irgendwie schlecht gelaunt.

»Depp«, sagte Katinka zu dem Turm. »Suggeriere mir jetzt bloß nicht, ich würde dich vermissen. Für den unwahrscheinlichen Fall, dass Hardo mit in die Concordiastraße zieht.«

Wir könnten uns nämlich einen Kühlschrank teilen, fügte sie im Stillen hinzu. Eigenartig, aber Hardos Eisschrank war in letzter Zeit immer gut gefüllt, während sie selbst meistens vergaß, Milch, Brot oder irgendwas Grünes aus der Stadt mitzubringen. In was für bescheuerte Streitereien sie ständig gerieten! Dass Hardo wirklich überall Wirrsal und Ungemach vermuten musste! Die Entscheidung, das Haus zu kaufen oder nicht, machte sie sich selbst schwer genug. Sie brauchte nicht auch noch seine Schwarzseherei.

Leise murmelte sie die Namen von Kohlschwabs Liste vor sich hin. Wieso steckte der Staatsanwalt seinem Ermittler überhaupt solche dubiosen Listen zu?

Dante hatte was gut bei ihr. Sie rief ihn an.

»Wischnewski?«, meldete er sich gut gelaunt.

»Schlafen Sie eigentlich nie?«

»Nicht, wenn ich es irgendwie vermeiden kann.«

»Vielleicht möchten Sie mit mir frühstücken?«

»Das bedeutet nur, dass Sie sich einen doppelten Espresso hinter die Binde kippen.«

»In einer halben Stunde? In der Cafébar am Kranen?«

»Cheerio«, zwitscherte Dante und legte auf.

Sofort läutete ihr Handy wieder. Wellmann.

»Frau Palfy, Ihrem Traumobjekt steht jetzt nichts mehr im Weg. Frau Roose ist unterschriftsfähig.«

»Wann?«

»Heute, wenn Sie mögen.«

»Zu früh.«

»Haben Sie es sich anders überlegt?« Wellmann klang alarmiert.

»Sie wollen mir doch nicht einreden, dass Leute Schlange stehen, um das Haus zu kaufen.«

»Aber …«

Scheiße, dachte Katinka. Ich habe null Durchblick, was ich wirklich will. Kaufen oder die Finger davon lassen? Ausgerechnet jetzt ist so viel los, dass ich keine Kapazität zum Nachdenken habe. Und Hardos Ingrimm gegen das Haus … Der Ärger trieb ihr das Blut in den Kopf. Ihr

Gesicht wurde heiß. Zum Henker, warum ließ sie sich von einem Mann dermaßen aus dem Takt bringen?

»Sie haben sicherlich mitgekriegt, was in Bamberg läuft«, sagte sie aufs Geratewohl. »Kannten Sie Max Walters?«

»Aber sicher. Wir sind im selben Business. Sozusagen. Er ist Fachanwalt für Baurecht. Hat ein paar anwaltliche Verpflichtungen für mich übernommen. Meinen Sie … aber … das bedeutet doch nicht, dass …«

»Ich habe keine Ahnung, was es bedeutet.«

»Denn … mein Gott! Ja, tatsächlich …«, murmelte Wellmann zusammenhangloses Zeug vor sich hin.

»Ich will einen zweiten Gutachter für das Haus«, sagte Katinka. »Eine Mieterin hat sich bei mir beklagt, dass ihr die Tapete von der Wand fault.«

»Aber … wobei …«

Makler Bernd Wellmann hatte es eindeutig den Boden unter den Füßen weggehebelt.

»Das ist in der Branche nicht ganz unüblich. Zwei Gutachter. Den zweiten suche ich aus.«

»Zwei Meinungen, zwei Entscheidungen, Frau Palfy.«

»Einer sagt ›hü‹ und der andere ›hott‹?«

»Das wäre zu befürchten.«

»Prima, ich liebe Kakophonien.«

Sie würgte Wellmanns Erklärungen ab und machte sich auf den Weg in die Innenstadt.

Dante packte sein iPad aus.

»Hui, schick.«

»Haben Sie nicht selbst eins?«

»Sicher.«

»Erste Sahne. Super Internetverbindung. Also. Wie lauteten die Namen?«

»Theo Bauer, Ethelbert Schneider, Manfred Korin.«

»Ethelbert. Klingt nach feinem Pinkel.« Dante tippte auf seinem iPad herum. »Unser Archiv spuckt aus, was es hat. Außerdem komme ich in massenweise andere Pressearchive rein. Kein Thema.«

»Sie haben die Grundbedingung zur Kenntnis genommen, oder?«, hakte Katinka nach. »Sie lautet: Diskretion.«

»Und Diskretion und Diskretion. Versteht sich von selbst.«

Während Dantes Fingerspitzen zu glühen begannen, rief Katinka Linda Roose an.

»Haben Sie Ihr Handy gefunden?«

»Nein. Das ist weg. Ich gehe jetzt gleich mit Emma los, ein neues kaufen. Sie meint, ich solle gleich ein Smartphone nehmen. Was denken Sie, Frau Palfy?«

Katinka stellte sich vor, wie Linda Roose in ihrem geblümten Wohnzimmer saß und Apps herunterlud.

»Gute Idee. Die Dinger sind klasse.«

»Sind sie schwer zu handhaben?«

»Ach, man freundet sich flott mit ihnen an.« Katinka verabschiedete sich. Linda hatte sie erst mal los. Keine Rede mehr von einem Auftrag, bei dem sie nach einem Handy fahnden sollte.

»Wischnewski, ich frage mich, ob Sie immer noch Ihre prickelnden Beziehungen zum Katasteramt haben.«

»Sicher. Warum?« Er sah nicht hoch.

»In der Sodenstraße gibt es eine seltsame Villa. Fliederfarben gestrichen. Griechische Säulen. Könnten Sie rausfinden, wem die gehört?«

»Klar. Was machen Sie eigentlich in der Zwischenzeit?«

»Nachdenken.«

Er verdrehte die Augen.

»Wie geht's Ihrem Deskchef?«, fragte sie angelegentlich.

»Ich will's nicht wissen. Er hat sich in den Kopf gesetzt, dass es eine prima Sache ist, die Leser wegen dieser abgeschnittenen Ohren et cetera die Wände hochzujagen. Sieht aus, als wäre er sowieso von Anfang an gegen das Mammutprojekt gewesen. Ihm gehörte ein schnuckeliges Grundstück schräg gegenüber vom Café Sandbad an der Regnitz, von dem er für den neuen Spazierweg, oder wie das Ding heißt, ein Stück abtreten musste.« Er klickte weiter auf dem Display herum.

Katinka schwirrte der Kopf. Sie hatte die Sache mit dem Haus zu überdenken, und dann schob sich ständig der seltsame Überfall auf Linda Roose in den Vordergrund. Die Gedankenfäden begannen sich zu verschlingen. Zusammen mit dem trübsinnigen Tag draußen ergab das keine gute Grundvoraussetzung, um klarer zu sehen.

»Ha!« Dante schlug mit der flachen Hand auf den Tisch, dass die Espressotassen hopsten. »Das ist ja jetzt echt megageil. Manfred Korin war der Name, oder? Er ist der Eigentümer der fliederfarbenen Villa im Hain.«

»Korin? Der Typ auf der Liste?«

»Exakt.« Dante schüttelte den Kopf. »Das ist jetzt echt ein bodenlos frecher Zufall.« Er vertiefte sich in seine Recherchen. Katinka ließ ihn in Ruhe. Sie sah hinüber zum Kloster Michaelsberg. Wolkenfetzen wehten um die beiden Kirchtürme. Schließlich hob Dante den Kopf.

»Also: Manfred Korin ist als Businessman und Investor bekannt. Er hat der Stadt die eine oder andere Sportstätte finanziert und sich bei den Sonderausgaben für die Landesgartenschau beteiligt. Sie wissen schon: Treidelpfad, Weinberg, Info-Tafeln und so weiter.«

»Sieh an. Womit macht er sein Geld?«

»Er besitzt mehrere Firmen, die untereinander irgendwie zusammenhängen. Das sind meistens Dienstleister, Import-Export-Firmen, Speditionen, außerdem hat er in den letzten zehn Jahren in Solarenergie gemacht.«

»Ein Tausendsassa.«

»Eine schrille Type. Mittlerweile ist er fast 70 Jahre alt. Jetzt hat er genug Millionen zusammen, um sich als Mäzen unter die Leute zu mischen. Kürzlich hat er angeboten, ein Bamberger Kulturfestival ins Leben zu rufen.«

»Spitze. Weil wir hier ja noch keine Kultur haben«, brummte Katinka.

»Wir ertrinken sozusagen darin.« Dante sah Katinka an. »Über den Einbruch habe ich nichts gefunden.«

»Ganz unwahrscheinlich ist es allerdings nicht«, grübelte sie, »dass ausgerechnet bei einem wie Korin eingebrochen wird. Es muss dort einiges zu holen geben.«

»Das, was es zu holen gibt, muss aber prima geschützt sein.« Dante packte sein iPad ein. »Ansonsten gibt es Banken mit Schließfächern. Ich fahre zu Korin und bitte um ein Interview. Er ist zwar eher zurückhaltend und will nicht groß auffallen in der Öffentlichkeit, aber …«

»Dann gibt er Ihnen auch kein Interview.«

»Aber ich sehe, wie er lebt, wie die Villa gesichert ist und all das.«

»Er besitzt zwei Doggen. Riesenviecher.«

»Pf, mit denen werde ich wohl fertig.« Dante legte fünf Euro auf den Tisch. »Checken Sie die beiden anderen?«

»Weg ist er«, murmelte Katinka vor sich hin.

Sie zahlte und machte sich auf den Weg in ihre Detektei. Im Prinzip wurde die Cafébar am Kranen ihr zweites Büro. Sie könnte sich die Miete für die beiden Räume in der Hasengasse beinahe sparen.

Sie sah die Post durch, warf den PC an und begann, das Internet nach Theo Bauer und Ethelbert Schneider zu durchforsten. Mit letzterem war es leichter. Niemand sonst auf dieser Welt schien Ethelbert zu heißen.

Eine Stunde später druckte sie aus, was sie hatte, und verließ die Detektei. Es regnete leicht. Am Kranen drängten sich Touristen, um auf der Regnitz Schiff zu fahren. Auf der Unteren Brücke hockten ein paar Punks, ließen die Beine über die Brückenmauer baumeln und zuckten im Takt irgendeiner durchgeknallten Musik. Ein paar Meter weiter spielte ein Akkordeonist ›Sous le ciel de Paris‹. Ein Kurztrip nach Paris erschien Katinka jetzt wie genau der Plan, der wieder Licht und Leben in ihren Alltag brachte. Statt zum Reisebüro umzukehren, schob sie sich durch die trotz des schlechten Wetters zahlreichen Touristengruppen.

In der Sandstraße hatte vor kurzem eine Kunstgalerie eröffnet. Sie war auf den Namen Ethelbert Schneider eingetragen, hörte jedoch auf den sonnigen Namen Cristina Sandros.

Kunst passte Katinkas Meinung nach gut in die Sandstraße. Eigentlich eine traditionelle Kneipenmeile, studentisch geprägt, von kleinen, individuellen Geschäften bereichert und seit einer Weile verkehrsberuhigt, fanden sich nun weitere bunte Etablissements dort ein. Katinka stieß die Tür auf.

»Grüß Gott«, sagte sie. Sie stand in einem von indirekten Flutern erhellten Raum mit Parkettboden und blutroten Wänden. Von der Decke hingen Fotografien mit abstrakten Motiven in schwarz-weiß.

»Hallo.« Eine dunkelhaarige Frau in High Heels stöckelte Katinka entgegen.

»Ich bin nur einen Tag in Bamberg«, flunkerte Katinka drauflos. »Aber ich habe ein Faible für Schwarz-Weiß-Fotografie.«

Die Frau lächelte. »Darf ich Sie mit meinem neuesten Künstler bekannt machen? Nicht persönlich, aber, sagen wir, über den Umweg seiner Bilder? Wobei in der Kunst der Umweg womöglich der direktere Zugang ist.«

Katinka musterte die Fotos. Sie hatte keine Ahnung, was sie darstellten.

»Reduktion auf die Form, das ist Edward Leighs Lebensthema.«

»Engländer?«

»Australier.« Die Dame reichte Katinka einen Flyer.

»Ich muss zugeben, den Namen habe ich noch nie gehört«, sagte Katinka, während sie das Blatt überflog. »Haben Sie diese Galerie schon länger?«

»Erst ein paar Wochen.«

»Sind Sie Cristina Sandros?«

»Aber ja. Warum fragen Sie?«

»Ach, weil manche Galerien ja ganz ungewöhnliche Namen haben«, wich Katinka aus. »Aber ich nehme an, Sie sind nicht allein auf Fotografie aus?«

»Ich habe Künstler aller Art unter Vertrag. Aber besonders gern nehme ich Leute aus Ozeanien.«

»Warum das?«

Cristina Sandros lächelte. »Aus Fernweh?«, fragte sie zurück. Sie setzte sich an ihren Schreibtisch und blätterte einen Ordner durch.

»In einer alten Stadt wie Bamberg«, fing Katinka an, »denkt man sich ja, wie gut, dass es in früheren Zeiten steinreiche Adelige gab. Nehmen Sie zum Beispiel die Schönborns. Wie Bamberg wohl ohne sie aussähe?«

»Meine Rede«, antwortete Cristina Sandros. »Man kann viel jammern und klagen, über Vetternwirtschaft und was weiß ich, aber solche weit verzweigten und mächtigen Familien haben halt das Ihre getan.«

»Und heute? Wie ist das heute? Haben Künstler eine Chance?«

»Außerhalb des Museums, meinen Sie?«

»Ja, etwa in Galerien …«

»Es ist nie einfach, verstehen Sie? Ich bin nach Bamberg gekommen, weil ich in Frankfurt zu viel Konkurrenz hatte.«

»Danke jedenfalls für die Inspiration. Ihre Galerie gefällt mir.«

»Schön.«

»Ist es eigentlich schwer, eine Galerie ans Laufen zu kriegen? Ich habe vor Jahren mein Kunstgeschichtsstudium abgeschlossen. Es war immer ein Traum«, fantasierte Katinka.

»Geld ist eine Grundvoraussetzung, aber wirklich nur eine. Man muss genau wissen, was man will. Welche Richtung, welcher Geschmack, welche Kundschaft …«

Sicher keine in Pulli und Jeans, überlegte Katinka, während sie Cristina Sandros' schickes Kostüm musterte. Aber ihr Stil ist zu madamig in meinen Augen.

»Ich finde, wenn Partner oder Familie einen nicht unterstützen, dann wird es bitter.«

»Man muss entschlossen genug sein«, befand die Galeristin und wandte sich ihren Papieren zu. »Tschüss dann!«

Katinka ging. Natürlich hatte sie bloß geflunkert. Eine

Kunstgalerie war ganz gewiss nicht ihr Traum. Ihr Traum bestand aus bröselndem Sandstein und schwammigen Wänden.

Warum nicht? Sind Schwierigkeiten nicht dazu da, dass man sie meistert?, dachte sie, während sie zurück in die Detektei schlenderte.

Ihr nächster Check betraf den Namen Cristina Sandros. Sie war mit Ethelbert Schneider verheiratet und Eigentümerin von drei Pizzerien: einer in Bamberg, einer in Forchheim und einer in Aschaffenburg. Auf den Webseiten der Galerie tauchte ihr Name im Impressum jedoch nicht auf. Dort war Ethelbert Schneider eingetragen. Mehr Informationen spuckte das weltweite Netz nicht aus.

17

Sie trafen sich zum Mittagessen im Vitamin X. Katinka liebte die Kneipendichte rund um ihre Detektei. Es gab etwas für jeden Geschmack. Sie bestellte frischgepressten Orangensaft für sich und Dante und ließ sich über sein Abenteuer in der Korin'schen Villa ins Bild setzen.

»Voll durchgeknallt, der Typ.«

»Hat er Sie empfangen?«

»Er hat ein Faktotum, eine Art Samsonite-Super-Hartschalenkoffer, fleischig und mit wenig Hirn ausgestattet.« Dante riss sich die Mütze vom Kopf. »Außerdem zwei Doggen, denen der Geifer nur so um die Köpfe spritzt. Obwohl man sagt, je größer die Kläffer sind, umso friedlicher verhalten sie sich … ich weiß nicht, ich weiß nicht. Im Dunkeln würde ich denen nicht gern begegnen.«

Katinka grinste in Erinnerung an ein mit Dante gemeinsam bestandenes Abenteuer, in dem ein paar Staffordshire Bullterrier eine Statistenrolle hatten einnehmen dürfen.

»Was sagt Korin?«

»Lässt ausrichten, dass er keine Interviews gibt. Nie. Punktum.«

»Und die Villa?«

»Die Tür ist durch ein elektronisches Schloss gesichert. Mit einem Schlüssel ist da nichts zu wollen. Sie geben einen Code ein und kommen rein. Oder auch nicht. Außerdem lauern überall Kameras.«

»Haben Sie nach dem Einbruch gefragt?«

»Schon, aber ohne Erfolg.«

»Hat Korin geleugnet?«, wollte Katinka wissen.

»Er ließ ausrichten, er unterhalte sich generell nicht mit der Presse. Ich habe das nochmal ausführlich geprüft. Wir haben nicht ein einziges Interview mit ihm im Archiv. Was ich Ihnen heute früh frisch aus dem Netz serviert habe, stammt aus den mühevoll recherchierten Artikeln der Kollegen.«

»Dieser Ethelbert Schneider ist scheinbar auch ziemlich schüchtern. Ich habe nichts über ihn gefunden.« Katinka berichtete von ihrem Besuch in der Galerie.

»Interessant.« Dante lehnte sich zurück. »Lichtscheue Reiche.«

»Mäzene.«

»Geschäftemacher. Die wissen genau, wie sie es anstellen müssen.«

»Geben sich aber den Anschein, die leidende Menschheit an ihrem Reichtum teilhaben zu lassen.«

»Philanthropen.«

»Schauspieler.«

»Lügner.«

»Mafiosi.«

Sie sahen einander an und lachten.

»Zusammenfassend«, erklärte Dante, »ist doch eindeutig, was wir hier vor uns haben. Typen mit Dollarzeichen im Auge, die nicht behelligt werden wollen. Mit den staatlichen Stellen befrieden sie sich, indem sie großzügig Spenden für Kunst und Kultur, Sport und Gartenschauen abzwacken. Dafür lässt man sie in Frieden. Sie ziehen die Strippen bei allen möglichen Geschäften.«

»Und Theo Bauer?«

»Hinter den klemme ich mich heute Nachmittag.«

»Wann arbeiten Sie eigentlich an Ihrem Normalprogramm?«

»Sie meinen, an dem, was morgen in der Zeitung steht? Keine Bange, ich habe ausreichend Stoff im Computer. Das Zeug, das wir auf Abruf rausholen.«

Katinkas Handy klingelte.

»Hardo?«

»Ja, ich bin's. Wir haben einen Typen aufgelesen. Er wurde zur fraglichen Zeit in einem Kanadier gesehen. Von einem Schlaflosen, der in der Frühlingsnacht am Regnitzufer unterwegs war.« Seine Stimme klang nüchtern und sachlich. Kein unterdrücktes Vibrato.

»Cool. Fällt das auch unter die Nachrichtensperre?«

»Pressekonferenz um drei Uhr.«

»Ist er der Mörder?«

»Wir können ihm nichts nachweisen. Er lebt allein, hat kein Alibi, ist bisher nicht aktenkundig. In seiner Wohnung haben wir keine Hinweise auf Walters gefunden. Keine Klamotten mit DNA-Spuren des Opfers oder so. Keine Fingerabdrücke im Kanadier. Aber die Techniker arbeiten dran. Irgendeine Winzigkeit in dem Boot, die auf den Knilch verweist, und wir wären weiter.«

»Hat der Knilch einen Namen?«

»Mehmet Öznur. Deutscher Staatsangehöriger. In Deutschland geboren und Bildungsinländer, wie man sagt. Spricht Bambergerisch.«

»Habt ihr sonst Infos dazugewonnen? Über die drei Sterne auf Kohlschwabs Liste zum Beispiel?«

»Das liegt ganz in Kerschensteiners Verantwortung. Sie will in den gehobenen Dienst wechseln und erarbeitet sich Pluspunkte.«

»Frauenquote?«

»Eben gerade nicht!«

»Treffen wir uns heute Abend?«, fragte Katinka.

»Ich weiß nicht, ob ich hier überhaupt rauskomme. Ansonsten schau einfach im Büro vorbei.«

»Prima. Bis dann.« Erleichtert steckte sie ihr Handy ein. Keine Diskussion über Häuser. Umso besser. »Tja, Sie sollten die Hühner satteln, Wischnewski. Die Polizei hat einen Verdächtigen. Pressekonferenz um drei.«

Katinka schlenderte über den Schillerplatz nach Hause. Das war ein Umweg, aber es hatte zu regnen aufgehört und sie brauchte frische Luft und Bewegung.

Als sie aus den Theatergassen bog, sah sie Wellmann, den Makler, sein Büro verlassen. Sein Ziel schien das Restaurant Salino am oberen Ende des Platzes zu sein. Scheinbar hatte er Hunger auf Pizza.

Wellmanns Haustür ließ sich aufdrücken. In dem Gebäude residierten außerdem ein Arzt und ein Anwalt. Das Immobilienbüro lag im Erdgeschoss. Für das Schloss brauchte Katinka keine Minute. Das Überstreifen der Handschuhe dauerte länger.

Sie betrat Wellmanns Hauptbüro. Er machte alles allein.

Eine Sekretärin käme ihm zu teuer, hatte er Katinka gleich bei ihrem ersten Treffen erläutert.

Der PC lief. Katinka berührte die Maus. Vor ihr tat sich eine Excel-Tabelle auf.

»Bombig«, sagte sie laut.

Sie suchte ein wenig herum. In der Datei waren offensichtlich sämtliche Objekte erfasst, die Wellmann derzeit an den Mann zu bringen versuchte. Bei einigen hatte er vermerkt: ›so gut wie verkauft‹. Das Haus in der Concordiastraße gehörte zu dieser Kategorie.

Katinka stöberte weiter. Sie fand einen Ordner mit Gutachten. Auch hier einige Dateien zu ihrem Traumobjekt. Sie schloss ihren USB-Stick an und kopierte die Dateien. Dann suchte sie nach ›Max Walters‹. Der Anwalt, der gestern tot auf der ERBA-Insel gelegen hatte, war mehrmals für Wellmann tätig gewesen. Jedes Mal hatte er Käufer abgeschmettert, die Wellmann nachträglich beschuldigten, sie über den Tisch gezogen zu haben. Es ging immer um Schäden, die sich erst sehr spät an einem Gebäude zeigten, seinen Wert jedoch massiv minderten.

»Ach du Schande.« Eine Weile saß Katinka nur da. Sollten Hardos düstere Voraussagen wahr werden? Sie sicherte auch diese Unterlagen auf ihrem Stick.

Rasch sah sie auf die Uhr. Sie war jetzt eine halbe Stunde hier an diesem Computer. Gut möglich, dass Wellmann lediglich auf einen Kaffee abgedampft war. Mit pochendem Herzen gab sie in die Suchmaske die Namen von Kohlschwabs Liste ein. Sieh an. Wellmann schien ein Spezl von Korin zu sein. Pro Jahr veräußerte Korin mehrere Häuser, große Bürogebäude und Einkaufszentren in ganz Deutschland. Katinka überflog die angegebenen Summen. Wellmann musste allein mit der Provision reich werden.

Plötzlich waren draußen Stimmen zu hören. Als jemand die Tür öffnete, rutschte ihr das Herz in die Hose.

»Ist das die Praxis von Dr. Schmidmeier?«

»Einen Stock höher«, zwitscherte Katinka.

Der ungebetene Besucher verschwand. Katinka zog den Stick ab und sah zu, dass sie wegkam.

18

»Du kannst das vor Gericht nicht verwerten«, sagte sie eine Dreiviertelstunde später zu Hardo, »aber vielleicht ist es ein Trittstein auf dem Weg zum Mörder.«

Sie reichte Hardo den Stick; kurz vorher hatte sie die Dateien auf ihren PC kopiert. Nun kam alles auf Hardos Reaktion an. Schließlich waren die Files aus Wellmanns Computer ein gefundenes Fressen für ihn.

Während Hauptkommissar Uttenreuther gewohnt mechanisch durch die Unterlagen ging, betrachtete Katinka das Flipchart im Büro. Namen: Korin, Schneider, Bauer. Letzterer mit einem Fragezeichen versehen. Fotos: Ohr, Finger, Hand. Der tote Max Walters. Katinka nahm den Edding und schrieb ›Einbruch in Villa‹ neben Korins Namen. Sabine Kerschensteiner sah auf. Bisher hatte sie stur in ihre Papiere geblickt. Ihre Augen sahen rot gerändert aus.

»Du hast Pulver in den Augen. Mach eine Pause«, riet Katinka.

»Was für ein Einbruch?« Sabine scherte sich nicht um Katinkas Einwand.

»In Korins Villa. Er dürfte ihn angezeigt haben. Check mal.«

»Schon dabei.« Sabine setzte sich an den nächstbesten PC. »Unser einziger Verdächtiger schweigt übrigens. Er macht keinen Mucks.«

»Ich kümmere mich um den Kaffee«, verkündete Katinka und setzte die Maschine in Betrieb. Sie trat auf den Gang, um Wasser zu holen. Dabei traf sie Urban Dütsch. Sein rotes Haar leuchtete neonartig. Die Polizeiuniform stand ihm genauso wenig wie früher, aber sein Lächeln wertete alles andere auf. In breitestem Bambergerisch rief er: »Mensch, Frau Palfy, ich habe Sie lange nicht mehr gesehen. Haben Sie den Kaffee in Bambergs Gaststätten inzwischen leergetrunken, dass sie bei uns nachtanken müssen?«

»Noch nicht. Aber irgendwann wird es soweit kommen. Ich spüre es.«

Urban Dütsch nickte. In ihren ersten Fällen hatte Katinka öfter mit dem Polizisten zu tun gehabt, doch mittlerweile ergab es sich kaum noch. Sie musste sich eingestehen, dass seine positive Art ihr fehlte.

»Also, bis demnächst mal.«

Sie kehrte mit gefüllter Kanne in Hardos Büro zurück und setzte Kaffee auf.

»Wellmann ist ein mieser, kleiner Goldfisch, der gern Hecht im Teich spielt«, fing Hardo an. »Hast du unterschrieben?«

»Noch nicht.«

»Dann lass die Finger davon.«

»Ich suche mir zunächst einen zweiten Gutachter.«

»Katinka …«

»Himmel, Hardo, lass mich in Ruhe damit, okay? Ich kann meine Entscheidungen durchaus alleine treffen.«

»Darum geht's doch gar nicht.« Tief durchatmend klappte Hardo seinen Laptop zu.

»Worum dann? Darum, dass ich ohne dich nur eine halbe Portion bin?« Ihr zitterten die Hände, während sie Kaffeepulver in den Filter löffelte. Hardos Zustimmung ist mir wichtiger, als ich zugeben will, dachte sie.

»Wellmann zieht dich über den Tisch. Das hat er bei ganz anderen gemacht. Es ist seine Masche! Du hast selbst einen Blick auf seine Dateien geworfen!«

»Schon mal auf die Idee gekommen, dass ich mit ein paar Insiderinfos von diesem Kaliber den Preis drücken kann?«

»Verdammt, Katinka, kapierst du es immer noch nicht? Mit der Renovierung, nicht mit dem Kauf, ruinierst du dich!«

Katinka verdrehte die Augen. Sie wäre am liebsten gegen die Wand gelaufen. Peinlich genug, dass sie beide vor Sabine ihren Disput ausfochten. Sie konnte ihre Wut kaum im Zaum halten. Für einen depperten kleinen Tollpatsch gehalten zu werden – sähe so die zukünftige Beziehung mit dem großen Harduin Uttenreuther aus? Sie verspürte den Impuls, sofort zu Wellmann zu rennen und ihre Unterschrift unter jedes beliebige Papier zu knallen.

»Von einem Einbruch bei Korin ist nichts zu finden«, meldete sich Sabine sichtlich verlegen zu Wort.

»Das heißt jetzt erst einmal gar nichts«, wiegelte Hardo ab, »aber es könnte trotzdem der erste Hinweis auf eine Spur sein.« Er wischte sich mit einem karierten Stofftaschentuch über die Glatze. Katinka stemmte die Hände in die Taschen ihrer Jeans. Ihr war mit einem Mal grauenhaft heiß.

»Katinka, wann genau war der Einbruch?«, fragte Sabine.

Katinka rief Emma Theiss an. Was Hardo betraf, machte sie sich nichts vor. Der Kampf war lediglich unterbrochen. Die nächste Runde würde bald eingeläutet.

»Frau Palfy, nett, dass Sie anrufen! Linda hat sich beruhigt. Wir haben ein neues Handy gekauft. Ein Smartphone. Das bedient sie flotter als das Handy vorher. Als allererstes hat sie sich mit der Kamerafunktion vertraut gemacht. Sie fotografiert eben gern.«

»Freut mich. Ich wollte noch einmal auf den Einbruch in der fliederfarbenen Villa zu sprechen kommen. In der mit den Doggen. Wann war das?«

»Vor exakt vier Wochen und einem Tag. Am 18. März. Nicht, dass ich mir den Termin im Kalender rot angestrichen hätte, aber an dem Abend war ich mit meiner Tochter im Kino. Es war ihr Geburtstag. Wir guckten den Spätfilm, und als wir auf die Straße traten und ich mein Handy wieder anschaltete, hatte ich eine aufgeregte Nachricht von Linda auf der Mailbox. Der Einbruch sprach sich wie ein Lauffeuer herum. Die Nachbarschaft zerriss sich das Maul und machte sich gegenseitig verrückt.«

»Sie sind ganz sicher?«

»Todsicher.«

Passt ja, dachte Katinka und bedankte sich. In ihrem Nacken juckte der Schweiß. Was ist das jetzt?, stöhnte sie im Stillen. Verfrühte Wechseljahre? Schilddrüsenprobleme? Warum fange ich mitten am Tag aus heiterem Himmel zu schwitzen an?

»Der Einbruch war vor vier Wochen und einem Tag«, referierte sie. »Also bevor das Ohr auftauchte.«

Sabine ging zu dem großen Wandkalender hinüber. »Am Sonntag, den 18.3.«, murmelte sie.

Katinka schenkte Kaffee aus.

Hardos Finger trommelten auf einen Stapel Aktendeckel. »Warum bringt Korin den Einbruch nicht zur Anzeige?«

»Weil etwas gestohlen wurde, das er nicht offiziell besitzt«, schlug Sabine vor.

»Mag sein. Aber davon müsste er nichts angeben. Ohne Anzeige jedoch zahlt die Versicherung nicht. Es geht ja auch um Schäden an seinem Haus.« Hardo fuhr sich über den kahlen Schädel.

»Dante war heute dort«, verriet Katinka. »Das Haus ist genial abgesichert. Ein elektronisches Schloss, keine Chance für Dietrichspezialisten. Kameras noch und nöcher. Wachhunde.«

»Dann war der Einbrecher jemand, der die Anlage kannte«, vermutete Sabine.

Hardo nickte seiner Mitarbeiterin zu. »Machen Sie weiter, Kerschensteiner.«

»Will heißen, dass wir seine Angestellten unter die Pupille nehmen müssen, wie Sie zu sagen pflegen, Chef. Und nachschauen müssen, ob sie sämtliche Ohren, Finger und Hände besitzen.«

Beide Polizisten sahen Katinka an.

»Verstehe, ich bin hier überflüssig.« Eigentlich bin ich froh, wenn ich hier rauskomme, dachte sie zornig, während sie ihren Rucksack über die Schulter warf. »Man sieht sich.«

Es war bereits nach acht. Der Regen hatte aufgehört, aber die Luft war feucht und zu kühl für April. Die Frische tat ihr trotzdem gut.

Katinka fuhr mit dem Rad zu Linda Roose. In der Dunkelheit wirkten die massigen Villen des Viertels abweisend. Vor Jahren war in einer von ihnen ein brutaler Mord geschehen, an einer von Katinkas Klientinnen, und sie hatte ihn nicht verhindern können. Gänsehaut kroch über Katinkas Rücken. Eine Katze flitzte über die Straße. Der Hain auf der anderen Straßenseite stand finster und still da. Abwartend, irgendwie. ›Etwas Dunkles liegt über der Stadt.‹

Blödsinn. Alles Einbildung. Emma Theiss sah Gespenster.

Das Leben funktionierte im Grunde wie ein Horrorfilm. Man musste den Grusel geschickt steuern, ein bisschen Konditionierung mit schauriger Musik und fiesen Andeutungen, schon explodierte der Blutdruck der Zuschauer. Katinka klingelte bei Linda.

»Hallo?«, ertönte eine dünne Stimme hinter der geschlossenen Tür.

»Frau Roose, ich bin es, Katinka Palfy. Ich wollte nur kurz sehen, ob bei Ihnen alles in Ordnung ist.«

Linda schloss umständlich die Tür auf. »Das ist aber sehr freundlich von Ihnen.«

Nein, eigennützig, dachte Katinka, während sie eintrat. Ich will endlich rauskriegen, was mit deinem Handy passiert ist.

»Wie geht es Ihrer Hand?«

»Ich komme zurecht. Emma kommt jeden Tag vorbei. Sie hilft mir mit dem Haarewaschen und anderen Kleinigkeiten.«

Sie ließen sich in Lindas Wohnzimmer nieder.

»Was ich fragen wollte«, kam Katinka zum Kern ihres Anliegens. »Diese Villa, die mit den Doggen. Die gehört einem Manfred Korin, oder?«

»Woher wissen Sie das?«

»Ist das ein solches Geheimnis?«

»Der Mann ist ein wenig lichtscheu. Man sieht ihn eigentlich nie. Er fährt mit dem Wagen auf sein Grundstück. Das Tor schließt hinter ihm. Man sieht ihn nicht aussteigen. Er will keinen Kontakt mit den Nachbarn. Wissen Sie, ich meide die Sodenstraße inzwischen sogar. Das mit den Doggen ist mir zu unheimlich.«

Linda Roose knabberte an ihrer Unterlippe. Katinka wartete geduldig.

»Emma und ich sind im Winter gern die Straßen entlangspaziert. Eigentlich gehen wir lieber in den Hain, aber es lag Schnee, es war glatt, und wenn wir ein wenig Bewegung an frischer Luft brauchten, gingen wir einfach durchs Viertel. Ja, und auf einmal standen diese Viecher vor uns. Der Kopf von dem einen ging mir bis an die Brust. Ich habe geschrien vor Schreck. Irgendwie sind die Biester vom Grundstück getürmt. Ich riss den Arm hoch, mit dem Telefon in der Hand, und schrie: ›Ich rufe die Polizei.‹ Aber mein Arm hat so gezittert, dass ich nicht mal die Tasten drücken konnte.«

»Was haben Sie dann gemacht?«

»Wir standen stocksteif da. Wirklich, wir waren auf dem Gehsteig vor dem Grundstück. Ein Stück weg vom Zaun, aber die Biester sabberten und bellten und verteidigten ihr Revier. Beinahe hätte ich einen Infarkt bekommen vor Angst. Und dann kam der Gärtner von Korin angerannt. Auf den hörten sie. Der schnappte die beiden am Halsband und zerrte sie zurück hinter den Zaun. Ich kann Ihnen sagen …«

»Unangenehmes Erlebnis«, sagte Katinka.

»Es war gespenstisch. Nachher habe ich dem Gärtner einen Käsekuchen gebacken. Herr Kriwanek hat ihn sich bei mir abgeholt. Ich meide die Straße jetzt.«

»Haben Sie mit Herrn Kriwanek denn häufiger zu tun?«

»Nie. Bis auf dieses eine Mal. Ich sah ihn, als er im Garten irgendwas machte. Rief über den Zaun, dass ich mich bedanken wollte. Sagte, wo ich wohne, und dass ein Käsekuchen auf ihn wartet. Er hat sich gefreut.«

17.4.2012 – DIENSTAG

19

Am nächsten Morgen stand Katinka spät auf. Die Sonne schien, es war ungewöhnlich warm, beinahe sommerlich. Der April und seine legendäre Wechselhaftigkeit! Sie kaufte zwei Stück Käsekuchen beim Kapuzinerbeck, schloss die Tür zu ihrer Detektei auf und suchte im Telefonbuch nach dem Namen Kriwanek. Es gab nur einen. Günther Kriwanek. Er wohnte in der Fischerei. Quasi um die Ecke.

Katinka schnappte sich den Käsekuchen. Drei Minuten später klingelte sie. Jemand beobachtete sie durch den Türspion.

»Herr Kriwanek? Frau Roose schickt Ihnen Käsekuchen. Diesmal leider nicht selbstgebacken. Sie hat sich das Handgelenk gebrochen.«

»Wer sind Sie?«

»Kapuzinerbeck«, log Katinka.

Die Tür öffnete sich einen Spaltbreit. Ein kleiner, drahtiger Mann mit blassem Gesicht lugte heraus. Trotz der Wärme trug er eine Wollmütze, die er tief ins Gesicht gezogen hatte.

»Wie kommt Frau Roose …?« Ein riesiges Fragezeichen stand in seinem Gesicht.

»Bei Frau Roose ist eingebrochen worden.« Katinka schob sich ins Haus. Doch sie hatte nicht mit Kriwaneks Verteidigungswillen gerechnet. In Blitzgeschwindigkeit drückte er ihr einen Revolver gegen die Rippen.

»Sind Sie irre?«, keuchte Katinka. Krampfhaft hielt sie den Kuchen fest.

»Wer zum Teufel sind Sie?«, knurrte Kriwanek.

»Katinka Palfy, Privatdetektivin.«

»Und was wollen Sie?«

»Fragen, wie die Wunde verheilt.«

»Raus!«

»Ich habe mit Korin nichts zu tun!«

»Nehmen Sie Ihren verdammten Kuchen und stopfen Sie wer weiß wem das Maul damit.«

»Es war Ihr Ohr, oder? Unter Ihrer Mütze ragt ein Millimeter Pflaster raus.«

Der Revolverlauf drückte schmerzhaft in Katinkas Seite.

»Ich habe die Leiche von Max Walters gefunden«, sagte sie schnell. »Deswegen hänge ich in der Sache drin. Ich bin unbewaffnet.«

Kriwanek ließ sie los. In seinen Augen flackerten Skepsis und Angst.

»Sollten wir jetzt vielleicht den Kuchen verspeisen? Als zweites Frühstück?«

Brummelnd führte Kriwanek sie in seine Küche. Sie war klein, düster, aber blitzsauber.

»Kochen Sie nie?«

Er nahm ihr den Kuchen ab und verzog das Gesicht zu einer Grimasse. »Hat Sie jemand gesehen, als Sie herkamen?«

»Ich denke nicht. Sind Sie krankgeschrieben?«

»Sicher. Jeder hat Verständnis für meine Lage.« Er setzte Teewasser auf. Katinka enthielt sich eines Kommentars.

Eine Weile war es still in der Küche, bis das Wasser zu brodeln begann.

»Es tut seltsamerweise fast nicht weh«, murmelte Kriwanek schließlich.

»Wo haben Sie die Wunde behandeln lassen?«

»Behandeln lassen?« Kriwanek wieherte los. »Die Herrschaften waren so freundlich, mich vor einer Arztpraxis abzusetzen. Früh am Morgen.«

»Aber ohne Ohr.«

Kriwanek knallte zwei Becher mit heißem Wasser auf den Tisch und tunkte Teebeutel hinein.

»Zwei Typen haben mich geschnappt. Ich war auf dem Weg von der Arbeit nach Hause. Es war regnerisch. Dunkel. Ich hatte viel zu tun, war in Gedanken bei den neuen Stauden. Sie haben mich mir nichts, dir nichts in einen Lieferwagen gezerrt und betäubt. Ich erinnere mich, dass ich erst in der Morgendämmerung aufgewacht bin. Vor der Arztpraxis.«

»Deswegen haben Sie nicht gespürt, wie die Ihnen das Ohr abgeschnitten haben.«

»Sehr schlau kombiniert.« Er blies verdrossen in seinen Tee.

»Eins verstehe ich nicht. Die Polizei hat sämtliche Ärzte und Kliniken im Umkreis abtelefoniert. Niemand hatte einen Patienten ohne Ohr.«

»Ich war in Tschechien. Bei einem tschechischen Arzt. Der kam früh am Morgen, verarztete mich, fuhr mich zum nächsten Bahnhof, das war Karlsbad, soweit ich mich richtig orientiert habe, hat mich mit Verband und Mütze in den Zug gesetzt, mir ein Ticket in die Hand gedrückt und gesagt, er fände, am besten sollte ich mich ruhig verhalten.«

Katinka wickelte das Kuchenpaket aus und schob Kriwanek ein Stück hin.

»Aber das war bloß die Hälfte der Geschichte, oder?« Sie angelte den Teebeutel aus ihrem Becher.

Der Gärtner starrte grimmig in seinen Tee.

»Hallo? Herr Kriwanek?«

Er stand auf und fischte zwei Kuchengabeln aus einer Schublade.

»Sie wissen auch nicht, wie jemand in Korins Villa einbrechen konnte, oder?«

»Grmpf«, machte Kriwanek.

»Oder haben Sie den Gangstern den Türcode gesteckt? Haben Sie die Videoüberwachung für ein paar Stunden lahmgelegt?«

Kriwanek hieb in seinen Käsekuchen. Die Ader an seinem Hals schwoll.

»Was ich Sie jetzt frage«, sagte sie leise, »das haben die Typen in dem Lieferwagen Sie auch gefragt, stimmt's?«

Er mampfte seinen Kuchen.

»Aber Sie hatten dazu nichts zu sagen. Oder Sie haben durchgehalten und geschwiegen, obwohl Sie die Einbrecher kennen.«

Keine Antwort.

»Was hat denn Manfred Korin Prächtiges in seiner Villa, dass jemand unbedingt einen Bruch machen will? Immerhin ist das Haus gesichert wie das Bundeskanzleramt!«

Kriwaneks Kiefer mahlten.

»Bilder? Juwelen? Brennstäbe?«

Er lachte auf.

»Wenn Sie den Tipp nicht weitergegeben haben«, sagte Katinka leise. »Wer war es dann? Wer sind die anderen Angestellten? Putzfrau? Köchin?«

»Herr Korin bestellt den Caterer, wenn er Gäste hat. Und das Putzen übernimmt eine Reinigungsfirma. Borgermann heißt die.« Er hatte den Kuchen vertilgt und legte die Gabel weg.

»Und der Caterer?«

»Vogts Catering.«

»Sie waren es nicht? Der Tippgeber, meine ich? Definitiv?«

Kriwanek schüttelte den Kopf. »Sie sollten besser gehen.«

Katinka nickte. »Mache ich. Hier, meine Visitenkarte. Vielleicht möchten Sie mich anrufen.«

Die Zentrale der Reinigungsfirma Borgermann befand sich in der Königstraße. Eine dickliche Frau mit zwei bunten Schals um den Hals drehte den Kopf, als Katinka hereinkam.

»Sie wünschen?«

»Ich habe ein Haus gekauft«, sagte Katinka. »Die Renovierungsarbeiten sind in drei Wochen beendet. Danach sieht es dort aus wie …«

»Ja, das kenne ich. Da muss man ordentlich von oben bis unten durchschrubben. Bei uns sind Sie an der richtigen Adresse. Absolut.« Sie griff nach einem Terminbuch. »Wie viele Quadratmeter?«

»230.«

Die Frau hob die Augenbrauen. »Holla, das sieht nach einer größeren Sache aus.«

»Wissen Sie«, Katinka beugte sich vertraulich vor, »ich hätte gern das Team, das in der Sodenstraße putzt.« Sie nannte die Adresse. »Von meinem Bekannten habe ich den Tipp. Borgermann, sagt er, hätte die besten Leute.«

»So? Wir schicken aber selten dieselben Kräfte. Obwohl … das letzte Mal hatten wir Fabio Birk dort und zwei von unseren Frauen. Ach, und vorletztes Mal auch.«

Katinka sagte eine Fantasieadresse und einen Fantasienamen auf, den die Dame mit den bunten Schals sorgsam notierte. »Am 8. Mai ginge es bei uns. Passt das?«

»Danke!« Katinka lächelte sie an und verließ das Büro.

»Fabio Birk«, murmelte sie vor sich hin, während sie zurück in die Hasengasse radelte. Den Namen fand sie im Telefonbuch. Der Mann wohnte in Eltmann. Sie schrieb die Nummer auf und grübelte eine Weile.

Birk konnte keiner von den Verstümmelten sein. Ansonsten wäre er nicht arbeitsfähig. Davon aber hatte die Verwaltungsfrau nichts gesagt.

Vielleicht stimmt ja meine Theorie nicht, dachte Katinka.

Sie rief Hardo an. Sie würde ihm keinesfalls den Gefallen tun und bocken. Sie konnte Berufliches und Privates auseinanderhalten.

»Günther Kriwanek. Ihm fehlt das linke Ohr. Er hat eine Heidenangst und einen Revolver. Wäre interessant, wo er ihn herhat. Und seit wann er ihn besitzt.«

»Ich schicke gleich jemanden hin.«

»In Ordnung.« Katinka legte auf. Dann machte sie sich daran, das Internet abzugrasen. Irgendwie musste sie einen verlässlichen Zweitgutachter für das Haus finden.

20

Feli Bohnstett staunte. Sie hatte Zeit gefunden, sich im Internetcafé in der Königstraße ausführlich mit Rosenzucht zu befassen. Tatsächlich hatte sie einiges an Trends und aktuellen Entwicklungen aufzuholen. Ihre eigenen züchterischen Ambitionen lagen Jahre zurück. Die Hagebutten, soviel stand fest, waren nichts anderes als der Ausgangspunkt für eine neue Rosensorte. Aber die Jahreszeit stimmte nicht. Hagebutten wurden im Herbst geerntet, anschließend im Gewächshaus ausgesät, und im Frühjahr kamen die zarten Sämlinge in die Erde, um sich zu einer handfesten Rose auszuwachsen. Der Weg zu einer neuen Rose war lang; ein bisschen Zeit musste man schon mitbringen, um schlechte Pflanzen nach und nach auszusortieren und gute weiter zu beobachten, bis man ein akzeptables Resultat vor sich blühen hatte.

Es konnte also nur folgendermaßen sein: Diese Hagebutten waren übrig. Vielleicht aussortiert worden, als zweite Wahl. Feli hielt zwei von ihnen auf der Handfläche. Sie sahen geradezu perfekt aus. Also nicht zweite Wahl. Vielleicht Ersatzhagebutten, falls etwas mit der ersten Aussaat nicht funktionieren sollte. Oder es gab diese Rose längst. Aber so war es nicht. Bestimmt nicht. Feli schob die Aufzeichnungen auf ihrem Küchentisch hin und her. Die Papiere, die sie mitsamt der Büchse voller Hagebutten aus dem Müll geangelt hatte, sprachen eine andere Sprache. Jemand hatte eine neue Rose geschaffen. Feli schnaubte. Menschen fanden sich nicht damit ab, irgendwann von der Erdkruste zu verschwinden. Sie suchten nach einer Möglichkeit, sich selbst auf ewig zu erhalten.

Darauf kann ich verzichten, fand Feli. Auf ewig Ärger mit Papierkram, Nachbarn, Tochter? Ohne mich. Aber natürlich ganz schön unvorsichtig, diesen Unsterblichkeitsschatz auf eine Müllkippe zu schmeißen. Oder sollte die Zucht vernichtet werden? Diesen Gedanken hatte Feli die halbe Nacht gewälzt. Sie war zu dem Schluss gekommen, dass jemand, der Hagebutten zerstören wollte, sie vermutlich verbrannte. Denn wer sagte, dass nicht durch Zufall eine Hagebutte in die Erde fiel und durch einen weiteren Zufall und Kraft der Natur doch eine Pflanze daraus wuchs?

Es konnte natürlich genauso sein, dass zur Landesgartenschau eine neue Rose erblühen sollte. Die Bamberg-2012-Rose. Feli kicherte. Aber warum sollte man die Hagebutten in einer Metalldose über den Winter stehen lassen?

Feli hielt nur eine einzige Lösung für logisch: Die Dose war aus Versehen auf dem Müll gelandet. Aus Unachtsamkeit. Oder wegen eines Missverständnisses. So was kam vor. Und sie überlegte, ob diese ein wenig schrumpeligen Hagebutten mit dem Ohr, dem Finger und der Hand zu tun haben könnten, die man auf dem Gelände zwischen Gaustadt und Hafen gefunden hatte. Oder gar mit der Leiche. Im Internetcafé hatte Feli später die einschlägigen Seiten auf www.infranken.de aufgerufen. Die Leute übertrumpften sich gegenseitig mit schrulligen Theorien, was hinter dieser blutigen Chose stecken könnte.

Eine Rose, überlegte Feli, steht für Eigensinn. Rosen sind kapriziös. Richtige Zicken. Hielten sich für unwiderstehlich. Sah ein Knab ein Röslein stehn. Feli brummte in sich hinein. Waren die Körperteile nicht auf Rosenkissen dargeboten worden? Wie eine Brautgabe, überlegte Feli. Nicht, dass sie sich besonders gern an ihre Hochzeit erinnerte. Davon konnte wirklich nicht die Rede sein. Allein das Bouquet war eine Zumutung gewesen. Und der Bräutigam erst. Aber das war lange her. Man kam über Fehler hinweg. Fehler waren augenscheinlich ein entscheidender Faktor der Evolution. Fehler zu überleben bedeutete, zu den Stärkeren zu gehören.

Feli pfiff leise vor sich hin. Röslein auf der Heiden. Charmant, aber zickig.

21

Katinka wäre über die Frage, wie sie an Fabio Birk herantreten sollte, beinahe an ihrem Schreibtisch eingedöst. Seltsam: Je länger sie am Morgen schlief, desto müder fühlte sie sich tagsüber. Zum Glück klopfte jemand an die Tür.

»Es ist offen!«

Eine junge Frau mit sprödem, langem Haar trat ein. Sie trug eine bunte Tunika zu ausgefransten Jeans und eine Sonnenbrille, die beinahe ihr ganzes Gesicht verdeckte.

»Hi. Ich bin Özlem. Özlem Canavar. Sie beschützen doch Leute. Oder?«

»Stimmt.« Katinka wurde neugierig. Die Lady kam ja in rasantem Tempo zur Sache. »Setzen Sie sich.«

»Danke. Also. Ich bin Türkin. Eigentlich Deutsche. Hier geboren, aufgewachsen, eingeschult, Gymnasium, Abitur, Ausbildung. Aber eben immer noch Türkin irgendwie.«

Sie zündete sich eine Gauloise an. Katinka wartete ab.

»Es geht um meine Brüder. Die wollen mir ans Leder.« Özlems Finger zitterten, als sie tief den Rauch inhalierte. Ihre Augen waren hinter den schwarzen Brillengläsern nicht zu sehen. Ihr Gesicht war knochig, das Kinn breit und kantig. Wären nicht die ausladenden Gesten gewesen, als sie ihr Feuerzeug wegpackte und sich durch das lange Haar fuhr, hätte Katinka sie für verhuscht gehalten.

»Kann uns hier jemand beobachten?«, fragte Özlem heiser.

Katinka stand auf, versperrte die Tür und schloss die Jalousien. Özlem entspannte sich etwas.

»Ich habe einen deutschen Freund. Wir wollen heiraten. Dass das Ärger gibt, war mir klar, aber ich dachte eigentlich, meine Leute wären aufgeklärt. Ich bin fast 30. Also durch und durch erwachsen.«

Katinka enthielt sich einer Meinung. »Wie viele Brüder haben Sie?«

Özlem hob die Hand und deutete mit Daumen und Zeigefinger eine Zwei an.

»Haben Ihre Brüder Ihnen gedroht? Gab es Andeutungen?«

»Andeutungen?«

»Drohungen, dass die beiden Ihnen etwas antun wollen.«

»Also … ja.«

»Welcher Art?« Katinka schob ihr einen Aschenbecher hin.

»Dass sie … mir was tun wollen.« Özlem schob die Brille auf die Nasenspitze und sah Katinka aus bernsteinbraunen Augen an. Ihr rechtes Lid zuckte. »Reicht das nicht?«

»Überhaupt nicht. Im Gegenteil: Ich möchte die Gefahr, in der Sie sich befinden, so konkret wie möglich erfassen. Was haben Ihre Brüder wörtlich gesagt? Haben sie durchblicken lassen, ob ein Übergriff unmittelbar bevorsteht? Wie er aussehen wird? Haben Ihre Brüder vielleicht einen Waffenschein? Hobbys, Vorlieben? Kampfsport vielleicht? Sind die beiden eher spontane Typen oder planen sie langfristig?«

Özlem wurde blass. »Ich habe keine Ahnung.«

»Lassen Sie sich Zeit. Rekapitulieren Sie: Wann sind Sie in jüngster Zeit mit Ihren Brüdern zusammengekommen? Wann gab es Drohungen? Konflikte? Wie sahen die aus?«

»Ich … weiß nicht.« Özlem drückte ihren Glimmstängel aus. »Ich bin nur noch nervös.« Sie zündete sich die nächste Zigarette an. »Andeutungen gab es, seit sie wussten, dass ich mit Markus zusammen bin.«

»Wo wohnen Ihre Brüder?«

»In … in Bischberg.«

»Sind sie verheiratet? Haben sie Familie?«

»Äh … nein.«

»Weiß Ihr Freund, dass Sie mich beauftragen?«

»Klar. Markus hat die Drohungen zuerst nicht ernst genommen. Aber jetzt glaubt er auch, dass ich Personenschutz brauche.«

»Braucht er keinen?«

»Er?« Özlem schüttelte den Kopf. »Markus ist im Ausland.«

»Wissen Ihre Brüder, wo?«

»Nein.«

»Sind sie darüber im Bild, dass Sie jetzt hier sind? Bei mir?«

Hektisch sah Özlem sich um.

»Natürlich habe ich denen nichts gesagt, nicht ein Sterbenswörtchen.«

»Okay. Haben Sie den Verdacht, dass man Sie beobachtet?«

»Nein … doch … vielleicht …«

»Wer weiß sonst, dass wir uns treffen, außer Ihrem Freund?«

»Niemand. Wäre Selbstmord.«

»Wo leben Ihre Eltern?«

»Meine Mutter in Gaustadt. Mein Vater ist tot.«

»Wohnen Sie allein oder mit Ihrem Freund?«

»Allein.«

»Und Ihre Brüder wissen, wo?«

»Klar.«

Als Özlem nicht mehr herausrückte, sagte Katinka: »Na, gut. Welche Art Bewachung möchten Sie?«

»Rund um die Uhr.«

Schande, dachte Katinka.

»Dazu brauche ich Verstärkung. Ich arbeite mit einer Sicherheitsagentur zusammen.«

Özlem rieb sich die Augen. »Ich brauche Sie höchstens für eine Woche.«

»Und dann?«

»Haue ich ab.« Sie schnippte ihre Kippe in den Aschenbecher.

»Wohin?«

Özlem hob die rechte Schulter.

»Glauben Sie, dass ein Ortswechsel Ihre Brüder abhält, Ihnen was anzutun?«

»Denke schon. Ich will weit weg. Markus und ich müssen noch … na ja, finanziell alles gebacken kriegen.«

»Wenn jemand rund um die Uhr bei Ihnen sein soll, dann begleiten ich oder ein Kollege Sie überall hin. Ich bin Ihr Schatten. Das ist nicht ganz billig. Außerdem brauchen Sie eine sichere Unterkunft. Das kann fürs Erste ein Hotel sein.«

Katinka ließ sich bei ihren Aufträgen eine Anzahlung geben und begann, egal wie dramatisch der jeweilige Klient seine Lage schilderte, erst dann mit der Arbeit, wenn das Geld bar in der Kasse oder auf ihrem Konto gelandet war.

Özlem hob wieder die Schulter. Sie war ziemlich mager, fand Katinka. Von der andauernden Nervosität mitgenommen. Ein richtiges Wrack.

»Dürfen Ihre Brüder sehen, dass Sie Personenschutz haben? Oder muss ich unsichtbar sein?«

Özlem brach zusammen. Sie warf sich über den Tisch und presste beide Hände an die Schläfen. »Verdammte Scheiße! Sie müssen mir sofort helfen.«

Katinka fühlte die Beretta im Halfter ihrer Jeans. Nach dem bizarren Besuch bei Kriwanek hatte sie die Waffe aus dem Schrank genommen. Das Metall war warm und schwer.

Die ungenauen Informationen gefielen ihr nicht. Fast, als hätte Özlem nur eine diffuse, alptraumhafte Angst. Doch zu besseren Hinweisen würde sie heute nicht mehr kommen. Sie nannte die Höhe der Anzahlung. »Wenn Sie wollen, gehen wir zusammen zum Geldautomaten. Und von dort ins Hotel. Es ist wahrscheinlich am besten, wenn Sie gar nicht mehr nach Hause gehen.«

»Okay«, flüsterte Özlem.

Eigentlich habe ich keine Lust und keine Zeit, dachte Katinka. Und ich sollte zum Arzt und meine Schilddrüsenwerte messen lassen. Die Schweißausbrüche gingen ihr auf den Wecker. Außerdem kam ihr Özlems Geschichte zu ungenau und zu platt vor. Während sie sich mit ihrem Taschenkalender Luft zufächelte, rief sie bei Security App an, der Sicherheitsfirma, mit der sie seit einiger Zeit bei Personenschutzaufträgen kooperierte. Das Gespräch dauerte keine drei Minuten.

»Gut, Özlem«, sagte Katinka. »Sie kriegen drei Beschützer, einen für je eine Schicht. Ich fange sofort an. Acht Stunden.«

Sie stand auf. Die Beretta schlug gegen die Tischkante. Özlem zuckte zusammen.

Mit den Brüdern werde ich schon fertig, dachte Katinka, während sie erneut das Telefon zur Hand nahm und ein Hotelzimmer reservierte.

22

»Kerschensteiner hat prächtige Arbeit geleistet!« Hardo war bei Mahrsbräu gewesen und mit einem Zwei-Liter-Biersiphon voller Frischgezapftem zurückgekommen. »Wir haben den Dritten auf Kohlschwabs Liste identifiziert.«

»Du schwärmst ja in den höchsten Tönen von deiner Mitarbeiterin«, bemerkte Katinka kühl.

Hardo packte Katinka am Nacken. So, wie man eine Katze packen würde. »Lästermaul.«

Er wollte Frieden. Nur keine Debatte über das Haus. Ihr sollte es recht sein.

»Ich sage nur, was ich beobachte. Die letzten acht Stunden bin ich mit einer durchgeknallten Tussi im Hotel gesessen.« Sie berichtete von ihrem neuen Auftrag. »Ich musste sie sogar mit sanfter Gewalt dazu zwingen, im Ibis ein Zimmer zu nehmen. Die wollte glatt fröhlich durch die Stadt spazieren, von einem Café zum anderen.«

»Kein witziger Auftrag«, gab Hardo zu. »Personenschutz ist meistens langweilig.«

»Es ist so ähnlich, wie im Museum als Wächter zu arbeiten. Ödnis pur. Du blätterst in einer Zeitschrift, surfst im Internet, unterhältst dich. Jenna hat mich um 20 Uhr abgelöst. Sie bleibt bis vier, dann kommt der Dritte im Bunde, und um 12 darf ich wieder Kindermädchen spielen. Aber jetzt erzähl mal. Wer ist dieser Theo Bauer?«

»Ein Rentner.«

»Aha. Und?«

Hardo goss Bier in zwei Krüge. »Das ist es ja! Er ist nie aktenkundig geworden. Es gab nie eine Anzeige gegen ihn. Der Kerl hat in seinem Leben vermutlich nicht mal falsch geparkt.«

»Theo Bauer ist ein häufiger Name. Vielleicht habt ihr einen anderen erwischt?«

»Wir haben den richtigen«, widersprach Hardo. »Ihm fehlt ein Finger.«

»Uff!« Katinka schnappte sich einen Krug. »*Der* Finger?«

»Auf dein Spezielles!« Er lächelte, und in seinen eisgrauen Augen spiegelte sich Katinkas eigene Unsicherheit. Hardo würde versuchen, sie auf Linie zu bringen. Aber sie wollte das Haus. Wenn nicht das Haus, dann irgendwas anderes Neues. Etwas ausprobieren, eine Veränderung herbeiführen.

»Hardo, dennoch: Was ist das für eine Liste, die Kohlschwab dir gegeben hat? Was sollen diese Namen? Hat er das irgendwie kommentiert? Der Staatsanwalt, meine ich?«

»Er spielt einfach selbst gern Detektiv. Hat sich ein paar Gedanken gemacht und Wahrscheinlichkeiten errechnet. Seit Jahren sammelt er Namen. Ganze Notizbücher voll. Er kennt Hinz und Kunz in der Stadt und er hört eine Menge Glocken läuten, wenn du so willst.«

»Ein ganzes Glockenorchester.«

»Jemand hat ihm diese Namen zugetragen. Du musst in den einschlägigen Zirkeln sein. Kohlschwab ist überall Mitglied. Bei den Rotariern. Den Rittern vom Heiligen Grab. Sogar in der Fremdenlegion. Ehrenhalber.«

»Das ist der Brüller!«

Hardo trank seinen Krug zur Hälfte leer. »Ihm selbst sind die Hände gebunden, weil er, was diese drei Herren auf unserer Liste betrifft, keine wirklichen Hinweise hat. Gerüchte, Aufgeschnapptes, Halbgares. Auf offiziellem Weg läuft da nichts.«

»Aber er hofft, dir mit den Namen einen Gefallen getan zu haben. Damit du den Mord an Walters flott aufklärst.«

»Er ist ein Mathematiker, Katinka. Er sucht sich seine Variablen zusammen und rechnet. Man muss nicht unbedingt durchs Universum fliegen, um es zu verstehen. Man kann schlicht die Sterne beobachten und Gleichungen aufstellen.«

»Er ist Staatsanwalt, nicht Mathematiker.«

»Bis zur Pension hat er nicht mehr lange. Ihn treibt um, dass er sein Berufsleben lang in Graubereiche vorstieß. Dass er nichts machen konnte und seine Ermittler auch nicht.«

»Also will er reinen Tisch machen, bis er sich aufs Altenteil zurückzieht?«

»So weit wird es nicht kommen. Aber vielleicht fehlen ihm noch ein paar Unbekannte.«

»Die er für x und y in seine Gleichungen einsetzen kann? Dann ist er nichts anderes als ein gerissener Manipulator.« Katinka sah entsetzt in ihren Krug. »Das Bier verdunstet vor meinen Augen.«

»Ich habe einen zweiten Siphon im Kühlschrank«, beruhigte Hardo.

»Da bin ich aber froh.«

Er zog sie kurz an sich. Ein stiller Moment, leider ungenießbar. Zu viele offene Fragen. Katinkas Schultern verspannten sich.

»Was ist mit diesem Rentner los? Wann hat er den Finger verloren?«

»Er sagt, es wäre ein Arbeitsunfall gewesen. Er hätte im Rosenbeet gekniet, hätte sich mit der Hand auf dem Gartenweg abgestützt und jemand wäre mit einem schweren Schubkarren über seine Hand gefahren. Der Finger sah übel aus, war extrem gequetscht, heilte nicht, wurde abgenommen.«

»Ich denke, der Typ ist Rentner.«

»Er gärtnert. Ist sein Hobby. Allerdings haben wir das überprüft. Der behandelnde Arzt beruft sich auf seine Schweigepflicht, aber Bauers Frau hält mit ihrer Meinung nicht hinter dem Berg. Der Finger wäre gleich amputiert worden, sagte sie.«

»Was stimmt jetzt?«

»Kerschensteiner hat Bauer in die Zange genommen. Sie hat gesehen, dass alle anderen Finger an seiner Hand völlig normal aussehen. Also von wegen, dass etwas Schweres seine Hand überrollt hätte. Er ist bei seiner Geschichte geblieben.«

»Aber ihr habt den Finger! Es muss doch rauszufinden sein, ob er Bauer gehört.«

»Kerschensteiner hat seine Zahnbürste mitgehen lassen. Die DNA-Analyse sagt: Der Finger gehört Theo Bauer.« Hardo schenkte Bier nach. »Und er ist kein bisschen gequetscht, sondern sauber abgeschnitten worden. Jetzt möchtest du alles über den Rentner wissen. Jedes Detail.«

»Genau. Warum erzählt er eine so schlecht abgesprochene Lügengeschichte über seinen Finger?«

»Kerschensteiner hat ihn über die Rosen ausfindig gemacht.«

»Die Rosenkissen, auf denen …«

»Eben jene. Sie hat bei diversen Züchtern und in Gärtnereien gefragt. Jeder Gärtner hat seine Expertise. Die einen beschäftigen sich mit Stauden, die nächsten mit Bäumen und frag mich nicht womit noch. Pflanze ist nicht gleich Pflanze. Ein Mitarbeiter in einer Gärtnerei in Scheßlitz hat Kerschensteiner vorgeschlagen, sich an Theo Bauer zu wenden. Er besitzt ein Haus mit Garten in Windischletten und ist ganz vernarrt in Rosen. Er besucht Rosenmessen, liest Fachliteratur, tauscht sich mit Rosenfreunden in der ganzen Welt aus.«

»Ach was.«

»Auch Rentner bergen Geheimnisse, Katinka.«

»Was ist das jetzt für eine Rose, auf der die Körperteile lagen?« Ihre Ungeduld schnürte ihr den Hals zu.

»Unbekannt. Diese Rose gibt es nicht.«

»Du machst Witze!«

»Theo Bauer verficht die These, dass dies eine neue Rose sei. Eine, die vielleicht für die Landesgartenschau gezüchtet wurde. Eine neue Rose.«

»Aber?«, drängte Katinka, während sie ihr Bier austrank.

»Aber die zuständigen Stellen sagen, es gäbe keine solche Bamberg-Rose. Schluss, aus, Kartenhaus.«

Katinkas Gedanken begannen einen langen, zähen Marsch. Zwei Verstümmelte, minus ein Ohr, minus ein Finger. Eine unbekannte Rose, die es nicht geben durfte. Dann eine Hand.

»Die Rose ist ein wichtiger Punkt«, sagte sie mehr zu sich selbst.

»Katinka, die Rose ist der wichtigste Punkt. Der einzige wirklich substantielle Hinweis auf den Mörder.«

»Und auf das Motiv.«

Hardo goss Bier nach. »Stimmt, auch auf das Motiv. Vielleicht geht es um Liebe!«

Katinka verzog das Gesicht. »Bin ich noch nicht draufgekommen.« Irgendwann wurde aus Liebe ›Beziehung‹, und damit begann das Ungemach.

»Wofür steht denn die Rose?«, insistierte Hardo. »Noch dazu die rote?«

»Für die brennende, schamlose Liebe, logisch.« Sie sah Hardo in die Augen. Schwimmendes, glühendes Eis. Das arktische Meer. Widersprüche, Zweifel, Ängste, Hoffnungen. Verloren gehen und aufgefangen werden. Das war Liebe.

»Ein Eifersuchtsmord?«

Hardo zuckte die Achseln. »Schwer zu sagen. Eifersucht, Verzweiflung. Jemand wurde verschmäht. Es gab eine Trennung, die jemand nicht verkraftet hat, oder eine Frau wollte sich trennen, schaffte es aber nicht ... alles ist vorstellbar.«

»Geld und Liebe«, sagte Katinka nachdenklich, »sind die stärksten Motive überhaupt.«

»Liebe und Geld sind beide noch etwas anderes«, fügte Hardo hinzu. »Sie stehen für Macht.«

»Überleg mal. Kriwanek, der Kauz, als Konkurrent in einem Liebesdrama? Schwul ist er auch nicht, da gebe ich dir Brief und Siegel. Und dieser Theo Bauer, der vermutlich selbst seine Frau darüber belogen hat, wie ihm der Finger abhanden kam?«

Hardo trommelte mit den Fingern auf die Tischplatte. Die Kirchturmuhr schlug elf. »Eine Frau ist nicht imstande, einem Mann bei lebendigem Leib ein Ohr oder einen Finger abzuschneiden.«

»Dass du dich da mal nicht täuscht!«, fauchte Katinka.

»Übrigens hat Kriwanek geleugnet, einen Revolver zu besitzen. Eine Waffenbesitzkarte hat er jedenfalls nicht. Was aber machen wir mit Walters?«

»Ein Rachemord«, schlug Katinka vor. »Vielleicht ein betrogener Hausbesitzer, der viel Geld verloren hat.«

»Walters sah, wenn wir ihn mit den anderen beiden Verstümmelten vergleichen, immerhin ziemlich gut aus«, warf Hardo ein. »Bei ihm wäre ein Eifersuchtsdrama im Bereich des Wahrscheinlichen.«

»Ja, aber er ist tot, und die beiden Alten sind am Leben. Das ist der entscheidende Unterschied.«

»Müssen wir einen gemeinsamen Nenner bei allen Opfern finden? Und: Ist der Gliederschnippler der Mörder?«

»Wenn wir wüssten, wer der Handlose ist, hätten wir vielleicht die fehlende Eigenschaft dingfest gemacht«, schlug Katinka vor.

»Kerschensteiner hat Theo Bauer überzeugend dargelegt, dass sie seine Version, wie er seinen Finger verloren hat, glaubt.«

»Clever!«, gab Katinka zu. »Observiert ihr ihn?«

»Ihn und Kriwanek. Vielleicht finden wir ein Scharnier zu Walters.«

»Und um den geht es.«

»Genau. Wir haben zu viele Hinweise. Aber nichts Vernünftiges. Nur Krümel.«

»Wie lief eigentlich die Pressekonferenz?«

»Wie üblich. Dein Wischnewski kann keine Sekunde still sitzen«, brummte Hardo. »Wie hat seine Mutter das ausgehalten?«

»Er ist hyperaktiv. Sein Stoffwechsel verlangt konstante Betriebstemperatur, und die erreicht er nur, wenn er ordentlich Kohlen aufs Feuer legt.« Katinka starrte auf ihre Hände. »Und er ist nicht *mein* Wischnewski.«

18.4.2012 – MITTWOCH

23

Katinka hatte keinen Schimmer, wie sie es geschafft hatte, rechtzeitig aufzustehen, um ihr Auto zu holen und um sieben Uhr morgens in Eltmann vor der Wohnung von Fabio Birk zu parken. Zu ihrer großen Überraschung stieg Sabine in diesem Moment aus einem blauen Van.

»Gell, da schaust!«, sagte Sabine grinsend. Sie trug Zivilkleidung.

»Scheiße, Frau, du bist unwiderstehlich!« Katinka klopfte ihr auf die Schulter. Ein eigenartiges Gefühl beschlich sie. Sabine Kerschensteiner war wirklich grimmig entschlossen, im Polizeidienst aufzusteigen.

Fabio Birk öffnete. Er hatte bereits die Uniform der Firma Borgermann an: einen grauen Overall mit rot eingefasstem Namensschild.

»Ja?«, fragte er.

»Fabio Birk?« Sabine stellte sich vor. »Meine Mitarbeiterin, Katinka Palfy. Können wir Sie einen Moment sprechen?«

Birks Gesicht wurde so grau wie sein Overall. Er war ein junger Typ mit schütterem Haar, das er mit Hilfe großer Mengen Wetgel zu Stacheln aufgerichtet hatte. Er war schlank, sportlich und rasiert. Mürrisch führte er seinen Besuch in ein Wohnzimmer. »Setzen Sie sich.«

Katinka sah sich um. Es sah aus, als habe Birk auf dem Sofa geschlafen. Vor dem Fernseher.

»Sie haben«, Sabine sah auf einen Zettel in ihrer Hand, »am 12. März und am 9. April in einer Villa in der Sodenstraße Reinigungsarbeiten vorgenommen?«

Katinka verkniff sich ein Grinsen. Reinigungsarbeiten vorgenommen. Wenn Sabine ihren Polizeijargon abspulte, konnte sie selten ernst bleiben.

»Und?«

»Gemeinsam mit zwei Kolleginnen. Mandy Schwerte und Katharina Schmidtberger?«

»Und?«

»Ist das korrekt?« Sabine blickte Fabio unverwandt an.

»Ja. Stimmt. Also, das heißt, bei den Terminen müsste ich im Terminbuch nachsehen. So genau merke ich mir das nicht auswendig.«

»Aber die Villa ist Ihnen bekannt?«

»Sicher.«

»Wissen Sie, wie der Eigentümer heißt?«

»Kora oder Korina oder so ähnlich«, murmelte Birk und sah weg.

»Und Sie waren zwei Mal dort tätig?«

»Zwei oder drei Mal. Keine Ahnung. Fragen Sie am besten im Büro nach. Wir haben Kunden im ganzen Landkreis.«

»Schön. Schildern Sie uns bitte Ihren Eindruck von der Villa.«

»Was wollen Sie eigentlich?«

»Wir haben ein paar Zeugenaussagen miteinander abzugleichen«, antwortete Sabine geschäftsmäßig. »Es geht um Körperverletzung. Hundebiss.«

»Ach so. Ja, die Hunde. Das sind ganz fiese Biester«, nickte Birk.

»Waren die Hunde im Zwinger, wenn Sie zum Reinigen kamen?«, fragte Katinka.

»Ja. Der Gärtner hat uns reingelassen. Da ist ein elektrisches Tor. Wir haben mit dem Handy angerufen, uns angemeldet, dann wurden die Hunde eingesperrt, und das Tor öffnete sich. Wir fuhren rein, und hinter uns schloss sich das Tor.«

»War jemand in der Villa anwesend, während Sie putzten?«, machte Sabine weiter.

»Nur der Gärtner. Ein vierschrötiger Typ. Aber eigentlich hat er sich bloß ab und zu sehen lassen. Und manchmal noch ein anderer. Ein richtiger Schrank. Aber mit dem haben wir kaum ein Wort gewechselt.«

»Vertrauen Ihnen alle Kunden derart?«, erkundigte sich Katinka.

»Hören Sie mal! Wir riskieren unseren Job doch nicht freiwillig!« Er wurde rot und sah auf seine Uhr. »Dauert's noch lang? Ich muss zur Arbeit.«

»Wir sind gleich fertig.« Sabine lächelte Birk an und strich sich eine Haarsträhne hinters Ohr. Es wirkte sofort. »Eine schöne Villa, nicht? Die von Korin, meine ich.«

»Ich weiß nicht. Wir reinigen ja auch Häuser von Superreichen. Die haben allerhand Kunst an den Wänden. Komische Bilder mit irgendeinem Geschmier drauf. Aber bei Korina ...«

»Korin!«, unterbrach Sabine.

»Ja, also bei diesem Korin, da sah alles ziemlich öde aus. Keine Bilder. Nichts Besonderes. Wirkte irgendwie unbewohnt, das Haus. Jedenfalls ungemütlich.« Birk lehnte sich befriedigt zurück, als habe er soeben das angemessene Wort gefunden.

»Haben Sie einen Einblick gewonnen in die Schließanlage?«

»Hä?« Birk starrte von Sabine zu Katinka und wieder zurück. »Ich muss jetzt wirklich gehen. Ich kann meinen Job nicht aufs Spiel setzen. Sorry.«

»Tja«, Sabine stand auf. »Danke, dann.«

Katinka folgte ihr durchs Treppenhaus. Sie setzten sich zusammen in den Van.

»Ich bin nicht besonders geschickt vorgegangen«, ärgerte sich Sabine und schlang ihr Haar im Nacken zu einem Pferdeschwanz zusammen.

»Ziemlich unwahrscheinlich, dass er den Tipp gegeben hat, wie man ins Haus einbrechen kann«, sagte Katinka. »Meinst du nicht?«

»Aber Kriwanek war es nicht. Er schwört Stein und Bein.«

»Vielleicht lügt er.«

»Mag sein, dass alles nur ein Fantasiegebilde ist und überhaupt niemand einen Tipp gegeben hat.«

Sie beobachteten, wie Birk in einen Smart stieg und Richtung Bamberg davonfuhr.

»De facto wissen wir nur, dass es einen Einbruch gab«, überlegte Katinka laut. »Einen Einbruch in eine Villa, die gesichert ist wie Robben Island. Deswegen steht der Gedanke im Raum, dass jemand aus Insiderkreisen Hinweise gestreut hat, wie man die Videokameras ausschaltet und das elektronische Schloss steuert. Kriwanek steht mit den Doggen auf gutem Fuß. Linda Roose sagte mir, er hätte die Viecher von ihr und ihrer Freundin weggezogen, als die beiden angegriffen wurden. Birk bestätigt das, indem er erzählt, der Gärtner wäre zuständig gewesen, die Tierchen im Zwinger einzuschließen, solange Fremde im Haus waren.«

»Eben. Das ist der Punkt!« Sabine schlug mit beiden Händen aufs Lenkrad. »Ein Einbrecher musste an den Hunden vorbei. Die Doggen sind ja nicht vergiftet worden. Es spricht im Grunde genommen alles dafür, dass Kriwanek eingebrochen ist.«

»Aber du denkst, es ist unwahrscheinlich?«

»Ist es. Warum sollte er es tun?«

»Um sich was dazuzuverdienen. Er steckt einem Kumpel, dass es bei Korin was zu holen gibt, und verlangt eine Beteiligung. War also nicht der Einbrecher, sondern der Wegbereiter.«

»Wir haben Kriwaneks Konten überprüft. Er hat ein gigantomanisches Gehalt bei Korin. Seit mehr als zehn Jahren ist er Gärtner auf dem Anwesen. Er fing mit monatlich 4.000 D-Mark an. Mittlerweile liegt er bei knapp 4.000 Euro.«

Katinka nickte langsam. »Dann gebe ich dir recht. Er hat keinen Grund, seinen Job aufs Spiel zu setzen.«

»Aber jemand anderes, ich meine, außer uns, hatte den gleichen Verdacht und hat Kriwanek ein Ohr abgeschnitten.«

»In bestimmten Milieus ist das schlicht eine Warnung.«

»Aber hirnrissig. Wenn wir darauf kommen, dass es nicht Kriwanek war, sollte Korin auch so schlau sein.«

Katinka sah Sabine zweifelnd an. »Du glaubst, Korin steckt hinter den abgeschnittenen Körperteilen?«

»Zumindest bei Kriwanek.«

»Aber Theo Bauer? Der Rentner? Der hat garantiert nichts mit einem Milieu zu tun.«

»Das ist es ja. Es hakt an allen Ecken und Enden. Über Ethelbert Schneider wissen wir nichts Neues. Vielleicht ist er grundlos auf Kohlschwabs Liste gelandet.«

Katinka malte Rhomben in den Staub auf dem Armaturenbrett. »Birk könnte einen Tipp gegeben haben. Oder eine der beiden Frauen.«

»Die eine habe ich gestern befragt«, wandte Sabine ein. »Nichts Brauchbares. Die andere ist seit Ende März im

Urlaub und nicht erreichbar. Katinka, ich kann mir einfach nicht vorstellen, dass eine Putzkolonne so tiefen Einblick in die Schutzmechanismen einer Millionärsvilla bekommt, dass sie die gewinnbringend weiterverkaufen können. Mein nächster Schritt ist, bei Vogts Catering nachzufragen. Allerdings habe ich wenig Hoffnung, denn Korin bestellte sie laut deren Auftragsbuch zum letzten Mal vor Weihnachten. In der Zwischenzeit wurde der Code an seiner Haustür bestimmt zigmal geändert.«

»Mag sein. Aber vielleicht hatte jemand Einblick in das Prinzip, wie der Code programmiert wird? Dante hat gesagt, Korin hätte ein Faktotum, eine Art Samsonite-Koffer.«

»Samsonite-Koffer?«, fragte Sabine verblüfft.

»Dante bezog sich damit auf die Statur dieses Herrn. Birk hat ihn doch auch erwähnt. Könnt ihr rauskriegen, wer das ist? Ich muss weiter. Um 12 Uhr steht Personenschutz auf dem Programm, und davor habe ich was abzuklären.« Katinka öffnete die Autotür. Die kühle Morgenluft ließ sie frösteln. »Haltet mich auf dem Laufenden!«

»Klar. Mach's gut.«

Während sie Sabine nachwinkte, klingelte ihr Handy.

»Frau Palfy? Linda Roose hier.«

»Ach, hallo. Wenn Sie wegen dem Haus anrufen, Herr Wellmann …«

»Vergessen Sie Wellmann! Sie haben alle Zeit der Welt, sich zu entscheiden. Ich dränge Sie nicht, wollte nur fragen, ob Sie Lust haben, bei mir zum Tee vorbeizukommen.«

»Allenfalls zum Kaffee«, konnte Katinka sich nicht zu sagen verkneifen.

»Auch gut.«

»Hören Sie, Frau Roose, ich habe enorm viel um die Ohren zurzeit. Ich kann es nicht versprechen.«

»Dann melde ich mich morgen wieder.«

Die Einsamkeit der Alten, dachte Katinka, als sie auflegte.

24

Sie hatte viel Zeit und keinerlei Hemmungen, anderen Leuten auf die Nerven zu gehen. Feli Bohnstett hielt diesen Charakterzug seit Jahrzehnten für einen entscheidenden Standortvorteil im Leben. Sie klemmte sich ein bisschen dahinter und bekam heraus, wer im Landkreis Bamberg ein Crack in Sachen Rosenzucht war. Der karierte Blazer, den sie anzog, ging über ihrem gewaltigen Busen nicht zu. Sie kam sich trotzdem richtiggehend gestylt vor. Gummizugjeans und das Tweedjackett aus der Altkleidersammlung waren mal was anderes als der Papieranzug.

Feli trampte nach Windischletten, die Büchse mit den Hagebutten in ihrer Einkaufstasche verstaut.

Die Frau, die ihr die Tür öffnete, legte sofort einen höheren Gang ein. »Wollen Sie auch alles Mögliche wissen? Über den Finger meines Mannes?«

»Finger?«, fragte Feli verblüfft.

»Na, im Augenblick rennen sie uns die Haustür ein. Von der Polizei kommen sie und von sonst wo und meinen, ich habe nichts Besseres zu tun, als permanent Auskunft über den Unfall zu geben.«

»Was für ein Unfall?«, erkundigte sich Feli interessiert.

»Ach, vergessen Sie's!«

»Ich würde gern Ihren Mann sprechen. Es geht um Hagebutten.«

»Hage – was?«

»Hagebutten. Das sind die Früchte der Rose, die die Samen enthalten, mit denen …«

»Himmel Herrgott, ich weiß, was Hagebutten sind.«

»Warum fallen Sie mich denn so an?«, beschwerte sich Feli.

»Weil hier in der letzten Zeit alle möglichen Personen ein und aus gehen, aber nach Hagebutten hat niemand gefragt, nur nach Fingern oder Rosen. Theo?«, schrie sie ins Haus. »Jemand will dich sprechen. Wegen Hagebutten.« Vertraulich wandte sie sich Feli zu, während sie endlich die Tür ganz öffnete und sie hereinließ: »Das knüpft ganz an die guten alten Zeiten an. Als die Kenner sich mit Theo ausgetauscht haben. Sie wissen schon.«

Feli wusste nicht, aber sie hatte eine Ahnung, worauf alles hinauslaufen würde. Zumindest im Groben.

»Ja?« Theo Bauer kam aus dem Wohnzimmer. »Was gibt es?«

»Diese Dame«, seine Frau sah zweifelnd an Feli herunter und fragte sich offenbar, ob das Wort auf die Besucherin passte, »hat eine Frage zu Hagebutten.«

Ein Leuchten glitt über Theo Bauers Gesicht. »Na, dann kommen Sie herein.«

Feli hielt zwei Stunden lang eine engagierte und ziemlich professionelle Rosendebatte am Laufen. Erfrischt und fröhlich verabschiedete sie sich schließlich von den Bauers. Auf dem Gehweg vor dem Haus rannte sie in ihrer Begeisterung einen jungen Mann mit einer Ohrenklappenmütze über den Haufen. Freundlicherweise bot er ihr an, sie im Auto mit nach Bamberg zu nehmen und sie gleich zu Hause abzuliefern.

25

Seit ein paar Tagen war dem Kroaten gar nicht wohl in seiner Haut. Er war am Ausschlachten von ein paar Kühlschränken, die ein gescheiterter Gastronom ihm überlassen hatte, und beschäftigte sich hauptsächlich damit, die Elektronik auszubauen, um sie für andere Objekte aus seiner eigenen Produktion brauchbar zu machen. Während er in der Frühlingssonne auf seinem Hof schuftete, spürte er manchmal ein eigenartiges Kribbeln zwischen den Schulterblättern. Genauer gesagt machte ihn dieses Gefühl seit längerem nervös. Seit er mit dem Safe zu tun gehabt hatte.

Der Kroate kannte eigentlich keine Angst. Er hatte sich oft genug an der Kante des Abgrundes befunden. Sein Instinkt verließ ihn nicht. Darauf vertraute er.

Ab und zu hob er den Kopf und ließ den Blick über sein Grundstück schweifen. Er hatte eine hübsche Ansammlung von Altmetallen, Schrottwaren und sonstigen Schätzen auf seinem Hof aufgestapelt, denen er sich Stück für Stück widmete. Was von vornherein ausschied, fuhr er zur Deponie. Der Rest wurde sorgfältig gesichtet und wieder verwertet. Der Hof war weitläufig. Es gab jede Menge tote Winkel. Ideale Verstecke in einer Gegend, in der außer ihm kaum jemand atmete. Wenn man die Ringeltauben einmal außer Acht ließ, denen der Frühling arg zusetzte. Das Gurren ging dem Kroaten mit einem Mal auf den Geist. Er lebte ein gutes Stück außerhalb von Pommersfelden. Ein Standort, den er jedem Dorf, jeder Siedlung und erst recht jeder Stadt vorzog.

Er hievte den ausgeweideten Rest eines Kühlschranks auf seinen Pickup. Die Sache mit dem Safe war lukrativ gewesen, aber irgendwie auch seltsam. Höchst seltsam. Der

Kroate schwor darauf, dass er von ehrlicher Arbeit lebte. Ab und zu ein bisschen was nebenraus tun, das war okay. Aber er hatte den Safe ja nur aufgeschweißt. Finito.

Jetzt fühlte er sich rundum beschissen in seiner Haut. Er ging ins Haus und holte die Ruger. Es konnte nicht schaden, vorbereitet zu sein.

26

Katinka aß einen Döner, während sie systematisch Wellmanns Daten durchging. Sie hatte keinerlei schlechtes Gewissen, die Ordner und Tabellen abgegriffen zu haben. Im Gegenteil, je länger sie sich in das Material vertiefte, desto wütender wurde sie.

Wellmanns Gewinne beruhten anscheinend zu einem großen Teil auf Tricksereien. Gutachter bescheinigten den Gebäuden, die über sein Büro liefen, keine oder allenfalls oberflächliche Schäden. Über kurz oder lang traten die baulichen Mängel zutage. Diejenigen Käufer, die vor Gericht gingen, scheiterten an Max Walters. Er taktierte geschickt, wehrte die Klagen ab. Wellmann machte seinen Schnitt, und die neuen Hausbesitzer waren die Dummen. Unter den Gutachternamen, die Katinka fand, stand auch Helmut Zack. Der Mann, der ihr bestätigt hatte, dass ihr Traumobjekt in der Concordiastraße bis auf Kleinstmängel beste Substanz habe.

»Na warte!«, knurrte Katinka. »Von wegen Unabhängigkeit und Objektivität.« Hinzu kam, dass Wellmann und Korin seit Jahren offenbar die allerbesten Geschäftspartner waren. Ohne Korins Käufe und Verkäufe wäre der Makler vermutlich pleite. Nun lag sein Anwalt im Kühlfach. Ein reizendes Kleeblatt: Wellmann – Walters – Korin.

Es ist zu früh, um irgendwelche Schlüsse zu ziehen, dachte sie. Wir haben zu viele Spuren, zu viele Kleinigkeiten, die berücksichtigt werden wollen. Und die Rose … was sollen wir eigentlich mit der Rose anfangen? Zudem gefiel ihr die Namensliste, die Hardo von Kohlschwab bekommen hatte, immer weniger.

Sie sah auf die Uhr, fuhr den Rechner herunter, raffte ihre Sachen zusammen und stürmte zum Ibis-Hotel.

Der Kollege, der die letzten acht Stunden auf Özlem aufgepasst hatte, sah verknittert aus.

»Sie ist hysterisch«, flüsterte er Katinka zu. »Total durchgeknallt.«

»Was war los?«

»Sie heult und flennt. Telefoniert Stunden mit ihrem Typen. Isst nichts, hockt aber, frag mich nicht wie lange, auf dem Klo.«

»Hat jemand angerufen?«

»Nein. Sie will nicht mal, dass jemand in ihre Wohnung geht und Klamotten für sie holt. Sie benutzt das Not-Necessaire der Rezeption. Das ist alles.«

Katinka schob den Kollegen zur Tür hinaus. »Bis morgen!« Ein paar Mal atmete sie tief durch. Ihr war heiß. Weil sie gerannt war? Lustlos ging sie zurück in Özlems Zimmer.

»Hallo, Özlem.«

»Hi.«

Katinkas Klientin sah blass aus. Um ihre Augen krochen dunkle Schatten. Ihr Kinn wirkte noch kantiger.

»Gibt's Neuigkeiten?«

»Nein.« Özlem sah nicht einmal auf. Sie hockte auf dem Bett, die Arme um die Knie geschlungen, und glotzte auf den Fernsehschirm. Der Ton war abgestellt.

»Wie sieht's aus, haben Sie Aussichten, in sechs Tagen wegzukommen, wie Sie das geplant hatten?«

Özlem nickte stumm und ungeduldig.

»Na dann.« Katinka setzte sich an den Tisch, legte die Beretta in Griffweite neben sich und begann ihre Telefonate.

»Hohoho, Frau Palfy, Sie melden sich von selbst bei mir?«

»Ich habe lange nichts von Ihnen gehört, Wischnewski. Das macht Sie verdächtig.«

Dante Wischnewski lachte leise. »Clever, clever. Ich hatte heute einen Sechser im Lotto.«

»Sie haben den Jackpot geknackt? Die Zahlen werden doch erst heute Abend gezogen.«

»Ich habe mir diesen Theo Bauer näher ansehen wollen. Als ich mir endlich einen Trick zurechtgelegt hatte, wie ich ins Haus komme, rannte mich ein Kräuterweib fast um. Ich bot ihr eine Fahrt nach Bamberg an und habe fast alles erfahren, was ich eigentlich von Bauer wissen wollte.«

»Nämlich?«

»Die Rose, Frau Palfy. Die Rose.«

»Ja. Und?«

»Die Kräuterfrau ist eine ausgewiesene Expertin für Rosen. Sie besaß früher selbst eine Gärtnerei, allerdings für Stauden, nicht für Rosen. Also nutzt sie die Rente für ihre Leidenschaft.«

Katinka kritzelte auf ihrem Notizblock herum. »Aber?«

»Der Gag war, sie behauptete, sie sei Rentnerin. Dafür kam sie mir allerdings ein bisschen jung vor.«

»Frührente?«

»Nee, Frau Palfy, eine ehemalige Selbständige seilt sich nicht in Frührente ab.«

»Wenn sie Gärtnerin war, hat sie harte körperliche Arbeit verrichtet. Das geht auf die Knochen.«

»Kann sein. Aber sie wirkte auf mich eher wie eine Messie.«

Katinka sah Özlem zu, die durch die Fernsehprogramme zappte.

»Wusste sie was zu unserer Rose?«

»Sie redete die ganze Zeit selbst. Ich kam nicht dazu, Fragen zu stellen. Aber sie – halten Sie sich fest – hat Hagebutten gefunden. Auf dem Müll!«

»Nicht zu fassen«, juxte Katinka.

»Jemand hat eine Dose mit Hagebutten weggeschmissen. Die Kräuterfrau ist der Meinung, es handelt sich um eine neue Rose. Eine, die es noch gar nicht geben dürfte.«

»Das klingt aber ein bisschen dünn.«

»Glauben Sie mir, alles erweist sich als extrem logisch. Zusätzlich hat sie nämlich einen Packen Zettel mit aus dem Müll gefischt. Eine Art Zuchtplan, wenn ich sie richtig verstanden habe.«

»Wenn die Hagebutten von einem Züchter stammen, wieso sollte er sie auf den Müll werfen?«

»Weil die Rose nichts taugt«, schlug Dante vor.

»Unsinn. Dann würde der Züchter sie vernichten.«

»Das sagt die Kräuterhexe auch!« Dante gähnte herzhaft. »Entschuldigen Sie, ich habe nicht viel Schlaf bekommen.«

»Haben Sie Hinweise zu der langstieligen Rose, die auf Walters lag?«

»Nein. Aber ich bin der Meinung, dass es spannend wäre, die Neuigkeiten über den Hagebuttenfund zu veröffentlichen.«

»Damit machen Sie sich bestimmt keine Freunde«, überlegte Katinka laut.

»Machen Sie mir einen Termin mit Ihrem Kommissar?«

»Rufen Sie ihn doch selbst an. Ich bin nicht seine Vorzimmerdame.«

»Wo stecken Sie eigentlich gerade?«

»Personenschutz«, antwortete Katinka. »Keine Angaben.«

Sie verabschiedete sich von Dante. Sofort klingelte ihr Handy.

»Palfy?«

Es war Hardo. Sie machte sich bereit. Sachlich bleiben. Nicht auf Unterschwelliges reagieren.

»Wir haben den Mann ohne Hand.«

»Ich werd' nicht mehr. Wo? Wer ist es?«

»Sinan Yildirim.«

»Und wer soll das sein?«

»Ein Gangster. Einer, der in unseren Registern eine Menge Speicherplatz einnimmt.«

»Jetzt erzähl schon!«

»Er liegt im Klinikum. Der Stumpf hat sich fies entzündet. Irgendeine Möchtegern-Krankenschwester hat ihn nach der unfreiwilligen Amputation undercover verarztet, aber mit geringem Erfolg.«

»Was für Gangstereien waren das?«, fragte Katinka.

»Betrug, Zuhälterei, schwere Körperverletzung, ein paar Einbrüche. Der Mann ist Ende 50 und hat keine Gaunerei ausgelassen. Außer Mord.«

»Und wenn … Sinan Yildirim der Gliederschnippler ist? Wenn Ohr und Finger auf sein Konto gehen?« Katinka bemerkte, wie Özlem zu ihr herübersah.

»Ich hatte auch so eine Eingebung. Aber bisher spricht nichts dafür.«

»Dante ruft dich gleich an. Er hat eine ziemlich interessante Information.«

»Soll ich auf ihn eingehen oder ihn abwimmeln?«

»Abwimmeln funktioniert sowieso nicht«, schnaubte Katinka. »Dann wird er nur noch nerviger.«

»Na, danke für den Hinweis. Übrigens mussten wir Mehmet Öznur gehen lassen. Wir haben nichts gegen ihn in der Hand.«

»Den einzigen«, sie senkte die Stimme, »Verdächtigen?«

»Ich nehme stark an, der Zeuge, der ihn in dem Kanadier gesehen haben will, hat sich getäuscht. Es gibt nicht das Fitzelchen einer Verbindung zu unserem Fall.«

»Soll häufiger vorkommen, dass Zeugen sich irren.« Katinka legte auf. Özlem starrte auf den Bildschirm, wo ein Zeichentrickfilm den guten Geschmack der Zuschauer geißelte.

»Sagt Ihnen der Name Sinan Yildirim was?«

»Wer soll das sein?«

»Ein türkischer …«, Gangster?, fragte sich Katinka. Was soll ich ihr antworten? »Ein türkischer Mitbürger«, sagte sie schließlich.

»Glauben Sie denn, ich kenne alle türkischen Typen in Bamberg? Nur weil ich heiße, wie ich heiße?«

»Schade.« Katinka griff wieder zum Handy und rief Hardo an. Sie konnte nicht anders.

»Was ist denn?«

»Hör mal, was ist mit den Daten aus Wellmanns PC?«

»Habe ich an die Kollegen vom Betrug rübergereicht. Was hast du vor? Unterschreibst du?«

Katinka seufzte. Hardos Nervosität übertrug sich auf sie. Von selbst. Sie konnte nichts dagegen tun. Also entschied sie, auszupacken, was sie umtrieb.

»Ehrlich gesagt, weiß ich nicht mehr, wo oben und unten ist. Aber Walters war Wellmanns Anwalt, er hat dem Makler eine Menge gute Geschäfte eingetütet. Jetzt ist er tot, und damit stürzt ein Teil von Wellmanns Business in sich zusammen.«

»Lass dir Zeit!«

»Du sprichst wie die Noch-Eigentümerin.«

»Warum setzt du dich unter Druck, um Himmels willen?«, fragte Hardo mit flehentlichem Tonfall.

Weil ich will, dass sich *jetzt* was bewegt.

»Ich muss Schluss machen. Wir reden später.« Hastig legte Katinka auf und ignorierte Özlems neugierigen Seitenblick.

Ich komme nicht zum Nachdenken, grübelte sie. Ich fummele mich durch zig Listen mit Hinweisen zu einem abgedrehten Kriminalfall, von dem ich nichts habe. Dante klammert sich an die Rose, Hardo erledigt den Rest, und ich verdiene meine Brötchen damit, eine übellaunige Tussi zu beschützen.

Özlem schaltete zu Oberfranken TV und drehte die Lautstärke hoch. Es kam ein Exklusivbericht zum Mord an Max Walters.

»In acht Tagen öffnet die Landesgartenschau ihre Pforten«, dozierte der Reporter. »Können die Besucher sich sicher fühlen?«

»Jetzt blasen sie auf dieser Pfeife«, stöhnte Katinka. »Walters ist definitiv nicht auf dem Gelände ermordet worden.«

Özlems Kopf flog herum.

»So läuft das im Fernsehen!« Katinka zeigte auf den Bildschirm. »Gleich folgen die Panik-Interviews mit Leuten, die an allen Ecken und Enden den Schwarzen Mann aus dem Schrank kommen sehen. Das ist die Sorte Zeitgenossen, die sich Geigerzähler kauft, wenn in Japan ein AKW hochgeht.«

»Sie sind ganz schön zynisch«, bemerkte Özlem.

»So? Aber wenigstens reden Sie jetzt mit mir.«

Ein winziges Lächeln huschte um Özlems Lippen.

In breitem Fränkisch verkündete eine Frau auf dem Bildschirm, mit einem Mikro im Gesicht, sie wolle ihre Dauerkarte zurückgeben und habe aus diesem Grund bereits einen Streit mit der Sparkasse angefangen, wo sie das Ticket zum Vorverkaufspreis erstanden habe.

»85 Euro und dann so was, das muss man sich mal vorstellen!«, keuchte sie erregt.

»Die Menschen denken an nichts anderes als an Geld!« Özlem ging ins Bad und kam mit einem Zahnputzglas voll Leitungswasser zurück.

Die meisten Menschen sind eben doof genug, sich verrückt machen zu lassen, stellte Katinka fest. Aber jeder ist bei einem anderen Thema anfällig.

»Die einen haben Angst vor radioaktiver Strahlung, die nächsten vor einem Mörder, obwohl sie mit dem Motiv und der ganzen Gemengelage nicht das Geringste zu tun haben«, sagte sie.

»Stimmt«, pflichtete Özlem ihr bei. Zum ersten Mal hatte Katinka das diffuse Gefühl, dass zwischen ihr und Özlem ein gewisses Einvernehmen bestand.

»Ich gehe mit dem Gedanken schwanger, ein Haus zu kaufen.« Katinka trat ans Fenster und warf einen Blick auf den Schillerplatz. Gleich dort lag Wellmanns Büro. Sonderbar, dass er sie gar nicht mehr anrief und den Abschluss ihres Geschäftes ins Spiel brachte. Als wäre er froh, dass Katinka zögerte. Oder es sich gar anders überlegte.

»Warum tun Sie es nicht?«

»Weil ich das Gefühl habe, dass ich über den Tisch gezogen werde.«

»Dann sollten Sie auf Ihr Gefühl hören. Es trügt selten. Das Bauchgefühl, meine ich.«

»Finden Sie das auch?« Katinka war nicht besonders an Bauchgefühlen interessiert, aber sie ahnte, dass die Hauskaufpläne zwischen ihr und Hardo zu einer Veränderung führten, die ihr nicht gefiel. Die Harmonie war gestört. Ein Konflikt zeichnete sich ab, für den das baufällige Haus nur ein Symptom war.

»Wenn ich auf meine Intuition gehört hätte, dann säße ich jetzt nicht hier.« Özlem rieb sich die Hände.

Katinka zog die Augenbrauen zusammen.

»Bei der Liebe steigt die Intuition aus, oder?«, fragte sie.

»Liebe?« Verständnislos sah Özlem Katinka an.

»Ihr Freund«, half Katinka aus. »Ihre geplante Heirat. Ihre Brüder.«

Die Verblüffung fiel aus Özlems Gesicht und sie sah genauso angefressen aus wie in den Stunden zuvor.

»Ja!«, nickte sie. »Aber ich will nicht darüber sprechen.« Sie zog die Schultern hoch und wandte sich der Mattscheibe zu. Katinka war sicher, dass sie von der Reportage über das Flussparadies Franken, renaturierte Wasserläufe und Kajakfahrten inklusive Naturnaherlebnis nicht ein Sterbenswörtchen mitbekam.

Bauchgefühl. Katinka packte ihr iPad aus und googelte nach Özlem Canavar. Den Namen gab es im Internet so häufig, dass Katinka sofort aufgab. Sie zückte ihr Handy, tat, als spielte sie damit herum, schoss unbemerkt ein Foto von Özlem. Dann schickte Katinka eine SMS an Sabine mit der dringenden Bitte, Özlem Canavar zu überprüfen. Geburtsregister, Familie, Geschwister, Arbeitsstelle. Einfach alles. ›Stelle keine Fragen‹, tippte sie dazu.

Während sie auf die Antwort wartete, sah sie sich im Zimmer um. Der einzige persönliche Gegenstand war die Sonnenbrille auf dem Nachtkästchen. Hotelzimmer wirken wie Särge, dachte Katinka. Moderne Särge.

Sie war kaum eine gute Stunde hier und musste weitere sieben durchhalten. Plötzlich erschien ihr die Zeit wie ein massiges Monstrum. Ihr Gehirn sehnte sich nach Aktivität. Sie sah wieder aus dem Fenster. Eine Schülergruppe betrat das Theaterfoyer. Jemand versuchte, seine Vespa zum Anspringen zu überreden. Mit einem Mal spürte sie Özlems Blick in ihrem Rücken.

»Stimmt was nicht?«, fragte Özlem alarmiert.

Katinka wandte sich um. »Alles ruhig draußen.« Sie hätte sich gern unterhalten, um die Langeweile in Schach zu halten, die sie in absehbarer Zeit einschläfern würde. Aber Özlem wirkte erneut ziemlich abweisend. Therapeutische Gespräche konnten Katinka gestohlen bleiben. Sie war für die Bewachung der Schutzperson zuständig, nicht für ihr Seelenheil.

Sabine simste eine Stunde später zurück. ›Check E-Mails.‹

Katinka steckte ihr Handy in die Jeanstasche. Vorsicht jetzt. Ihr entging nicht, dass Özlem plötzlich hellwach war und Katinka aus den Augenwinkeln beobachtete. Sie hat wegen irgendetwas Verdacht geschöpft, dachte Katinka. Wie ich.

Sie ging ins Bad und wusch sich die Hände. Wenigstens war die neuerliche Schweißwelle abgeebbt. Katinka musterte ihr Gesicht. Es sah aus wie immer. Vielleicht ein wenig müde. Aber keineswegs zu blass oder gar krank. Sie trat zurück ins Zimmer und setzte sich an den Tisch. Dann öffnete sie ihre Mails auf dem iPad.

Es gab in Bamberg sage und schreibe drei Frauen mit dem Namen Özlem Canavar. Aber zwei waren über 60. Katinka klickte das dritte Dokument an und sah in das Konterfei ihrer Klientin. Sabine hatte die Richtige gefunden.

Rasch überflog sie die mitgelieferten Informationen. Özlem hatte Schulden und bereits ein privates Insolvenzverfahren hinter sich. Sie war als arbeitslos registriert und lebte bei ihrer Mutter in Gaustadt, in der Wohnanlage gegenüber der ERBA-Insel und damit in unmittelbarer Nähe des Gartenschaugeländes. Es gab eine Schwester namens Hayat. Sie war verheiratet und führte anscheinend ein angepasstes Leben. Jedenfalls ohne Schulden.

Katinka klickte die Mails weg. Das musste sie erst mal verdauen.

Özlem lief also nicht vor ihren Brüdern weg. Sie hatte nämlich gar keine Brüder. Sie hatte sich eine Geschichte zurechtgezimmert, die in die Zeit passte, weil ständig von misslungener Integration, kulturellen Abgründen und gewaltbereiten Ausländern salbadert wurde. Die Wirklichkeit spiegelte sich in den schrillsten Verzerrungen.

Katinka öffnete ihre Fotodateien, wo sie die Bilder ihres Traumobjektes gespeichert hatte. Sie hatte noch knapp sechs Stunden Zeit, um Özlem aus der Reserve zu locken. Denn dass die Frau Angst hatte, stand außer Zweifel. Jedoch nicht vor einem familiären Lynchmord. Im Zusammenspiel mit ihren Schulden ergab sich ein neues Bild. Menschen hatten Ohren, Finger und Hände eingebüßt. Vielleicht rechnete Özlem damit, die Nächste zu sein? Und warum war sie mit so einer banalen Lüge an Katinka herangetreten? Warum konnte sie nicht die Wahrheit sagen? Eine Privatdetektivin war nicht die Polizei, wo man zwangsweise weitere Fragen gestellt hätte. Für Özlems Sicherheit allerdings konnte es durchaus einen Unterschied machen, ob Özlem von religiös eifernden Brüdern oder professionellen Gangstern verfolgt wurde.

»Wollen Sie vielleicht ein paar Fotos sehen?«, begann Katinka.

»Ihr eventuelles Haus?«, fragte Özlem, während sie weiter gebannt auf den Bildschirm starrte. »Wie finanzieren Sie es? Mit einem Kredit?«

Katinka grinste. Sie konnte sich nicht im Traum vorstellen, dass eine Bank einer Privatdetektivin einen Kredit zu erträglichen Konditionen einräumte.

»Ich habe was gespart.«

Özlem erwiderte nichts. Sie glotzte unbewegt auf den Bildschirm. Ohne zu sehen, was sich dort abspielte. Als brauchte ihr Stoffwechsel die bewegten Bilder, um nicht gänzlich abzuschalten.

»Haben Sie Hunger?«, fragte Katinka.

»Nein.«

»Ich könnte die Rezeption bitten …«

»Nein, danke!« Die Antwort kam schroff. Özlem fing wieder an zu zappen, rief Fetzen von blödsinnigen Filmen auf die Mattscheibe, einen nach dem anderen.

»Stoppen Sie mal bei Oberfranken TV. Vielleicht bringen die noch was über die Landesgartenschau.«

Lustlos drückte Özlem ein paar Tasten.

Das Laufband am unteren Bildschirmrand informierte

die Zuschauer, dass sie direkt in eine Sondersendung zum Mord an Anwalt Walters und den neuen Entwicklungen in dem Fall geraten waren. Da die Polizei bisher die Informationen zu den Verstümmelten geheim hielt, stürzten sich die Fernsehfritzen auf den ermordeten Anwalt. Krude Geschichten wurden ausgepackt. Gebannt verfolgte Katinka die Sendung. Max Walters wurde als ein dem organisierten Verbrechen nahestehender Mann geschildert, der es verstanden hatte, sich überall Vorteile zu sichern. Beispielsweise bei dem neuen Edelbordell am Rand von Hallstadt. Ein Puff im katholischen Bamberg! Dessen Existenz bedeutete für die einen den Untergang der Bischofsstadt, während andere in Interviews ihre schier unerschöpfliche Toleranz anderen Lebensformen gegenüber zum Ausdruck brachten. So viel Verlogenheit war Katinka eindeutig zu viel. Andere Lebensformen! Sie schnaubte.

»Kannten Sie Max Walters?«, fragte sie Özlem.

»Wieso?« Die Antwort kam so schnell, so scharfzüngig, dass Katinka ganz sicher war: Sie kannte ihn.

»Weil die meisten Leute in Bamberg zumindest mit seinem Namen was anfangen konnten. Ein kluger Kopf. An allen Ecken und Enden aktiv«, entgegnete sie lässig. »Außerdem war er nett.«

Özlem schlang die Arme um ihren Oberkörper. Sie schwieg.

Sie hält die Klappe, weil sie sich nicht sicher ist, überlegte Katinka. Irgendwie spürt sie, dass ich sie aus der Reserve locken will.

Sie schrieb eine Mail an Jenna, die Kollegin, die sie um 20 Uhr ablösen würde. Sie schilderte kurz die Situation und bat Jenna, sehr behutsam das Gespräch mit ihrer Schutzperson zu suchen. Sollten alle Stricke reißen, könnte sie selbst

Özlem morgen in aller Geradlinigkeit mit ihrer erfundenen Geschichte konfrontieren.

Ein Fluchen riss Katinka aus ihren Grübeleien.

»Was ist?«, fragte sie.

Özlem wies verächtlich mit dem Kinn auf den Fernseher. »Eine Messie, wie sie im Buche steht.«

Die Frau, die stolz das offenbar erste Interview ihres Lebens gab, stand in Gummistiefeln und einem mindestens zwei Nummern zu kleinen karierten Blazer neben dem Reporter. Die Kamera zoomte genüsslich auf die erdigen Jeans, während am unteren Ende des Bildschirms ein Name eingeblendet wurde: ›F. Bohnstett, Rosenexpertin‹.

»Ich habe diese Dose auf der Mülldeponie gefunden«, sagte die Frau gerade. »Mit Hagebutten. Ich bin hundertprozentig sicher, dass es eine neue Rose sein soll. Eine, für die sich ein Züchter krummgelegt hat. Er hätte im Herbst anfangen sollen, die Sämlinge zu ziehen, hat dann aber gewartet.«

»Warum denken Sie, hat er gewartet?«

»Nein, ich denke im Gegenteil, dass die Rose gerade irgendwo heranwächst, aber sie war dem Züchter so wichtig, dass er ein paar Hagebutten nur für den Fall aufhob, dass etwas mit den Sämlingen nicht klappen sollte.«

Özlem kicherte. »Schräge Story, oder?«

Katinka hob die Hand. Sie war wie elektrisiert. Gebannt blickte sie auf das stachelige, blonde Haar der Frau. Dantes Kräuterhexe, kein Zweifel.

»Die Rosenkissen, auf denen das Ohr und der Finger gefunden wurden«, fuhr die Frau fort, »müssen aus diesen Hagebutten hervorgegangen sein. Eine neue Sorte. Ich bin mir absolut sicher.« Sie feixte und entblößte eine Reihe brauner, schräg stehender Zähne.

Özlem hustete. Das Lachen war ihr im Hals steckengeblieben.

Der Reporter bedankte sich für das Interview.

»Ich würde gern meine Tochter grüßen!«, rief die Frau und riss die Hand hoch, um in die Kamera zu winken. »Hallo Eva, wenn du das siehst, melde dich mal wieder!«

Katinka unterdrückte ein Gähnen und ging zum Fenster. Das gleiche Gefühl wie früher in den Mathestunden überkam sie. Wenn sie nur hier wegkönnte. Raus in die Freiheit eines Frühlingsabends, der genau so nie wiederkehren würde. Mittlerweile war es 19 Uhr. Eine Stunde musste sie noch durchhalten, bis Jenna kam.

Ein übergewichtiger Mann marschierte über den Schillerplatz, auf das Restaurant Hoffmanns zu. Sieh an, Staatsanwalt Kohlschwab tut sich was Gutes, dachte Katinka grinsend. Dann kniff sie die Augen zusammen. Die Frau, die an seinem Arm hektisch einherstöckelte, war niemand anders als die piekfeine Galeristin Cristina Sandros.

27

»Wellmann ist abgehauen!«

Sie saßen im Sternla am Stammtisch. Katinka hatte den Treffpunkt vorgeschlagen. Nach acht Stunden bei Özlem im Hotel brauchte sie dringend ein aufbauendes Meeting.

Hardo bestellte Bratwürste für sie beide. »Ich habe ihn heute mehrmals angerufen. Nie ging jemand ran. Gegen vier habe ich es noch mal versucht. Plötzlich sprang ein Anrufbeantworter an und teilte mit, Herr Wellmann sei auf einer Geschäftsreise und erst am Montag zu den üblichen Zeiten wieder zu erreichen.«

»Handy?«

»Ausgeschaltet.«

»Habt ihr es geortet?«

»Kollege Allenstein kümmert sich um Wellmann.«

»Hej, einer von Sabines speziellen Freunden?«

»Hat sie sich bei dir ausgeheult?«

»Dass sie dafür nicht der Typ ist, müsstest du selbst wissen. Nein, sie hat was durchblicken lassen. Schon am Sonntag, als sie mich zu meinem Fahrrad chauffiert hat.«

»Kerschensteiner setzt sich mit Sicherheit durch. Auf lange Sicht erarbeitet sie sich den Respekt, den sie verdient.«

»Nur doof, dass sie den nicht von Anfang an bekommt. Mensch bleibt Mensch.« Katinka räusperte sich. »Hör mal. Können wir die Sache mit dem Hauskauf für eine Weile beiseite lassen?«

»Meinst du nicht, wir sollten darüber reden?«

»Darüber reden wäre in Ordnung, aber du hast ja nur die eine Absicht: mich davon abzubringen.«

Hardo lächelte. »Wäre das denn schlimm?«

»Es ist mein Plan, mein Traum und mein Risiko.«

»Wenn ein eigenes Haus wirklich dein Traum wäre, Katinka, was ich nicht glaube … warum suchst du dir nicht eines, das halbwegs in Ordnung ist?«

»Weil ich mir nichts anderes leisten kann!« Ihre Antwort hörte sich selbst in ihren eigenen Ohren trotzig an. Sie angelte ein Papiertaschentuch aus der Jeanstasche und wischte sich über die Stirn.

»Schmonzes!« Hardo schüttelte entschieden den Kopf. »Jetzt verstehe doch: Die Kosten explodieren, sobald du die Hütte renovierst! Außerdem«, er senkte die Stimme. »Zu einer Katinka Palfy passt kein Eigenheim.«

»Wie bitte?« Sie begann unter ihren Achseln zu schwitzen. Konnte den stechenden Geruch wahrnehmen. Ekelte sich fast.

»Ich kenne dich als überzeugte Anti-Spießerin.«

Katinka stieß einen überraschten Laut aus. »Ich krieg die Milben, Hardo. Was ist denn das für eine Aussage?«

»Verstell dich nicht. Ich kenne dich. Selbst wenn du denkst, ich verstehe nichts von dem, was in dir vorgeht.«

Es stimmt, dachte Katinka müde. Hardo kennt mich besser als ich mich selbst.

»Was ich damit sagen will«, er griff nach ihrer Hand. »Das Haus steht für etwas ganz anderes. Es nimmt eine Bedeutung in deinem Leben ein … symbolisiert Veränderung, Entscheidungskraft, Sesshaftigkeit.«

»Ach, hör auf.« Sie zog ihre Hand weg.

Aber der Blick aus seinen eisgrauen Augen hielt sie gefangen. Was ist mit mir los?, fragte sie sich. Soll Wellmann in der Versenkung verschwinden und seinen Schrotthaufen gleich mitnehmen. Will ich das Haus jetzt oder will ich es nicht?

»Was wird aus uns?«, brachte sie stattdessen heraus. Noch eine Welle Schweiß. Sie sollte sich leichter kleiden. T-Shirt, Pulli, Softshell – das war vielleicht zu warm für diesen seltsamen Frühling.

»Was schwebt dir vor?«

Jedenfalls kein Ehering. Sie sagte es nicht laut.

»Katinka? Schläfst du?«

»Herrgott, nein! Hardo, ich fände es einfach schön, wenn wir mehr Zeit zusammen hätten. Ungeplant. Automatisch. Aber trotzdem genug Freiraum. Also zwei Wohnungen in einem Haus. Nebeneinander. Übereinander. Und von mir aus einen gemeinsamen Kühlschrank.«

Hardo starrte sie verdutzt an. Dann lachte er los.

»Was ist?«

»Das nenne ich ein Wagnis. Ein gemeinsamer Kühlschrank!«

Katinka grinste. »Haken wir die Diskussion ab. Ich verspreche, nicht bei Wellmann zu unterschreiben, ohne dir vorher Bescheid zu sagen, in Ordnung?«

»Bei den ganzen Mogelpackungen auf Wellmanns Computer bist du wohl selbst klug genug, die Bude nicht zu kaufen«, brummte Hardo.

»Ich kann diese Überheblichkeit nicht ab. Ich bin alt genug, schlau genug, bescheuert genug und alles andere auch genug. Klar?« Ihr eigener Körpergeruch kam ihr immer unerträglicher vor.

»Friede!« Hardo hob seinen Krug.

Sie stießen an.

»Was ist mit deiner Schutzperson los?«

Erleichtert über den Themenwechsel setzte Katinka Hardo über Özlem ins Bild. »Sie hat eine Scheißangst«, fügte sie hinzu. »Nenn mich paranoid, aber Ohr, Finger und Hand haben sie in Panik versetzt. Fast, als erwartet sie, dass jemand ihr was abschnippelt. Hast du die Sondersendung auf Oberfranken TV gesehen?«

»Machst du Witze? Ich komme direkt von der Arbeit!«

»In dem Fall hat fernsehen was mit Arbeit zu tun«, grinste Katinka. »Sei ein bisschen offenherzig. Dante hat eine interessante Frau aufgetan. Vielleicht sollte die Polizei mit ihr sprechen, bevor die Medien sie ausgeweidet am Straßenrand liegen lassen.«

»Ich weiß, er hat mich angerufen. Ich habe ihn abgewimmelt.«

Die Bratwürste kamen. Katinka griff schon nach Messer und Gabel. Personenschutzaufträge machten ihr immer einen ungeheuerlichen Appetit.

»Ruf deinen Meisterreporter an und frag ihn nach der Adresse dieser Tante!«, sagte Hardo, während er die erste Wurst zerschnitt.

Hocherfreut nutzte Dante die Chance, doch noch zu einer Verabredung mit dem obersten Ermittler im Mordfall Walters zu kommen. Eine Viertelstunde später warf er sich auf die Sitzbank neben Katinka und rief: »Ich bin ganz Ohr.«

»Sie haben verlauten lassen, die Messie hätte zusätzlich zu den Hagebutten Aufzeichnungen gefunden, nicht wahr?«, legte Hardo los.

»Das hat sie mir gesagt.«

»Aber im Interview kam keine Silbe darüber«, hakte Katinka nach.

»Ich habe ihr eingeschärft, über die Papiere mit niemandem zu reden.«

»Wo sind diese Papiere jetzt?« Hardo zückte sein Portemonnaie.

»Ich nehme an, bei ihr zu Hause.«

»Zahlen!«, rief Hardo.

»He, ich wollte mir gerade ein Bier …«, protestierte Dante.

Kurz darauf standen sie zu dritt vor dem Haus am Vorderen Graben, in dem Dante seine Kräuterhexe abgeliefert hatte. Der nächtliche Schatten der Englischen Insitutskirche hüllte die Gasse in eine unheimliche Stille. Katinka genoss die Kühle. Sie zog das Softshell aus und band es sich um die Taille.

»Hier ist es.« Dante drückte auf die Klingel. »Reihenhaus. Spießig, was?« Das Namensschild bestand aus Papier und war bis auf einen traurigen Rest vollkommen abgefressen.

»Bohnstett«, buchstabierte Katinka. »Wurde im TV eingeblendet.«

»Natürlich. Sie heißt so«, gab Dante mit glühendem Gesicht zurück. Er war in seinem Element. Katinka tauschte einen Blick mit Hardo. Der verzog keine Miene.

»Es meldet sich niemand!« Dante klingelte ein zweites Mal.

»Sie ist eben nicht daheim. Ist alles finster.« Katinka schob die Hände in die Taschen. Frostig stieg ihr eigener Atem vor ihrem Gesicht auf. Die Nacht wurde kühl. Zu kühl für April. »Vielleicht ist sie im Kino oder im Theater?«

»Glauben Sie mir, sie ist nicht der Typ, der ins Kino oder ins Theater geht«, sagte Dante.

»Hat sie Ihnen von Verwandten erzählt? Freunden? Oder vielleicht einem Schrebergarten oder ähnlichem?«, erkundigte sich Hardo.

»Nein. Nichts.«

»Sie hat eine Tochter«, fiel Katinka ein.

»Name?«

»Eva.«

»Woher wissen Sie das?« Gelb vor Neid, weil diese Information nicht ihm gehörte, sah Dante Katinka an.

»Sie hat in die Kamera gegrinst und ihre Tochter gegrüßt. Machen die Leute doch gern!«

Hardo presste sein Mobiltelefon ans Ohr: »Sucht mir die Adresse von einer gewissen Eva Bohnstett. Mutter heißt Feli oder Felicitas.« Er sah die beiden anderen fragend an.

Dante nickte ekstatisch.

»Verdammt, das weiß doch ich nicht, ob die sich mit ›z‹ oder ›c‹ schreibt. Schaut halt nach!«, knurrte Hardo ins Handy.

»Spuren sie nicht?«, fragte Dante.

»Wer?«

»Ihre Mitarbeiter!«

Katinka ging ein paar Schritte und lehnte sich an die Kirchenmauer. Wenn hier gleich die Geweihe aufeinander prallten, wollte sie aus dem Weg sein. Aber die beiden musterten sich nur, als schätzten sie die Kräfte des jeweils anderen ab und kamen überein, dass ein Kampf nicht lohnte. Katinka ließ den Blick auf Feli Bohnstetts Haus ruhen. Es lag dunkel da und wirkte vernachlässigt. Eine umgeknickte Laterne, krautige Beete, ein paar struppige Büsche. Der Effekt schien sich durch die hell erleuchteten Nachbarhäuser links und rechts zu verstärken. »Für einen Gartenfreak hat sie ihren Vorgarten aber schlecht in Schuss«, überlegte Katinka halblaut.

Hardo bekam einen Rückruf auf seinem Handy. »Concordiastraße«, wiederholte er. »Gut. Danke.«

»Concordiastraße?« Katinka starrte Dante an. »Ich glaube …«

»…mein Schwein pfeift. Yeah! Die Dame kennen wir. Sie heißt Eva Braun und wohnt in dem Schuppen, den Frau Palfy in Kürze ihr Eigenheim nennen wird. Fahren wir mit einem Streifenwagen?«

»Pustekuchen!«, sagte Hardo. »Wir nehmen ein Taxi!«

»Will er nicht, dass Sie zuschlagen?«, raunte Dante Katinka zu, als das Taxi sie wenige Minuten später aufsammelte.

»Tun Sie mir einen Gefallen? Reiten Sie nicht drauf rum, ja?«

»So schlimm?«

»Wischnewski, ich kündige Ihnen die Freundschaft.«

Er hob die Hände. »Das kann ich nicht riskieren.«

Eva Braun riss die Tür auf. »Ja?«, fragte sie.

Hardo zückte seinen Dienstausweis. »Ist Ihre Mutter bei Ihnen?«

»Allerdings.«

»Dann … dürfen wir?« Hardo schob sich an Eva Braun vorbei und betrat die Wohnung. Sein Blick glitt über die fleckige Tapete und das unebene Parkett, das an einigen Stellen splitterte. Katinka spürte sein Entsetzen körperlich. Plötzlich fand sie ihre Idee, dieses Haus zu kaufen und sechs derartig verschlissene Wohnungen zu renovieren, selbst abstrus.

»Mama, hast du wieder was angestellt?«, fragte Eva resigniert.

Katinka staunte nicht schlecht, als sie das Wohnzimmer betrat. Feli Bohnstett saß, in all ihrer Üppigkeit in einen Bademantel gekuschelt, auf dem Sofa, vor sich eine Kanne Tee, und sah sich selbst im Fernsehen an.

»Ich musste es ihr aufnehmen. Hat sie was Falsches gesagt?«, fragte Eva. Die freakigen Sommersprossen wirkten heute blass. Ihr ganzes Gesicht spiegelte Resignation und Leere.

»Nein, keine Sorge.« Hardo reichte Feli Bohnstett die Hand. »Hauptkommissar Uttenreuther. Frau Palfy, Herr Wischnewski.«

»Ja, den Herrn kenne ich bereits. Ich habe mich an Ihre Anweisung gehalten, nicht wahr? Ich habe nichts von den Papieren gesagt, verstehen Sie?«

»Gut gemacht«, lobte Dante.

»Möchten die Herrschaften vielleicht Tee?«, fragte Eva. Als niemand reagierte, ging sie in die Küche. Katinka hörte Geschirr klappern.

»Sie sind eine Koryphäe«, begann Hardo.

Katinka bewunderte ihn für sein Einfühlungsvermögen, das man ihm oft nicht recht zutrauen wollte. Besonders, wenn er lospolterte und Leute anraunzte. Aber Hardo war kein Querulant. Auch kein Lästermaul. Er besaß eine sensible Ader, die im Gespräch mit Zeugen und Verdächtigen unschätzbar wertvoll war.

Feli Bohnstett, deren blondes Haar nun nicht mehr stachelig abstand, sondern feucht an ihrem Kopf klebte, nickte. »Ich hatte nie Zeit für Rosen«, sagte sie. »Nicht im professionellen Sinne. Ich habe geschuftet, um die Gärtnerei am Laufen zu halten, die Launen meines Mannes zu finanzieren und meine Tochter auf die Schule zu schicken. Aber sie faszinieren mich nach wie vor. Die Rosen.«

Eva brachte Tassen und einen Teller mit Schokolade.

»Sie hatten es also nicht leicht im Leben«, legte Hardo einen drauf.

»So kann man es ausdrücken, Herr Kommissar. Aber Sie brauchen mir keinen Honig ums Maul schmieren. Sie haben die Sendung gesehen und nun wollen Sie mehr wissen. Weil die Rose der Schlüssel ist, nicht wahr?«

Dante machte ein schmatzendes Geräusch. Katinka nahm rasch ein Stück Schokolade, nur um mit irgendetwas beschäftigt zu sein. Diese Feli Bohnstett war ein ganz harter Brocken.

»Davon gehe ich aus. Erzählen Sie mir etwas über Rosen.«

Die Frau beugte sich vor. Die Falten des Bademantels öffneten sich ein wenig, und Katinka sah ihre gelbe, runzelige

Haut. Sie wirkte älter als sie vermutlich war. »Die Rose«, begann sie, »ist ein Symbol für die Liebe. Die dreckige wie die unschuldige, die eigensinnige wie die hingebungsvolle. Liebende schenken sich rote Rosen. Weibliche Wangen nehmen dabei schnell die Farbe der Blütenblätter an, weil sie denken, es käme ein Heiratsantrag, der dann irgendwann hinterhertröpfelt. Womit das ganze Unglück anfängt. Aber ich möchte heute Abend nicht philosophisch werden.«

»Sicherlich nicht«, pflichtete Hardo ihr bei.

Katinka und Dante setzten sich still wie die Mäuse auf den Teppich.

»Aber die Rose steht noch für etwas anderes. Etwas viel Wichtigeres als die Liebe.« Sie senkte die Stimme. »Für die Unsterblichkeit.«

»Tatsache?«

»Tatsache. Menschen gruseln sich vor dem Tod. Sogar wenn sie ein Leben lang in die Kirche rennen. Vielleicht gerade dann. Sie glauben nicht an die Auferstehung, soviel Mühe sich die Pfaffen geben mögen. Die Menschen haben eine Heidenangst. Und hier«, nun flüsterte sie nur noch, »kommt die Rose ins Spiel.«

Hardo nickte geduldig.

»Wer die nötigen Mittel hat, der lässt sich eine Rose züchten. Eine neue, nie dagewesene. Den einzigartigen Beweis, dass dieser Mensch gelebt hat. Die Rose trägt seinen Namen. Sie ist weniger vergänglich als ein Grabstein. Denn sie reproduziert sich. Verstehen Sie?«

»Verraten Sie mir etwas über die Rose, die …«

»Sie meinen, die Rosenkissen? Fragen Sie Theo Bauer. Er kennt sich aus. Kennt bestimmt einen guten Botaniker. Ich habe bloß die Hagebutten gesehen und die Aufzeichnungen gelesen.«

Hardo warf Katinka einen Blick zu und formte mit den Lippen: ›Sa-bi-ne‹.

Katinka stand auf und ging in die Küche, wo Feli Bohnstetts Tochter rauchend am Fenster stand.

»Entschuldigen Sie, nur ein kurzes Telefonat!« Katinka drückte auf Kurzwahl. »Sabine, neue Erkenntnisse. Wir müssen eine Handvoll Hagebutten mit den echten Rosen vergleichen, um rauszukriegen, ob beide dieselbe Sorte sind. Treib einen Botaniker auf. Danke. Tschau!«

»Stressiger Job, den Sie da haben«, sagte Eva. »Aber wenn das Haus demnächst einer Polizistin gehört, kehrt vielleicht ein bisschen Ordnung hier ein.«

»Ich bin nicht Polizistin. Ich bin Privatermittlerin.«

»Ist doch dasselbe, oder?« Achtlos warf Eva ihre Kippe in den Innenhof und knallte das Fenster zu. »Arschkalt heute. Dabei hatten wir schon fast Sommer.«

»Was ist denn los hier? Ich meine …«

»Wie ich schon sagte: Hier schleichen immer so komische Typen rum. Ich kann mich wirklich nicht genau erinnern, seit wann. Aber es ist unheimlich, wenn ich abends heimkomme, mein Rad im Hof abstelle und dann meine Tür aufschließe. Ich habe jedes Mal echt Schiss. Weiß ich, worauf die aus sind? Das Hoflicht ist eine trübe Funzel. Wir bräuchten dringend einen Bewegungsmelder.« Sie blickte Katinka prüfend an.

»Noch ist nicht sicher, dass ich das Haus kaufe.« Es ist vielmehr ziemlich unwahrscheinlich geworden, fügte Katinka im Stillen hinzu. »Wo ist eigentlich Ihr Mann?«

»Pfff«, machte Eva. »Hat sich abgesetzt. Nach Laos. Braucht eine Pause.«

»Und Ihre Mutter? Wohnt sie bei Ihnen?«

»Nein. Aber sie hat keinen Strom und kein warmes Wasser mehr, also kommt sie ab und zu her und versenkt sich bei mir in der Badewanne.«

»Warum …«

»Hartz IV«, unterbrach Eva. »Peinlich, aber wahr.«

»Was ist mit Wohngeld?«

»Irgendwie hat die Bürokratie da Mist gebaut. Jedenfalls ist der Strom abgestellt. Meine Mutter hat das Haus am Vorderen Graben von Freunden gemietet, die seit Jahren in Kanada leben. Zu einem Spottpreis!«

»Aber …«

»Ja, ich weiß, da muss man was tun. Irgendwie lässt sich alles regeln. Aber ich bin berufstätig, verstehen Sie? Ich bin Hebamme. Arbeite freiberuflich und habe jetzt eine Woche frei, weil ich einfach nicht mehr konnte. Ich hatte seit Jahren weder Urlaub noch freie Tage. Wenn mein Handy klingelt, sause ich los. Ich habe eine Vertreterin gebeten, diese Woche zu übernehmen, um mal Atem zu schöpfen. Morgen kümmere ich mich um die Probleme meiner Mutter. Weitere Fragen?«

»Wie, glauben Sie, ist Ihre Mutter an die Aufzeichnungen und diese Hagebutten gekommen?«

»So, wie sie es gesagt hat: auf dem Müll. Sie kriecht stundenlang über Deponien und Schrottplätze, sucht sich Verwertbares und stinkt wie der Petz.«

»Wo sind die Aufzeichnungen jetzt?«

Eva wies auf den Herd.

»In Ihrem …«

»Ja, keine Angst, der ist ohnehin kaputt.«

»Darf ich?«

»Bitte.«

Katinka öffnete die Herdklappe. In einer Emailform lag ein Packen Papiere. Sie streifte sich Handschuhe über und nahm ihn heraus.

»Sie bekommen alles zurück.«

»Schon okay.«

Katinkas Handy piepte. Eine SMS von Sabine. ›Wird erledigt. Habe Vogts Catering unter die Lupe genommen. Sie haben K. zum letzten Mal vor Weihnachten beliefert. Tote Spur.‹

28

Katinka und Hardo gingen zu Fuß zu Hardos Wohnung in der Wunderburg. Dante hatte sich längst verabschiedet. Sie marschierten flott durch die Friedrichstraße auf den Kanal zu. Katinka hatte den unguten Eindruck, dass ihnen jemand folgte. Sie drehte sich ab und zu um. Niemand.

»Was ist?«

»Jemand folgt uns.«

»Bist du sicher?« Hardo griff nach Katinkas Arm.

Sie standen am Wilhelmsplatz, unter den dichten Kastanienbäumen, die in Kürze blühen und den Platz zu einer natürlichen Kathedrale machen würden.

»Wir trennen uns«, raunte Katinka. »Küss mich zum Abschied.«

»Ich weiß nicht …«

»Mensch, Hardo, ich will mich nicht allein auf mein Gefühl verlassen!«

Er zog sie an sich und küsste sie. Sie fühlte sich unwohl. Wegen dem Schweißgeruch, von dem sie ahnte, dass er an ihr klebte wie ein lausiges Parfüm.

»Reicht das?«, murmelte Hardo nach einer Weile.

»Absolut.« Katinka löste sich von ihm und bog in die Franz-Ludwig-Straße ab. Hardo ging in die Richtung, aus der sie gekommen waren. Sie gingen beide schnell. Dem Verfolger keine Zeit zum Nachdenken lassen. Katinka war sicher, er würde ihr auf den Fersen bleiben. Eine Frau war potentiell leichtere Beute als ein Mann. Na, warte, dachte sie und fühlte nach dem kalten Metall ihrer Beretta.

An der Kreuzung zur Luisenstraße ging sie nach links und presste sich gegen die Hausmauer. Den Atem anhaltend lauschte sie auf Schritte. Doch der Mann, der nun aus dem Schatten auftauchte, kam auf so leisen Sohlen durch die dunkle Straße, dass es schien, als berühre er kaum den Boden.

Katinka glitt von der Wand weg und verstellte ihm den Weg.

»Hoppala!«, machte er überrumpelt, versuchte auszuweichen, doch sie spiegelte seine Bewegung. Ihm blieb nichts anderes übrig, als stehen zu bleiben.

»Pardon«, sagte Katinka mit einem falschen Lächeln, während ihre Hand sich längst um den Griff ihrer Pistole gelegt hatte.

»Äh …«

»Man sollte meinen, nachts, um die Uhrzeit, da ist genug Platz auf der Straße, oder?«

»Äh … ja«, brummelte der Mann. Er war groß, trug eine Fleecejacke mit Kapuze und Sneakers. Die Jeans hingen lose und ausgebeult an seinem hageren Körper herunter. Ein echter Anfänger im Observieren, befand Katinka. Anfang 20 etwa. Zu jung, um ein Profi zu sein. Ein Crack wäre nicht gleich abgebogen, sondern geradeaus weitergegangen, um die Lage zu sondieren.

Hardo tauchte an der Kreuzung auf. Er nickte Katinka zu.

»Aber jetzt sollten Sie mich vorbei lassen, sonst fasse

ich das hier als Belästigung auf!«, sagte Katinka eine Spur lauter.

Der Typ guckte erschrocken.

»Hallo? Lassen Sie mich vorbei, bitte?« Jetzt hallte Katinkas Stimme über die leere Straße.

»Verdammt, *Sie* blockieren hier doch den Gehsteig«, nörgelte der Typ. Seine Stimme klang nach mehreren Schachteln Zigaretten pro Tag.

Hardo packte ihn von hinten an der Schulter. »Sie belästigen die Dame?«

Der Typ ging hoch wie eine Rakete.

»Nein!« Jetzt kriegte er wirklich die Panik. »Ich habe überhaupt nichts gemacht!«

Hardo zückte seinen Ausweis. »Polizei. Ihre Papiere, bitte!«

»Aber …«

»Ihre Papiere, bitte«, wiederholte Hardo schneidend.

Der Hagere friemelte an seiner Fleecejacke herum, machte eine schnelle Bewegung, startete durch, umschiffte einen geparkten Golf und rannte Richtung Kanal davon.

Hardo stellte ihn schneller, als er ›Piep‹ sagen konnte.

»Prima«, sagte er. »Danke für die Kooperation. Das war's dann fürs Erste. Wenn Sie uns freundlicherweise begleiten würden.«

19.4.2012 – DONNERSTAG

29

»Na gut, damit hätten wir seinen Auftraggeber aufgescheucht. Aber Niko Böhnert schweigt, und allzu lange kannst du ihn nicht festhalten. Er hat ja definitiv nichts gemacht«, sagte Katinka, als sie um halb zwei endlich in Hardos Küche saßen und ein Bier teilten. Sie hatten den Verfolger in eine der Haftzellen in der Polizeidirektion verfrachtet. Hardo brauchte eine gute Weile für den Papierkram. Endlich brachen sie völlig übermüdet auf. Nicht ohne die Box mit den Hagebutten und Feli Bohnstetts Papiere auf Sabines Schreibtisch abzulegen mit der Bitte, sie so schnell wie möglich auf Fingerabdrücke untersuchen zu lassen.

»Immerhin haben wir diejenigen wachgerüttelt, die meinen, sich in unsere Angelegenheiten einmischen zu können«, widersprach Hardo.

»Solange er nicht damit rausrückt, wer ihn geschickt hat …«

»Dem trete ich morgen auf die Zehen, darauf kannst du Gift nehmen.«

»Was ist eigentlich mit dem handlosen Yildirim?«

»Liegt mit Schmerzmitteln zugedröhnt im Klinikum und gibt vor, sich an nichts zu erinnern. Was ich ihm fast abkaufe, wenn ich an Kriwaneks Bericht denke, wie ihm das Ohr abhanden kam. Allerdings hat es diesen Yildirim schwer erwischt: Wahrscheinlich müssen sie sogar seinen Arm bis zum Ellenbogen abnehmen.«

Katinka schüttelte sich. »So wird man scheibchenweise weniger.«

»Mal konkret: Im Lichte von Feli Bohnstetts Betrachtungen zeichnen sich jetzt klarere Umrisse vor meinen Augen ab, als noch vor ein paar Stunden.«

»Schieß los!« Katinka legte die Arme auf den Tisch und barg ihren Kopf darin. Sie war rechtschaffen müde. So müde, dass Hardos Stimme wie durch Watte zu ihr vordrang. Alles, was sie jetzt noch brauchte, war eine heiße Dusche. Und ein Bett.

»Die Rose als Symbol der Unsterblichkeit«, begann Hardo. »Liebe können wir vergessen. Hier wurde eine neue Rose entwickelt, und die ist offensichtlich in die falschen Hände geraten.«

Katinka hob den Kopf. »Das brauche ich genauer.«

»Der Gärtner: Ihm fehlt ein Ohr. Dann der Gartenfreak und Hobby-Rosenzüchter Theo Bauer. Ihm fehlt ein Finger. Racheakte? Katinka, hörst du mir überhaupt zu?«

»Racheakte wofür? Weil sie die Rose geklaut haben?«

»Nachgezüchtet, gestohlen, plagiiert, was weiß ich.«

»Und Yildirim? Wie kommt der ins Spiel? Ihn hat es am schlimmsten erwischt.«

»Dem Rächer geht die Geduld aus. Er beginnt mit Ohr und Finger, hat aber offenbar nicht den fraglichen Mann erwischt. Also pressiert's.«

»Hat Yildirim was mit Rosen zu tun?«

Hardos Finger trommelten auf den Tisch. »Wir müssen herausfinden, ob Yildirim …«

»Ich weiß, was du meinst.« Katinka schoss hoch, packte ihr iPad aus und ging ins Netz. »Ich suche nach Rose und Yildirim. Wie war sein Vorname?«

»Sinan.«

»Gut. Wollen wir doch mal sehen …«

Hardo stellte sich hinter sie und blickte ihr über die

Schulter. Katinka googelte Sinan, Rose, Yildirim. Innerhalb von Sekunden hatte sie einen Eintrag auf dem Display, der sie und Hardo gleichermaßen elektrisierte.

»Hier! Vor drei Jahren hat Sinan Yildirim eine Rose namens ›Sinan's Sunshine‹ – wie sagt man – auf den Markt geworfen?«

»Er hat sich unsterblich gemacht«, entgegnete Hardo. »Wenn wir Feli Bohnstetts Vokabular benutzen wollen.«

»Ist er wirklich unser Sinan Yildirim?«

Nach wenigen Minuten Suche im Internet stieß sie auf einen Artikel auf www.infranken.de, in dem berichtet wurde, wie der geschätzte Geschäftsmann Sinan Yildirim, Wahl-Bamberger und ein leuchtendes Beispiel der Integration, den Bamberger Rosengarten mit einer neuen Rose bedachte.

»Kreisch!«, sagte Katinka. »Schau dir das an. Er hat dem Rosengarten eine Rose gestiftet. Hier: ›Eine Farbe wie Vanillecreme mit einem Hauch Zimt und ein Duft, der ganz zart an Moschus erinnert.‹ Du liebes Lieschen!«

»Stilfragen kannst du mit deinem Kumpel Wischnewski erörtern. Hier haben wir das fehlende Glied.«

»Nur nicht vorschnell urteilen«, mahnte Katinka. »Es ist mitten in der Nacht und unsere Hirne arbeiten auf allen möglichen Frequenzen. Außerdem ist Sinan's Sunshine cremefarben und nicht rot wie unsere.«

»Katinka, das ist der Link, der uns fehlte. Yildirim hat eine Rose gestiftet. Vielleicht war er dran, eine weitere zu züchten.«

Sie klickten sich eine gute halbe Stunde weiter durch die Google-Suche, bis Katinka erschöpft aufgab.

»Na dann, Hardo. Möglicherweise ist dieser Yildirim bei der Zucht schneller gewesen als sein Gegenspieler. Aber wer sollte das sein? Wer schneidet wegen einer ganz zart nach Moschus duftenden Rose Ohren, Finger und Hände ab?«

»Ein Fanatiker.«

»Einer, dem die Rose wichtiger ist als alles andere.«

»Einer, der ganz nah an einer Kreation dran war, wobei der Konkurrent ihn um Nasenlänge überholt hat.«

»Und Walters? Wie kommt sein Tod ins Spiel?« Katinka schaltete das iPad aus.

»Ich lasse morgen früh gleich die Papiere durchsehen. Irgendwo gibt es bestimmt eine Verbindung zwischen Walters und Yildirim.«

»Auf Walters Körper lag eine langstielige Rose. Ist es eine andere Sorte? Und vielleicht hat Walters Tod nichts mit den anderen Schlächtereien zu tun?«

Hardo schüttelte entschieden den Kopf: »Es gibt einen Zusammenhang. Dafür lege ich meine Hand ins Feuer.«

»Lieber nicht.« Katinka grinste schief.

»Nur metaphorisch. Warum sonst ist Walters' Leiche auf die ERBA-Insel geschleppt worden? Überleg mal: Würde die Rose in Walters' Fall für ›Liebe‹ stehen, dann hätte ihn eine Frau umgebracht.«

»Oder ein Nebenbuhler.«

»Aber hätte der eine Rose am Fundort zurückgelassen?«

»Nein, wahrscheinlich nicht.«

»Aber eine Frau ... nenn mich einen Sexisten, aber ich glaube nicht, dass eine Frau es schafft, die ausgeblutete Leiche in einem Kanadier über den Fluss und auf das Landesgartenschaugelände zu transportieren.«

»Aber ihn umbringen, das schafft sie?«, spöttelte Katinka.

»Er wurde gefoltert. Da steckt Hass dahinter.«

»Na, genau: Liebe und Hass! Beide zusammen sind ein Paar. Vielleicht eine enttäuschte Liebe, eine Frau, die sich als Trittbrettfahrerin anhängt.«

Hardo fuhr durch Katinkas kurzes Haar. »Lass uns schlafen gehen. Wenigstens für ein paar Stunden.«

Die sanfte Berührung jagte ein Knistern durch ihren Körper. Sie spürte die feinen Härchen auf ihren Armen sich aufrichten. Zum ersten Mal, seit die Sache mit dem Ohr, dem Finger, der Hand und schließlich der Leiche virulent geworden war, schliefen sie miteinander. Es ergab sich. Ohne große Leidenschaft. Da war nur die Sehnsucht nach Berührung. Nach einem Ausweg, nach der Leere im Kopf, wenn eine Zeitlang der Körper sprach.

»Wellmann«, begann Katinka von neuem, als sie später eng umschlungen im Bett lagen und Löcher in die Dunkelheit starrten. »Wie kommt er ins Spiel?«

»Er schiebt Panik und ist getürmt.«

»Panik, ermordet zu werden?«

»Oder eine Hand oder einen Fuß einzubüßen. Vielleicht auch die Nase. Was weiß ich.«

»Hardo!«

Doch er war eingeschlafen.

30

Das Telefon klingelte. Katinka blinzelte. Sie lag in Hardos Schlafzimmer, und Hardo lag neben ihr. Nebel leckte am Fenster. Das Licht war trübe, nicht wie an einem Frühlingsmorgen. Eher wie im Oktober. Katinka streckte die Hand nach dem Hörer aus. Hardo war schneller.

Es ist Donnerstag, dachte Katinka. Sie war von der kurzen Nacht wie betäubt. Ihr Kopf schwer wie Granit. Kurzsichtig linste sie auf das Display ihres Handys. Sechs Uhr 30. Und Hardo noch zu Hause. Himmelschimmel. Irgendwas lief hier schief.

»Ja?«, raunzte Hardo in den Hörer. »In Ordnung. Ich komme.«

»Scheiße, Hardo, ich bin halb tot. Wer war das?«

»Kerschensteiner. Sie hat einen Botaniker aufgerissen, der kommt in einer halben Stunde ins Büro.«

»Na dann. Eine Tankwagenladung Kaffee, und ich bin funktionsfähig.« Katinka wälzte sich aus dem Bett, blieb kurz auf dem Boden sitzen. Sie fröstelte. Der Schlafmangel war keine gute Voraussetzung für Özlems Auftrag. Während sie auf dem Bettvorleger hockte, regte sie sich plötzlich über die Tatsache auf, dass sie Özlems Wunsch nach Diskretion ihre Familie betreffend einfach hinnahm. Aber das würde erst ab zwölf Uhr Thema sein. Sie hörte Hardo im Bad hantieren. Wasser rauschte. Sie ging ihm nach, stellte sich ganze zwei Minuten unter die Dusche, rubbelte sich trocken und zog widerwillig die verschwitzten Sachen von gestern wieder an. Nur das Shirt und das Softshell. Den Pulli ließ sie weg. Sie riss das Fenster auf und atmete tief die kühle Luft ein. Himmel, was für ein Nebel. Vor kurzem hatte der Sommer ein Stelldichein gegeben, jetzt schien schon der Herbst hereinzubrechen.

Um kurz nach sieben parkte Hardo seinen Golf vor der Polizeidirektion. Sabine Kerschensteiner wartete ungeduldig im Treppenhaus.

»Eine Menge Fragen heute zu klären, Chef«, rief sie ihnen entgegen. Ihre Stimme klang munter, in ihren Mundwinkeln saß ein Grinsen. Aber ihre Augen lagen in tiefen Schatten. Sie waren alle reichlich übermüdet zurzeit.

»Ach ja?«

»Zum Beispiel Niko Böhnert. Was machen wir mit dem?«

»Besprechen wir gleich. Wo ist der Pflanzenfritze?«

»In Ihrem Büro. Die Fingerabdrücke auf der Box sind analysiert, die Papiere kommen danach dran.«

Hardo riss die Tür zu seinem Zimmer auf.

Der Botaniker saß ausgeschlafen, frisch rasiert und gut gelaunt auf dem Besucherstuhl. »Guten Morgen«, verkündete er. »Johannes Bergner. Angenehm.« Er stand auf, nickte Katinka und dann Hardo zu und setzte sich wieder.

Sein Akzent, dachte Katinka, klingt ein klein wenig slawisch. Verschwindend gering, aber fühlbar.

»Sie sind Botaniker?«

»Universität Erlangen. Lehrstuhl für Ethnobotanik und Phytogeographie. Ich wohne in Bamberg, daher war es kein Problem, hier vorbeizukommen, um …«

»Professor Bergner kennt den Sachverhalt«, schaltete sich Sabine dazwischen. Sie hob vier Plastiktüten mit den mittlerweile vertrockneten Rosen hoch. »Wir haben drei Rosenkissen und eine langstielige.«

»Können Sie herausfinden, ob diese Hagebutten«, Hardo stellte die Box auf den Tisch, »zu diesen Rosen passen?« Er wies mit dem Kinn auf die Tüten.

»Aber sicher.«

»Gut. Bis wann haben Sie die Ergebnisse?«

»Bei uns werden gerade Staatsexamina korrigiert. Es wird ein wenig dauern.«

»Morgen wäre gut«, fuhr Hardo fort, als hätte er nicht zugehört.

»Ich melde mich.« Johannes Bergner verstaute beide Objekte in einem Stoffbeutel mit dem Logo eines Gesundheitsschuhgeschäftes drauf. »Wiedersehen.«

»Haben Sie ihn überprüft?«, fragte Hardo, kaum dass der Professor zur Tür heraus war.

»Klar. Russlanddeutscher, mit 15 in die Bundesrepublik gekommen, in der Förderschule gelandet, hat sich hochgeschuftet, Deutsch gelernt, Abitur nachgemacht, promoviert, habilitiert.«

»Bewundernswert«, seufzte Hardo und griff nach den Papieren im Posteingangskorb. »Müllen die uns jetzt mit noch mehr inneramtlicher Dienstpost zu? Haben Sie das gesehen, Kerschensteiner? Ein Memo zur Kommunikation im Team.«

»Die wollen, dass wir miteinander sprechen, Chef.«

»Wie sieht es mit Fingerabdrücken auf der Box aus?«, fragte Katinka.

»Feli Bohnstett. Feli Bohnstett. Und Feli Bohnstett.« Sabine zuckte die Schultern. »Ich hatte gehofft, mehr zu finden, aber die Schachtel hat in den letzten Wochen zu viele Stationen durchgemacht.«

»Und die Aufzeichnungen?«

»Sind gerade im Labor. Da haben wir vermutlich mehr Glück.«

»Was machst du eigentlich noch hier, Katinka?«

Klar, das hier war jetzt Arbeit und nichts Privates. Es kam nur darauf an, Humor zu beweisen, während sie den Rückzug antrat.

»Euch von der Arbeit abhalten. Ich habe gestern Staatsanwalt Kohlschwab und Cristina Sandros zusammen ins Hoffmanns gehen sehen.«

Hardos Augenbrauen schnellten in die Höhe.

»Jetzt herrscht Schweigen im Walde, wie?«, fragte Katinka und sah von einem zum anderen. »Wenn er mit der Lady ausgeht, deren Ehemann auf der ominösen Namensliste steht, die mir nach wie vor nicht gefällt, dann …«

»Kerschensteiner, ich will eine Einzelverbindungsübersicht. Die Telefone und Handys von Kriwanek, Bauer und diesem Ethelbert Schneider.«

»Und am besten die Nummern von Cristina Sandros. Auch die der Galerie«, fügte Katinka hinzu. »Kann jemand mal die Kaffeemaschine anschmeißen?«

»Es ist immer der mit Kaffeekochen dran, der fragt«, erwiderte Sabine. »Die von der Sandros bekomme ich bestimmt nicht. Und die von Schneider …«

»Lassen Sie sich was einfallen!«, knurrte Hardo, und zum Erstaunen von Katinka und Sabine schnappte er sich die leere Kaffeekanne und ging auf den Gang.

»Soll niemand sagen, der Chef wäre nicht kooperativ«, sagte Sabine. »Die Rechtsmedizin hat uns übrigens gestern den endgültigen Bericht überstellt. Walters ist verblutet. Er hat einen Gerinnungshemmer eingenommen. Axapradam. Hat ihm sein Arzt verschrieben.« Sabine angelte einen braunen Umschlag aus dem Posteingangskorb. »Die anfänglichen Folterungen waren zwar grausam, Holzspäne unter jedem Fingernagel, Fetzen abgezogener Haut an den Oberarmen, gebrochene Zehen und schließlich gebrochene Finger. Aber dann ist die Geschichte außer Kontrolle geraten. Walters litt seit Monaten an einem Magengeschwür. Das ist, verursacht wahrscheinlich durch den Stress, durchgebrochen, und er ist nach innen verblutet. Deswegen wären, sagt der Rechtsmediziner, am Tatort wohl nur wenige Blutspuren zu finden. Falls wir den Tatort jemals entdecken.«

»Was ist mit Walters' letzten Lebensstunden vor der Folterung?«, erkundigte sich Katinka.

»Nichts Besonderes. Seiner Sekretärin ist nichts weiter aufgefallen. Er hatte lediglich zwei Mandantentermine, die wurden überprüft. Kein Zusammenhang mit unserem Fall. Ansonsten hockte er im Büro und studierte Akten. Walters hat für gewöhnlich viel gearbeitet, war bis spät in der Nacht in der Kanzlei. Sein Handy gibt leider keine Daten preis, die uns was nützen würden. Zu Hause hatte er einen Laptop. Die Technik checkt ihn durch. Ich glaube nicht, dass wir auf etwas Ungewöhnliches stoßen. Walters hatte vermutlich nicht die geringste Ahnung, dass er bald sterben würde.«

Hardo kam zurück und präparierte die Kaffeemaschine.

»He, willst du Tote aufwecken?«, protestierte Katinka angesichts der Mengen an Kaffeepulver, die er in den Filter löffelte.

»Heute ausnahmsweise schon. Ich werde gleich unsere Nachtbekanntschaft Böhnert vernehmen.«

»Na dann, viel Spaß!« Katinka griff nach ihrem Handy, das matt zu fiepen begonnen hatte. »Mist, Akku leer. Das war Dantes Nummer. Darf ich?«

Hardo machte eine resignierte Handbewegung zu seinem Telefon.

Dante meldete sich beim ersten Klingeln.

»Morgen, Herr Wischnewski«, begann Katinka.

»Nennen Sie mich Dante!«, rief er aufgeräumt. »Was ist denn mit Ihnen los? So früh morgens schon in der PD?«

»Allerdings. Und Sie?«

»Ich wollte Sie zum Frühstücken einladen. Ins Luitpold, wenn Sie wollen.«

»Sie brauchen also Informationen«, seufzte Katinka.

»Habe im Gegenzug aber auch was anzubieten. Lassen Sie sich überraschen. In einer halben Stunde?«

»Jep.« Katinka legte auf.

Hardo verdrehte die Augen. »Ich ahne es, aber sag nichts. Im Augenblick brauche ich keine weitere Baustelle.«

Sabine feixte. Sie schlang ihr blondes Haar zu einem Pferdeschwanz, während ihr Drucker ein paar Papiere ausspuckte.

»Mehr Infos zu Böhnert«, sagte sie. »Seht mal, er hat eine Serbin geheiratet, um ihr den ständigen Aufenthalt in der Bundesrepublik zu ermöglichen. Bla … bla«, sie überflog ein paar Abschnitte, »Scheinehe, aha. Die Frau wurde ausgewiesen, die Ehe ist mittlerweile geschieden.«

»Das ist alles, was er auf dem Kerbholz hat?«, fragte Hardo erstaunt.

»Für die Eheschließung hat er 50.000 bekommen. 30.000 bei der Heirat. 20.000 nach dem ersten Jahr. Dann flog die Sache auf.«

»Der Knabe ist noch nicht trocken hinter den Ohren«, regte der Kommissar sich auf.

Sabine grinste schief. »23. Bis dahin kommt bei manchen Leuten durchaus was zusammen.«

»Er hatte seine Kröten beisammen und keinen Nerv mehr, das Spiel weiterzuspielen«, schlug Katinka vor. »So läuft es meistens.« Sie ließ den Blick auf Hardo ruhen. Sein ausdrucksloses Gesicht, die breiten Schultern, das karierte Hemd, das ihm aus der Jeans hing. Eine Welle warmer Zuneigung durchflutete sie.

»Warum hat er eigentlich so dringend Kohle gebraucht?« Hardo goss drei Becher mit Kaffee voll.

Misstrauisch nahm Katinka ihren in Empfang. Der Kaffee war dickflüssig wie Schlick.

»Er war zu der Zeit arbeitslos.« Sabine schnupperte an ihrem Becher. »Wackalaweia, Chef, mit Verlaub, das Gebräu ist das blanke Gift!«

»Hab dich nicht so«, ermunterte Katinka die Polizistin. »Wir werden das Koffein heute brauchen.« Sie nahm einen Schluck. Der Kaffee war so bitter, dass sie das Gesicht verzog. Sie zwang sich, zu schlucken.

»Bevor du losziehst, Katinka: Der Samsonite-Koffer heißt Jakob Schreiber und ist ganz legal bei Korin angestellt. Als Hausmeister. Mit einem dicken Jahresgehalt von knapp 50 Riesen.«

»Dann lohnt es sich nicht, diese Stellung aufs Spiel zu setzen. Jedenfalls nicht finanziell«, grübelte Katinka.

Hardo hob den Kopf: »Ist den Damen mal die Idee gekommen, dass es Menschen gibt, die sich Gemeinheiten aus ganz anderen Gründen leisten als aus Geldgier?«

Katinka sah ihn entgeistert an. »Meinst du Liebe?«

»Hass passt besser.«

»Aber Feli Bohnstetts These von der Rose als Symbol für Unsterblichkeit ...«

Hardo machte eine wegwerfende Handbewegung. »Ich wollte nur gesagt haben: Das Detail Geld ist nicht immer im Spiel. Auch wenn die Welt, die wir hier zentimeterweise ans Licht holen, aussieht, als ginge es nur um die buntbedruckten Scheine.«

31

»Borgermann sagt Ihnen was, oder?«, fragte Dante.

Er hatte einen Tisch mit Sofa im Luitpold erobert. Von dieser Stelle aus konnte man das gesamte Lokal überblicken und zusätzlich die Fußgänger beobachten, die an der Glasfront entlang in die Innenstadt hasteten oder den umgekehrten Weg nahmen. Das Theater und der kleine Park glitzerten beschaulich im Sonnenlicht, das immer kraftvoller aus dem Dunst brach.

»Die Reinigungsfirma?«

»Ich habe die Frau mit den vielen Schals bezirzt.« Dante strahlte wie ein Honigtopf.

»Was Sie nicht sagen!« Katinka bestellte eine Tasse heiße Schokolade.

»Haben Sie Herzrhythmusstörungen?«, erkundigte der Journalist sich mitleidig.

»So in etwa. Was ist mit der Dame mit den vielen Schals?«

»Ich habe die Namen der Frauen aus ihr herausgekitzelt, die mehrmals bei Korin geputzt haben. Sozusagen schon länger als ein Jahr.«

»Aber ich habe die Information, dass das Team aus Fabio Birk und den beiden Ladys erst zwei oder drei Mal bei Korin im Haus war«, protestierte Katinka.

»Fabio Birk schon. Er hat nämlich erst am 10. Januar bei Borgermann angefangen. Aber die Damen arbeiten bereits länger für die Firma.« Dante lächelte mitleidig. »Nun ärgern Sie sich bloß nicht, Frau Palfy. Informationen sind halt vielschichtig.«

»Ja, und die Würze liegt in den Details!« Katinka hätte sich in den Hintern beißen können. Hatte Sabine ihr nicht sogar erzählt, mit den beiden Putzfrauen gesprochen zu haben? Irgendwas musste doch dabei rausgekommen sein? Warum hatte Sabine sie nicht eingeweiht?

»Und die heißen nicht mehr Putzfrauen, sondern Reinigungskräfte. Oder Raumpflegerinnen.«

Katinka atmete tief durch. »Ich weiß gar nicht, was ich ohne Sie machen soll, wenn Sie im September nach Kalifornien abdüsen.«

»Ach, University of California.« Dante rieb sich die Hände.

Er hatte eine Zusage für ein Masterstudium im Fach Wissenschaftsjournalismus in den USA erhalten und posaunte seine Pläne normalerweise bei jeder sich bietenden Gelegenheit aus.

»Sie haben lange nicht darüber gesprochen.«

»Ist alles nicht leicht.« Dante ließ den Kopf hängen. »Jetzt verdiene ich Geld. Wenn ich nach Amerika gehe, flutscht ein anderer auf meine Position. Damit kann ich Bamberg knicken.«

»Das heißt, wenn sie nach zwei Jahren zurückkommen, brauchen Sie beim FT gar nicht mehr auf der Matte zu stehen?«

»Selbstverständlich nicht. Auf welchem Planeten leben Sie, Frau Palfy? Zudem: Was soll ein Wissenschaftsjournalist bei der Lokalzeitung!«

»Dann gehen Sie zur FAZ, zur Zeit, zu …«

»Jahahaha, weil da nämlich sonst keiner hin will, nicht wahr?«, krähte Dante.

»Schieben Sie Frust?«

»So ungefähr.«

»Dann lassen Sie den Master sausen und machen Sie sich hier unentbehrlich!«

Dante kratzte mit dem Zeigefinger über die unebene Tischplatte.

Katinka beugte sich vor: »So kenne ich Sie gar nicht, Herr Wischnewski.«

Er zuckte die Achseln. »Da, wo ich herkomme, gilt es als

unfein, einen Studienplatz abzusagen. Vor allem, weil die Zusage an ein Wunder grenzt. Was glauben Sie, wie viele Bewerber abgelehnt werden! Chancen sind dazu da, um sie zu ergreifen und höher und höher zu steigen.«

»Unsinn. Chancen sind dazu da, sich auszusuchen, was man am liebsten machen würde.«

»Und Ihr Haus?«

»Das Haus ist keine Chance!« Katinka fuhr sich resolut durchs Haar. »Es ist eine Wahlmöglichkeit.«

»An der Sie knabbern wie an einer schimmeligen Selleriestange, ohne jemals zu einem Ergebnis zu kommen.« Dantes Blick wurde listig. »Insofern ist es nichts anderes als eine amerikanische Studienplatzzusage.«

Katinka lachte. Dante schaffte es immer wieder, sie mit seinen rhetorischen Schleifen zu entwaffnen.

»Es geht um den Sinn im Leben. Wenn wir uns auf diesen Punkt einigen, stellen wir fest, dass es wirklich schwierig ist, damit zurechtzukommen«, erläuterte Dante.

Die Bedienung brachte seine Frühstücksplatte. Er stürzte sich wie ein Habicht darauf.

»Mit dem Sinn zurechtzukommen?«

»Die Leute suchen ständig den Sinn, aber niemand scheint ihn wirklich gefunden zu haben. Vermutlich ist es gar nicht so, dass keiner ihn aufgabelt. Vielmehr scheint die Suche selbst das Ziel zu sein. Alle jagen weiter.«

»Nach Amerika?«

»Oder ins Großraumbüro.«

»Bleiben Sie cool: Sie können doch beim FT Karriere machen!«

Dante warf ihr einen Blick zu, in dem Amüsiertheit mit abgrundtiefer Resignation stritten. »Ha. Ha. Ha.«

»Klingt nicht, als wenn Sie Spaß dran hätten. Dann also

lieber Kalifornien. Das Wetter ist dort auf alle Fälle besser als hier!«

»Nett von Ihnen, dass Sie mich trösten wollen.« Dante wickelte eine Salamischeibe um die Gabel und schob sie sich in den Mund. »Aber jetzt zurück zum Thema.«

Katinka nippte an ihrer Schokolade. Sie sollte irgendwas essen, obwohl sie keinen Hunger verspürte. Nur, um sich eine Grundlage für den Tag zu schaffen. Es war halb zehn. In gut zwei Stunden musste sie bei Özlem antreten.

»Also. Ich habe die Dame mit den Schals bezirzt und die Namen und Adressen der beiden Reinigungsfachkräfte herausgefunden, die die Korin'sche Villa seit geraumer Zeit säubern. Sie heißen Katharina Schmidtberger und Mandy Schwerte.«

Katinka stibitzte ein Stück Schinken von Dantes Teller. Ungerührt fuhr er fort:

»Gestern Abend habe ich bei der Schwerte vorbeigeschaut. Die ist 22 und doof wie Brot. Allerdings ist sie schlau genug, sich in dem Job, den sie hat, anständig zu benehmen. Sicherheit geht ihr über alles. Arbeitslosigkeit wäre allein deswegen der Alptraum für sie, weil sie ohne regelmäßiges Einkommen sofort sterben würde. Das hat sie durchblicken lassen. Außerdem steckt Korins Faktotum den Frauen jedes Mal einen Extra-Obolus zu, wenn er zufrieden ist. Und er ist jedes Mal zufrieden. Die beiden strengen sich an.«

»Fabio hat kein Trinkgeld bekommen?«

»Mandy Schwerte zufolge nur die Frauen.«

»Schockschwerenot!«

»Ja, eine ziemliche Diskriminierung von Männern«, stöhnte Dante theatralisch. »Ein Fall für den Gleichstellungsbeauftragten.«

Katinka verhalf sich zu einem Stück Käse.

»Sie sehen, ich bin ein sozialer Typ und stets bereit, mein Frühstück zu teilen. Sogar mit einer Frau.« Dante schob ihr den Teller zu.

»Ich bin gerührt.«

»Katharina Schmidtberger ist interessanter. Sie stammt aus der Ukraine, hat hier geheiratet, ist längst geschieden und schuftet als Putze. Aber eigentlich hat sie in Kiew IT-Technik und Informatik studiert. Ihr Diplom wird hier nicht anerkannt. Sagt die Schwerte.«

Katinka trank ihre Schokolade aus und studierte die Speisekarte.

»Diese Katharina Schmidtberger«, Dante sah sich im Lokal um und beugte sich weit über den Tisch, »hat ihren Jahresurlaub genommen und das Land am 24. März Richtung Kiew verlassen.«

»Sie sagen mir also: Die Schmidtberger wäre imstande gewesen, den Tipp zu geben?«

»Wäre es nicht geradezu bestechend logisch, dass sie die Kenntnisse hat, um einem Computer die nötigen Informationen zu entlocken? Korins Villa ist riesig. Die Kollegen halten sich nicht alle im gleichen Raum auf. Jeder hat seine Aufgabe. Auch der Samsonite-Koffer hat seine Augen nicht überall.«

»Und die Kameras?«

»Kann man austricksen. Es könnte tote Winkel geben.«

Katinka winkte der Bedienung. »Stimmt.« Warum zum Teufel hatte Sabine in Sachen Putzkolonne nicht genauer gearbeitet? Hielt sie die beiden Raumpflegerinnen für unwichtig? Oder hatte sie geschludert? Weil sie keine Zeit hatte und an allen Ecken und Enden rotierte? Sich hocharbeiten wollte? Karriere machen, Sinn stiften?

»Sie sehen so unglücklich aus«, bohrte Dante nach und schob den bis auf das letzte Blatt Rucola leer gegessenen Teller weg.

»Ich denke nach.«

»Macht Sie das traurig?«

»Verfluchte Axt, Wischnewski, Sie nerven!«

»Danke für das Kompliment. Sagen wir mal, die Schmidtberger hat den Tipp gegeben und die Kohle in die Ukraine transportiert.«

»Um was zu machen?«

»Vielleicht hatte sie Angst.«

»Wovor?«

»Das wäre herauszufinden.«

32

»Ich glaub's nicht, Katinka!« Sabine Kerschensteiners Stimme klang atemlos. Katinka lief die wenigen Schritte zum Ibis-Hotel, das Handy am Ohr.

»Doch, Dante hat sich mit der Putzfrau ausgetauscht. Mit Mandy Schwerte. Er meint, die Schmidtberger könnte …«

»Verdammter Mist!«

»Also, Frau Polizeiobermeisterin!« Katinka versuchte es auf die humorvolle Tour, aber sie spürte, wie frustriert Sabine war.

»Ich komme hier einfach nicht mehr durch, Katinka. Zu viele Sachen, die zu überprüfen sind. Die Beschattung von Kriwanek und Bauer hat nichts gebracht. Verlorene Liebesmühe. Keiner der beiden kommt als Einbrecher oder Mörder in Frage. Jedenfalls nicht nach derzeitigem Kenntnisstand.«

»Was ist mit diesem Ethelbert Schneider? Warum steht der auf der Liste?«

»Soll ich dir was flüstern?« Sabine senkte die Stimme. »Ich kapiere nicht einmal, was Kohlschwab mit dieser Liste wollte. Uns foppen?«

»Das würde letztlich auf ihn zurückfallen. Er ist immerhin der oberste Boss der Ermittlungen. Habt ihr Cristina Sandros durchgecheckt? Kohlschwab ist gestern mit ihr essen gegangen. Witzigerweise steht der Name ihres Mannes auf der Liste des Staatsanwalts.«

»Verheiratet mit Ethelbert Schneider. Keine Kinder, kein laufendes Rechtsverfahren, keine Verurteilung, keine Fahndung, keine Schulden. Weder im Bundeszentralregister noch in POLAS steht irgendwas Interessantes über sie. Lass sie mit Kohlschwab essen gehen, sooft sie will. Wahrscheinlich will sie ihm ein Kunstwerk andrehen. Das nötige Kleingeld für eine hübsche Fotografie hat er ja. Die Rechnung von Hoffmanns setzt sie dann von der Steuer ab. Geschäftsessen mit einem Kunden. Völlig legal.«

»In Ordnung. Was ist mit den Informationen über Walters?«

»Wir überprüfen systematisch die Mandantschaft, seine Kontakte, dieses und jenes. Aber wir finden nichts, was darauf hindeutet, dass jemand ihn genug hasste, um ihn zu foltern und dann zu ermorden.«

»Kann es nicht sein, dass er aus Versehen gestorben ist? Wegen diesem Blutgerinnungshemmer, den er einnimmt?«

»Du meinst, am Ende wollten seine Peiniger ihn nicht töten, nur …«

»… ihn quälen, ihm was heimzahlen. Womöglich wussten sie von dem Medikament nichts. Wieso sprichst du von seinen Peinigern? Mehrere? Nicht ein einzelner?«

»Wir haben Textilfasern an Walters' Hemd gefunden. Einmal von einem Wollpullover, und außerdem so ein Fusselzeug von einem Mikrofaserpulli.«

»Zwei Folterknechte?«

»Mindestens. Das Screening hat nichts gebracht. Walters hatte keine Beruhigungsmittel im Blut. Die wollten, dass er alles mitkriegt, was sie ihm antun. Ein Opfer, in Todesangst, das sich wehrt, lässt sich nicht problemlos von einem einzigen Angreifer überwältigen.«

Im Hintergrund rumorte etwas. Dann tönte eine vollmundige, resolute Stimme durch das Büro in der Polizeidirektion. Eine Stimme, die Katinka kannte. Kohlschwab.

»Ich muss Schluss machen!«

»Tschüss, Sabine.« Katinka legte auf.

Wellmanns Büro war geschlossen. Katinka drückte dennoch ein paar Mal auf die Klingel. Schließlich zuckte sie die Achseln. Irgendwie hatte sie das Bedürfnis, ›Sie können mich mal‹ auf einen Zettel zu schreiben und ihn gut sichtbar an Wellmanns Tür zu kleben. Kindisch. Machte sie nicht. Sie nicht. Sie wollte auf keinen Fall ins Unprofessionelle abgleiten.

Außerdem brauchte sie eine Strategie, wie sie mit Özlem weiter vorgehen sollte. Sie textete eine SMS an den Kollegen, der sich die letzten Stunden bei ihr durchquälte. Der Mann schrieb nicht zurück.

Katinka wurde unruhig.

Angenommen, Korin schickte einen Schergen aus, um verdächtigen Tippgebern die Gliedmaßen abschneiden zu lassen: Wie kam dann der tote Anwalt ins Spiel? Walters war bestimmt nicht der Tippgeber. Überhaupt schien nur Korins Gärtner Kriwanek ein aussichtsreicher Kandidat. Oder die Putzfrau, wenn Dante die zutreffende Fährte erschnüffelt hatte. Der Putzfrau fehlte aber nichts. Kein Finger, kein Ohr. Wie stand Theo Bauer in Verbindung zu Korin? Gar nicht. Bauer stand in Verbindung zu Rosen. Yildirim auch. Aber Kriwanek nicht. Nicht, dass sie wüsste. Sie setzte sich auf den Sockel der E.T.A.-Hoffmann-Skulptur und rief ihn an.

»Ja?«

»Herr Kriwanek?«

»Ja?«

»Katinka Palfy hier. Kennen Sie sich mit Rosen aus?«

»Nein. Ich habe keine Ahnung von Rosen. Lassen Sie mich in Frieden. Mich hat schon ein Typ von der Zeitung belästigt.«

»Sie kennen sich also nicht mit Rosen aus? Besitzt Herr Korin keine Rosen? Sein Garten ist riesig.«

»Wir haben eine Kletterrose. Na, reicht das?«

»Verstehen Sie mich nicht falsch. Ich möchte wissen, ob Sie irgendeine Verbindung zwischen sich selbst, Herrn Korin und Rosen sehen.«

Es blieb still am anderen Ende der Leitung.

»Ich kann Ihnen dazu nichts sagen«, brummelte Kriwanek schließlich. »Bis vor ein paar Wochen habe ich halt meinen Job gemacht und war zufrieden damit. Ich bin morgens gern aufgestanden und ich mochte meine Arbeit. Jetzt ist alles versaut.« Er legte auf.

Alter Grantler, dachte Katinka. Sie sah an der Fassade des Ibis hoch. Seinen Job zu mögen war so eine Sache. Jedenfalls kam sie jetzt nicht mehr weiter. Korin und das erste Opfer waren nicht miteinander in Einklang zu bringen. Die beiden anderen Verstümmelten schienen eine Verbindung durch ihre Vorliebe für Rosen zu haben. Der Tote jedoch, Max Walters …

Sie zog ihr iPad heraus und googelte nach Max Walters

und Rose. Keine Einträge. Es gab zwar mehrere Maximilians, die sich eine Rose geschaffen hatten, wie Feli Bohnstett vermutlich sagen würde. Aber keinen Max Walters. Der Anwalt hatte mit Rosen nichts zu tun. Er war gefoltert worden und an den Auswirkungen gestorben. Dann hatte man ihn auf die ERBA-Insel geschleppt und ihm eine Rose auf den Bauch gelegt. Vielleicht doch, um eine Verbindung zu den Verstümmelungen anzudeuten? Oder ging es um Liebe? Katinka steckte den Computer weg. »Besteht eine Verbindung zwischen Walters und den Verstümmelungsopfern? Oder wollte Mister X eine Verbindung vortäuschen, die es nicht gibt?«, sagte sie laut und raufte sich das Haar.

Ihr Handy piepte. Eine SMS von ihrem Personenschutzkollegen:

›Özlem hat einen Hau. Bis gleich.‹

Als sie wenig später bei Özlem eintrudelte, wartete der Kollege bereits sehnsüchtig. Er zog Katinka auf den Korridor.

»Sie spinnt«, murmelte er. »Sie hockt jetzt 48 Stunden in diesem Hotelzimmer und hält keine 24 mehr durch. Das kann ich dir flüstern.«

»Was ist passiert?«

»Nichts. Das ist es ja. Sie tut nichts außer auf den Fernseher glotzen und schlafen. Als ich Jenna heute Morgen um vier ablöste, lag sie wach auf dem Bett. Sie hat kein Auge mehr zugemacht seitdem.«

»Hat Jenna dich informiert?«

»Dass sie gar keine Brüder hat?« Seine Stimme war fast nicht mehr zu hören. Er roch unangenehm nach Krautsalat. »Klar hat Jenna mich informiert. Ist dir mal der Gedanke gekommen, dass sie schizophren ist und an Verfolgungswahn leidet? Nicht Jenna, Özlem?«

Katinka wiegte den Kopf. »Vorstellbar.«

»Ich bin weg hier!« Der Kollege marschierte breitbeinig davon.

Katinka öffnete die Zimmertür. »Hallo, Özlem!«

Katinkas Klientin stand am Fenster und sah auf den Schillerplatz hinunter. »Hallo.«

Wenn ich ihre harte Schale nicht knacke, indem ich nett zu ihr bin und Konversation betreibe, überlegte Katinka, dann versuche ich es, indem ich sie aushungere. Keine Reize.

Reste eines Frühstücks standen auf dem Tisch am Fenster. Der Fernseher lief. Ohne Ton.

Katinka fegte Brötchenkrümel in den Papierkorb. Darin lag eine Pappschachtel vom Imbiss Bosporus. Saurer Geruch biss ihr in die Nase. Sie setzte sich auf den Stuhl, packte ein Notizbuch aus und begann, ihre Gedanken von vorhin irgendwie ins Reine zu schreiben. Sie notierte zuerst die Namen aller Beteiligten. Dann versuchte sie, Gemeinsamkeiten zu finden. Özlem hockte sich wieder aufs Bett.

Warum fällt mir erst jetzt auf, dass Korin sogar drei Mal mit diesem Fall verbunden ist?, überlegte Katinka kurze Zeit später. Sie besah sich das Gekritzel. Manfred Korin unterhält geschäftliche Verbindungen zu Wellmann *und* zu Walters. Außerdem wurde *sein* Gärtner verstümmelt Sie sah aus dem Fenster. Ein herrlicher Frühlingstag breitete sich vor ihren Augen aus. Keine wirklich erbauliche Vorstellung, bis zum Einbruch der Dunkelheit in einem Hotelzimmer zu hocken.

Wellmann hätte sein Geschäft ohne Korin längst in den

Wind schreiben können. Walters war ihm ebenso eine große Hilfe gewesen. Und: Wellmann war verschwunden. Am Montag, dem Tag, nachdem sie den toten Walters gefunden hatte, war Wellmann über den Schillerplatz spaziert. Am Mittwoch hatte Hardo versucht, Wellmann zu erreichen. Da teilte er mit, bis zum kommenden Montag abwesend zu sein.

Wellmann war drei Tage nach dem Mord abgereist. So what?, wie Dante fragen würde. Hätte Wellmann Walters gefoltert und seine Leiche anschließend auf der ERBA-Insel entsorgt, wäre er dann nicht am selben Tag abgehauen? Außerdem hatte Walters mit etlichen Maklern und Leuten aus der Bauindustrie zu tun. Wieso sollte Wellmann den Mann umbringen, dem er einen Großteil seines Umsatzes verdankte? Und weshalb war Korins Name auf der Liste des Staatsanwalts gelandet?

Sie blickte aus dem Fenster. Diesmal einfach in das Stück Himmel über dem Theater. Seltsam, dass sie ausgerechnet hier saß, in unmittelbarer Nachbarschaft von Wellmanns Büro. Na, was heißt seltsam, dachte Katinka, es ist Zufall. Der hat nichts zu sagen.

»Sprechen Sie nicht mehr mit mir?«

Katinka sah auf. Özlem lag auf dem Bett, den Ellenbogen auf dem Kissen, den Kopf in ihre Hand gestützt.

Sie hätte sich womöglich am Riemen gerissen. Wenn sie nicht ohnehin schon sauer auf Özlem gewesen wäre. Und wenn …, ja wenn Özlem sie nicht so dämlich provoziert hätte.

»Mit Leuten, die mir Lügengeschichten auftischen, habe ich nur begrenzt Lust, nett zu plaudern.«

Özlem richtete sich im Bett auf. »Was soll das denn heißen!«

»Plustern Sie sich doch nicht so auf!« Katinka war jetzt kolossal in Fahrt. Sie hasste es, sie wollte nicht noch einen Gang höher schalten, aber es geschah einfach mit ihr. Es lag am Schlafmangel, an der Grübelei, an dem Ärger mit dem Haus und der Wut darüber, dass Özlem sie belogen hatte. Ausgerechnet mit einem Klischee von gewaltbereiten türkischen Brüdern. Katinka verabscheute Klischees. »Sie haben keine Brüder, Özlem! Sie leben bei Ihrer Mutter, die Sie entweder in diese Geschichte eingeweiht haben oder die mittlerweile krank vor Sorge um Sie ist. Sie haben vor etwas anderem Angst. Ich wüsste gern, wovor. Es kann für unser Konzept, das wir zu Ihrem Schutz entwickelt haben, entscheidend sein. Wir …«

Özlem sprang auf. Ihre Augen sprühten Funken.

»Sie haben von nichts eine Ahnung! Was haben Sie denn für ein Konzept entwickelt? Sie sperren mich in diesem Zimmer ein …«

Katinka ging zur Tür und riss sie auf. Jetzt oder nie. Sie hatte diesen Auftrag sowieso versaut. »Bitte, gehen Sie. Wenn ich mich allerdings richtig entsinne, haben Sie um Schutz nachgesucht!«

Özlem reagierte so schnell, dass Katinka nicht hinterher kam. Sie wetzte aus dem Zimmer, ihre Turnschuhe in der Hand, und raste die Treppe hinunter. Katinka überwand ihre Verblüffung. Sie warf die Tür ins Schloss und nahm die Verfolgung auf.

Die Rezeption war unbesetzt. Katinka jagte aus dem Hotel. Özlem war wie vom Erdboden verschluckt. Über den Schillerplatz rannte niemand. Özlem musste Richtung Schönleinsplatz gelaufen sein – oder durch das Zinkenwörth. Blitzschnell entschied Katinka sich für die zweite Möglichkeit. Doch schnell merkte sie, dass sie viel Glück haben musste, um Özlem einzuholen. Das Gewirr aus verwinkelten Gässchen und engen Durchgängen machte eine Verfolgung fast unmöglich. Özlem konnte, selbst auf Socken, ruckzuck um ein paar Ecken verschwinden.

»Scheiße!«, schrie Katinka. Sie stand neben den Würzburger Weinstuben. Das Lokal in der prächtigen Villa war seit Langem geschlossen. Auf dem Kanalwasser ein paar Meter weiter glitzerten Sonnenflecken. Keuchend lehnte sie sich an die Mauer und schnitt der Fußgängerin, die sie tadelnd ansah, eine Grimasse.

33

Jenna war glücklicherweise schon wach.

»Blöd gelaufen«, sagte sie nur, als sie in der Langen Straße in der Bäckerei Fuchs zu Katinka stieß.

Die lehnte ganz hinten in der Bäckerei an der Wand und hielt sich an ihrem Becher fest. Ihr war noch immer nicht ganz klar, was da gerade passiert war.

Jenna gesellte sich mit Kaffee und Mohnschnecke zu Katinka an den Bistrotisch. »Damit ist der Auftrag gelaufen, wie?«

»Ja.«

»So was kommt manchmal vor.« Jenna nahm es locker.

Katinka hatte bislang dreimal mit ihr im Personenschutz zusammengearbeitet. Sie mochte die Frau mit den kinnlangen Locken und der breiten Narbe auf der Stirn.

»Eigentlich ist es nicht unsere Aufgabe, jetzt nachzubohren, oder?«, fragte Katinka. »Özlem hat sich entschieden. Punktum.«

»Der Mensch ist frei geboren und überall liegt er in Ketten. Sagte Voltaire.«

»Womit er den Nagel auf den Kopf getroffen hat.« Heißer Zorn auf Özlem stieg in ihr hoch. Sie kochte fast. »Verfluchter Mist!«

»Gib dir nicht die Schuld, Katinka!«, beruhigte Jenna. »Özlem hat gelogen. Sie hat damit unser Vorgehen beeinflusst. Wir haben einen familiären Hintergrund angenommen. Vielleicht geht es um was ganz anderes. Eine Rachegeschichte aus dem organisierten Verbrechen. Findet auch in Bamberg statt, selbst wenn man es nicht glauben will.«

Ein Kunde, der drei Seelenspitzen und einen Bauernlaib orderte, sah neugierig zu den beiden herüber.

»Oder unser Kollege hat richtig getippt und sie ist schizophren«, murmelte Katinka.

»Das lass mal außen vor. Solche Leute engagieren keinen Personenschützer. Die denken, irgendwelche Außerirdische hocken in ihrer Heizung und belauschen ihre Gedanken. Da helfen keine Privatdetektive.«

»Ich frage mich, ob die Idee, sich mit ihrem Freund irgendwo im Ausland abzusetzen, auch erfunden war.«

»Sei's drum.« Jenna trank achselzuckend ihren Kaffee aus.

»Also, was machen wir jetzt?«

»Wir haben unsere Anzahlung und rechnen ab. Das war's.«

»Özlem hat Angst, Jenna. Ich will wissen, wovor!«

»Das geht uns nichts mehr an. Sie ist getürmt und hat damit ihrem Auftrag die Vertrauensbasis entzogen. Hat sie eigentlich schon, indem sie falsche Angaben gemacht hat.«

Katinka nagte an ihrem Pappbecher. »Ich frage mich, wovor sie Angst hat. Wovor? Wovor?«

Jenna wedelte mit der Hand vor Katinkas Gesicht herum. »Hallo? Ich meine, du kannst natürlich forschen, was du willst, aber für mich ist die Sache hiermit beendet. Ist nicht böse gemeint. Mach's gut.« Jenna berührte kurz Katinkas Arm und ging.

Katinka sah auf die Uhr. Halb vier. Sie hatte den Frühlingsnachmittag für sich. Einfach rausgehen. Spazieren gehen, Sonne tanken, den Frust abgleiten lassen. Aber der Klammerreflex funktionierte zu gut. Mit absoluter Zuverlässigkeit sorgte er dafür, dass sie gar nicht mehr loslassen konnte. Weil zu viele Fragen da waren.

Katinka lief durch die Stadt. Über die Obere Rathausbrücke, durch die Sandstraße, weiter den Leinritt stadtauswärts. Bis sie sich am Ortseingang von Gaustadt gleich hinter der Friedensbrücke wiederfand. Die Sonne brannte fast. Ein eigentümlicher Wetterwechsel, der manche Leute wie bekifft wirken ließ, während Katinka mit einem Mal gegen heftige Kopfschmerzen kämpfte. Sie überquerte die Gaustadter Hauptstraße und betrat die nächstbeste Apotheke.

»Aspirin? Geht's Ihnen nicht gut?«, fragte die Apothekerin. »Da sind Sie heute nicht die Erste. Das Wetter …« Sie schob eine Packung Tabletten über den Ladentisch.

Katinka gab ihr zehn Euro und steckte das Wechselgeld ein. »Sie haben keine schlechte Position hier, wenn die Landesgartenschau erst eröffnet hat!«

»Kann sein. Hoffen wir, dass die Besucher nicht alle krank sind.« Die Apothekerin senkte die Stimme. »Wobei es mir in dieser Nachbarschaft allmählich nicht mehr geheuer ist. Erst die abgetrennten Gliedmaßen. Und dann der Mord!«

»Der Mord ist ganz sicher nicht auf dem Gelände passiert.«

»Das stand in der Zeitung, aber ... unheimlich ist es allemal.«

Katinka nickte zum Abschied und ging. Draußen riss sie die Packung auf und kaute die erste Tablette. Himmel, sie war nicht der Typ für Kopfschmerzen, war es überhaupt nicht gewöhnt, dass ihr irgendwas wehtat. Der Verkehr rauschte an ihr vorbei. Wie merkwürdig dieses Gaustadt war! Eine schnurgerade Hauptstraße, zerschnitten vom Verkehr, und dann dieser langgezogene Hang, wo sich Wohnhäuser erstreckten, weit hinauf, eine Ecke, die Katinka sich noch nie näher angesehen hatte. Gleich am gegenüberliegenden Regnitzufer waren neue Häuser gebaut worden. Eigentumswohnungen, megateuer, superschick, in bester Lage am Fluss. Nicht mein Ding, dachte Katinka. Das Haus in der Concordiastraße wäre meins gewesen. Ein bisschen marode. Alt. Mit Geschichte, Narben und Persönlichkeit. Kein Beton, sondern Mauern aus echten Steinen.

Sie nutzte eine Lücke im Strom der Autos und rannte auf die andere Straßenseite hinüber. Gleich hier in der Wohnsiedlung hatten früher die ERBA-Arbeiter gelebt. Fabrikbau hieß die Adresse. Hier wohnte Özlems Mutter. Und Özlem war bei ihr gemeldet.

»Bin ich deshalb hierhergelaufen?«, murmelte Katinka, während ihre Augen über die Klingelknöpfe glitten. Viele türkische Namen. Canavar. Sie drückte zweimal.

Keine Reaktion. Aber ein Mann mit seinem Enkel auf dem Arm kam raus und ließ Katinka durch die Tür schlüpfen. Sie stieg langsam die Treppen hinauf. Im zweiten Stock stand ›Canavar‹ an der Tür. Sie klingelte wieder. Die Tür nebenan öffnete sich.

»Die sind ausgeflogen!«, sagte eine junge Frau. Sie hielt Rollerblades in der Hand und schloss ihre Wohnung ab.

Katinka stellte ihren Rucksack ab. »Ich habe Özlems Notebook neu installiert. Wir hatten eigentlich ausgemacht, dass ich es heute vorbeibringe«, schwindelte sie.

»Die Mutter ist bei Hayat, glaub ich. Und Özlem habe ich ewig nicht mehr gesehen.« Die Nachbarin turnte fröhlich die Treppen hinunter.

Katinka setzte sich auf eine Stufe und wartete. Ihr Kopf brummte nach wie vor. Sie drückte eine zweite Tablette aus dem Blister und zerkaute sie, während sie sich das Türschloss besah. Es könnte gehen. Der Dietrich lag vertraut in ihrer Hand.

Sie brauchte keine Minute. Hinter ihr fiel die Tür ins Schloss. Katinka war in Schweiß gebadet.

Die Wohnung, in deren Dunkelheit sie eintauchte, war penibel aufgeräumt. Die Jalousien sperrten das Licht aus. Durch die Lamellen drangen nur wenige Sonnenstrahlen. Staubkörnchen tänzelten vor Katinkas Nase, als sie die Schuhe abstreifte und auf Socken über den Teppichboden schlich. Heiß war es hier drin und stickig.

Drei Zimmer. Zwei Schlafzimmer, eines davon sicher das der Mutter. Ein Ehebett, beide Betten bezogen. Ein großer Schrank, Fotos auf den Wänden, die meisten in der Türkei aufgenommen. Nichts lag herum: kein Buch, kein Kleidungsstück. Das zweite Schlafzimmer musste Özlems sein. Auch hier perfekte Ordnung. Ein Computer, ein Drucker, ein Scanner, ein externes Kartenlesegerät, ein Camcorder. Ein Regal mit ein paar Büchern über Buchhaltung, ein Lehrbuch über Informatik, Broschüren und Zeitschriften. Katinka streifte Handschuhe über. Der Kleiderschrank sah aus wie ihr eigener. Hauptsächlich Jeans, Pullis, T-Shirts. Ein Fach enthielt teure Sportkleidung. Özlem hatte Schulden, ein privates Insolvenzverfahren hinter sich. Waren ihr

Gläubiger auf den Fersen? Katinka lehnte ihren hämmernden Schädel gegen die Schranktür. Das konnte gut und gern der Schlüssel sein! Özlem hatte Angst gekriegt, als sie von den abgeschnittenen Körperteilen gehört hatte. Weil sie die Bestrafung kannte. Zwar hatten weder Kriwanek, noch Bauer oder Yildirim Schulden. Max Walters auch nicht. Özlem konnte sich aber trotzdem zusammengereimt haben, dass jemand seinen Schuldnern Böses wollte. Und bei der Aussicht, vielleicht die Nächste zu sein, die ein Ohr oder eine Hand abgeben musste, in Panik geraten sein.

Teure Computertechnik, teure Sportklamotten. Im Wohnzimmerbüffet fand Katinka ein Porzellanservice von Walküre. Auch nicht billig. Reichte das für einen Schuldenberg, der einen in die Privatinsolvenz trieb?

Katinkas Handy ging. Sie stöhnte auf. Schweiß rann ihr über den Rücken.

»Ja, Palfy?«

»Linda Roose. Frau Palfy, wie wäre es mit einer schönen Tasse Kaffee?«

Himmelschimmel, dachte Katinka. Wie kommt sie drauf, dass ich den Nachmittag mit ihr auf dem Sofa verbringen möchte?

»Ich habe nämlich schon etliche Fotos geschossen. Mit dem neuen Handy, meine ich. Sogar in die Sodenstraße habe ich mich gewagt und die Doggen abgelichtet, wie sie ihre Schnauzen von innen gegen den Zaun pressen!«

Katinka musste lächeln. »Also haben Sie keine Angst mehr vor den Biestern?«

»Entscheidend ist der Zaun zwischen uns. Kommen Sie vorbei?«

»Danke für die Einladung, Frau Roose, aber ich schaffe es heute eher nicht. Ein neuer Auftrag.«

»Schade.« Sie klang enttäuscht.

»Wie geht es Emma?«

»Emma ist mit ihrer Tochter beschäftigt. Die ist gerade zu Besuch. Tja.«

Und jetzt sind Sie einsam, fügte Katinka im Stillen hinzu. Ein Handy reicht eben nicht als Ansprechpartner.

»Ich melde mich bei Gelegenheit, Frau Roose.« Sie verabschiedete sich. Als sie das Handy wegsteckte, schien die Stille der leeren Wohnung um sie herum leise zu summen.

Warum war Özlems Mutter zu ihrer anderen Tochter gegangen? Aus Angst? Oder machte sie einfach einen Besuch, der mit Özlems Problemen nichts zu tun hatte?

Katinka besah sich die Küche. Es gab reichlich Konserven und andere haltbare Lebensmittel, zwei Riesensäcke Reis, Tee, Zucker, Mehl, das Übliche. Im Kühlschrank zwei Becher Ayran, kurz vor dem Ablaufen.

Hatte Özlem ihre Mutter weggeschickt, weil sie in Schwierigkeiten war und die Mutter nicht hineinziehen wollte?

Das Telefon klingelte. Katinka schrak zusammen. Der Apparat stand auf einem mikroskopisch kleinen Beistelltischchen im Wohnzimmer. Nach dem dritten Läuten sprang der Anrufbeantworter an. Özlems Stimme. »Dies ist die Nummer der Canavars. Bitte hinterlassen Sie eine Nachricht.« Dann ein Satz auf Türkisch.

»Hier ist Markus. Frau Canavar, sind Sie zu Hause?« Ein paar Sekunden hörte Katinka den hektischen Atem des Mannes. »Nein? Gut. Ich probiere es bei Hayat.«

Katinka wartete, bis er aufgelegt hatte. Hayat, die Schwester! Möglicherweise war Özlem bei ihr untergekrochen, ohne noch einmal diese Wohnung zu betreten.

»Sonderbar, sie trägt seit Dienstag die gleichen Klamotten, kommt nicht mal her, um sich was anderes zu holen. Bittet niemanden, an ihrer Stelle zu gehen. Hat Schulden, kann also nichts kaufen. Oder hat sie Geld? Von dem keiner was ahnt?« Der Klang ihrer eigenen Stimme in der leeren Wohnung gruselte sie. Sie drückte auf die Menütaste des Telefons, notierte die Nummer des letzten Anrufers. Markus. Özlems Freund. Sie war ellenlang. Hatte Özlem doch nicht gelogen? Gab es vielleicht Halbgeschwister, Cousins, die Özlem als Brüder bezeichnete? Aber dann hätte sie sich verteidigen müssen, als ich sie darauf ansprach, dachte Katinka.

Sie ging zurück in Özlems Zimmer und schaltete den Computer ein. Wie befürchtet hatte Özlem ein Passwort vorgeschaltet. Katinka gab auf. Sie checkte die Schubladen auf USB-Sticks oder andere Speichermedien. Nichts. Stattdessen DVDs, viele Sammlereditionen. Bestimmt nicht billig.

Sie wählte Markus' Nummer. Hielt bei der letzten Ziffer inne. Steckte ihr Handy ein.

Sie brauchte einen Zusammenhang. Einen gut durchstrukturierten Plot. Für solche Anforderungen hatte sie einen Experten in petto.

Dante ging sofort an sein Handy: »Sorry, ich kann im Moment nicht sprechen. Verhandlung mit einer mir vorgesetzten Führungspersönlichkeit.«

»Rufen Sie mich zurück.«

»Klar. Halten Sie durch!«

34

Es war kein Geheimnis, dass Sabine Kerschensteiner in der Soko ›Rose‹ einen schweren Stand hatte. Sie war nüchtern genug, ihre unguten Gefühle durch rationale Gedanken in Schach zu halten. Oberflächlich erschien sie sachlich und kompetent. Innerlich kochte sie manchmal. Denn dass die Kollegen, die jeden Morgen zum Meeting um den von Kaffee und Schokolade klebrigen Konferenztisch saßen, sie nicht ernst nahmen, stand auf sämtlichen Stirnen. Die Kollegen Bley und Allenstein, die vor dem Mord an Walters mit den Verstümmelungen zu tun gehabt hatten, zeigten der blonden Kollegin die kalte Schulter. Allein die Tatsache, dass der Ermittlungsleiter sie in der Runde haben wollte und in jeder Sitzung signalisierte, dass Polizeiobermeisterin Kerschensteiner eine unverzichtbare Mitarbeiterin war, hielt die versammelte Mannschaft davon ab, sie zu mobben. Sie war die einzige Frau und die Einzige, die nicht aus dem gehobenen Dienst kam. Sie war ein Outlaw. Eine Position, die nur vom Praktikanten unterboten wurde. Diese Konstellation führte dazu, dass Sabine Kerschensteiner sich unausgesprochen mit dem zweiten Geächteten in der Runde solidarisierte. In der Kantine etwa, wo sie sich gerade ein Schälchen Joghurt und einen Apfel nahm. Außerdem war Sabine die Einzige aus dem Team, die sich an den Namen des Praktikanten erinnerte. Er hieß Lukas. Lukas Baumeyer.

»Bley hat endlich die Ergebnisse der daktyloskopischen Analyse bekommen«, erzählte Lukas wie nebenbei. Er probierte gern klassisches Polizeivokabular aus. Sein dunkles Haar war kurz geschnitten, der Seitenscheitel saß tief. Irgendwie schien er den Frisurenstil der Nachkriegszeit zu imitieren. Um seinen Hals baumelte ein Lederband mit einem verschnörkelten, grünen Stein. »Es ging um die Dokumente, die die Bohnstett zusammen mit der Box aus dem Müll gefischt hat.«

»Ach so?« Sabine sah auf. »Und?«

»Massenweise Abdrücke von Feli Bohnstett. Außerdem die von ihrer Tochter. Dann ein unbekanntes Set. Und ein bekanntes.«

»Shit, Mann, warum sagt mir das keiner? Wer ist der Bekannte?« Sabine löffelte ihr Joghurt in einem solchen Tempo, dass feine, weiße Spritzer ihr Uniformhemd sprenkelten. Allmählich lief ihr wirklich die Galle über.

»Udo Jollet. Komischer Name, oder? Ich glaubte zuerst, der müsste französisch sein, aber Bley spricht ihn deutsch aus.«

»Jollet?« Sabine starrte den Praktikanten an.

»Kennen Sie ihn?«

»Lukas, ›kennen‹ im Polizeidienst ist ein großes Wort. Ich habe ihn mal festgenommen. Er hat in einer Disko Rabatz gemacht, Mädchen belästigt und einem Barkeeper drei Zähne ausgeschlagen. Insofern ein alter Bekannter, ja.«

»Aber wie kommen die Fingerabdrücke von einem Schläger auf die Papiere über Rosenzucht?«

»In der Tat eine sehr gute Frage.«

Lukas strahlte. Viel Lob bekommt er hier nicht zu hören, dachte Sabine. Genaugenommen gar keins. Ich habe ihn auch noch nie gelobt.

»Haben die Herren irgendetwas anderes über Jollet rausgefunden?«

»Er steht auf Manfred Korins Gehaltsliste.«

Sabine sprang so unvermittelt auf, dass ihr Stuhl umfiel.

»Na, wartet! Beine in die Hand nehmen, Lukas.« Sie stürmte aus der Kantine, den halb gegessenen Apfel schleuderte sie wutentbrannt in den nächstbesten Abfalleimer. Der Praktikant machte, dass er hinterherkam.

Eine halbe Stunde später hatte sie eine Grundsatzdiskussion mit ihren Kollegen ausgefochten. Von wegen Weitergabe von ermittlunsgrelevanten Informationen an das ganze Team.

»Schon okay«, grantelte Bley. »Wir haben die Unterlagen bei euch ins Büro rübergelegt.«

»Witzbold!«, schnappte Sabine. »Überlege dir eine bessere Ausrede!«

»Wenn du ewig lang in der Kantine abhängst«, unternahm Allenstein einen letzten Versuch.

»Lukas, würdest du freundlicherweise die Papiere für den Chef und mich kopieren?«

Der Praktikant griff nach den Blättern, die Bley ihm gönnerhaft hinhielt, und verschwand auf den Gang.

Zurück an ihrem Schreibtisch, ging Sabine die Resultate des Fingerabdruckvergleiches durch. Vier Personen hatten die Zettel in der Hand gehabt. Feli Bohnstett, ihre Tochter, ein Unbekannter, und eben Jollet. Ein Schlägertyp, der sich mit Rosenzucht befasste? Völlig abwegig. Sabine spürte, wie Schweiß ihren Rücken hinunterrann. Hier befand sich die Sollbruchstelle. Wenn sie dieses Rätsel knackten, waren sie auf der richtigen Spur. Kein Zweifel. Ob man es Intuition nannte oder erste Anflüge eines Erfahrungswissens … Sabine war es egal. Sie überprüfte alles, was sie zu Jollet fand. Er bekam ein regelmäßiges, gutes Gehalt mit gelegentlichen Zuschlägen, und zwar von niemand anderem als Manfred Korin. Während ihr Ärger über Bley und Allenstein allmählich verrauchte, besah sie sich Jollets Foto. Ein kantiges, ausdrucksloses Gesicht. Eng stehende Augen, dünne Brauen, eine breite Nase. Die klassische Schlägertype. Man sollte nicht vom Äußeren auf das Innere schließen, aber manchmal gab es erstaunliche Koinzidenzen. Hatte sie nicht vor ein paar Tagen einen Bericht über Physiognomie gelesen? Einer Studie zufolge konnte man die Brutalität eines Mannes tatsächlich an den Gesichtsproportionen ablesen. Interessanterweise schien das bei Männern, nicht aber bei Frauen zu funktionieren. Sie schnaubte. Hinter ihr scharrte Lukas mit den Füßen. Zu dumm, sie erinnerte sich nicht mehr an die Relationen zwischen Stirn, Augen, Mund, die in dem Artikel angegeben waren. Sonst hätte sie sich flugs die Fotos von Bley und Allenstein zwecks Gesichtsanalyse auf den Bildschirm geladen. Wahrscheinlich war es aber reiner Blödsinn. Sie klickte weiter durch die Register. Jollets Akte nahm einiges an Megabytes in ihrem Computer ein. Korin. Sein Name stand auf Kohlschwabs Liste. Sein Gärtner wurde verstümmelt, seine Villa Objekt der Begierde für Einbrecher. Und einer seiner Angestellten beschäftigte sich mit Rosenzucht.

Sie rief Hardo an. Er nahm nicht ab.

»Mist!«

»Was?«, fragte Lukas nervös.

»Das galt nicht dir«, sagte Sabine.

»Kann ich sonst was tun?«

Sabine sah auf die Uhr. Kurz vor sechs.

»Hast du Lust, mit mir einen Besuch zu machen?«

Die Augen des Praktikanten leuchteten auf. »Sie meinen, Ermittlungsarbeit in der wirklichen Welt?«

»Ja, keine Kaffeemaschinen, keine Kopierer.«

»Klar! Ich komme mit.«

Sabine ließ sich einen Dienstwagen geben.

»Wo geht's hin?« Lukas schnallte sich an und betrachtete angewidert die uralte Ausstattung des Audi.

»Ein anderer Wagen war nicht da. Meckern hilft nichts«, grinste Sabine. »Bis zur Siemensstraße werden wir garantiert kommen.«

»Wow, da stehen Bambergs einzige Hochhäuser«, bemerkte Lukas.

»Du bist nicht aus Bamberg, oder?«

»Aus Hof.«

»Ah, in Bayern ganz oben.«

»Hof ist okay«, erwiderte Lukas. »Mir ist nicht klar, warum in Bamberg alle über Hof lästern. Das Wetter ist übrigens nicht viel schlechter als hier.«

Sie rauschten über den Berliner Ring. Es war erstaunlich wenig los für einen Donnerstagabend.

»Das Wetter?«, fragte Sabine verblüfft.

»Wenn ich sage, ich komme aus Hof, besteht der einzige Gesprächsbeitrag der anderen in genau zwei Wörtern: Bayerisch Sibirien.«

Sabine lachte, während sie den Wagen in eine Parklücke manövrierte.

»Sehen Sie, Sie finden das auch lustig.« Er sah niedergeschlagen an der Fassade des Hochhauses empor. »Was haben wir hier vor?«

»Wir machen einen Besuch bei Katharina Schmidtberger.«

»Die Putzfrau? Aber … die ist doch im Urlaub?«

»Wir schauen uns die Nachbarschaft an.« Sabine stieg aus. Der Junge hatte ein gutes Gedächtnis, das musste man ihm lassen. »Auch die längsten Ferien sind irgendwann vorbei.«

»Manchmal merkt man ja erst später, was man fragen will«, entgegnete Lukas eifrig.

»Ganz genau. Frau Schmidtberger putzt nämlich schon seit Jahren für Manfred Korin.«

»Ich dachte, sie hätte nur die letzten beiden Male …«

»Die Information war nicht falsch, aber auch nicht vollständig. Nein, sie tut es seit Jahren, ist allerdings eine studierte Informatikerin, deren Diplom in Deutschland nicht anerkannt wird.«

Das Gesicht des Praktikanten erhellte sich. Sie marschierten durch eine mit Graffitis besprühte Eingangshalle und fuhren mit dem Lift in den fünften Stock. Es roch nach Essen, verschwitzten Klamotten und zu vielen Menschen auf zu kleinem Raum.

»Wenn Frau Palfy dieses alte Haus kauft«, sinnierte Lukas. »Wäre das nicht eine Option, die Soko gleich dort einziehen zu lassen? Da sind sechs Wohnungen drin.«

»Wenn wir Bley und Allenstein außen vor lassen, von mir aus. Hier. Schmidtberger.« Sabine drückte auf die Klingel.

»Keiner daheim.« Der Praktikant läutete ein zweites Mal. »Dann ist sie wohl noch nicht aus dem Urlaub zurück.«

Sabine schnappte sich ihr Handy und rief bei Borgermann an. Zum Glück war die Sekretärin noch da.

»Nach Katharina Schmidtberger fragen Sie? Die ist noch nicht wieder zur Arbeit gekommen. Hat ihren Jahresurlaub genommen und sich kurz darauf krankschreiben lassen.«

»Warum das?«, wollte Sabine wissen.

»Die Bandscheibe. Muss wahrscheinlich operiert werden.«

»Danke.« Sabine legte auf. »Mist. Ich habe da was versemmelt.«

»Was denn?«

»Ich habe die Spur nicht weiter verfolgt. Nur mit der Kollegin von der Schmidtberger geredet. Das war fahrlässig.«

»Weil Sie einfach nicht dran geglaubt haben, dass die Putzfrauen was mit der Sache zu tun haben können?«

»Weil ich es vergessen habe!« Sabine rieb sich die Stirn. »Fragen Sie bei den Nachbarn rum, Lukas!«

Gehorsam klingelte der Praktikant an einer Tür nach der anderen und erkundigte sich nach Katharina Schmidtberger. Eine Nachbarin kannte sie näher.

»Wann haben Sie sie das letzte Mal gesehen?«, fragte Lukas. Er erschrak fast, als Sabine hinter ihn trat.

»Am 24. März. Da ist sie in die Ukraine geflogen. Zu ihrer Mutter. Der geht's nicht gut. Katharina hat ihren kompletten Jahresurlaub genommen, um sie zu besuchen. Sie hat sich große Sorgen gemacht.«

»Sie haben vielleicht den Schlüssel zu ihrer Wohnung?«

Die Nachbarin machte ein missmutiges Gesicht.

»Dazu brauchen Sie doch …«

»Nun, es geht nicht um eine Durchsuchung, falls Sie das meinen«, mischte sich Sabine ein.

»Ist Katharina … etwas zugestoßen?«

»Haben Sie von ihr gehört, seit sie zu ihrer Mutter gefahren ist?«

»Nein, so eng sind wir nicht befreundet. Wir haben ab und zu einen Tee zusammen getrunken. Wenn ich backe, stelle ich ihr mal einen Teller vor die Tür. Mehr nicht.«

»Danke Ihnen«, sagte Sabine.

Im Fahrstuhl murrte Lukas: »Warum haben wir nicht in die Wohnung geguckt?«

»Es gibt keinen Anlass. Die Schmidtberger ist keine Zeugin und erst recht keine Verdächtige in unserem Fall.«

»Selbst wenn sie bei Korin in der Villa was gesehen hätte?«

»Wir kontaktieren die Kollegen in der Ukraine und versuchen, Katharina Schmidtberger ans Telefon zu kriegen.«

35

»Zeichen und Wunder geschehen!«, jubilierte Dante, als er zu Katinka in die Detektei kam.

»Nämlich?«

»Der Herausgeber hat meinen Deskchef zurückgepfiffen. Juchhee!«

»Das heißt, Sie müssen nicht mehr die Landesgartenschau als Schauplatz des bösesten Verbrechens der Menschheitsgeschichte hinstellen?«, unkte Katinka.

»Der Herausgeber hat die Krise gekriegt. Die LGS! Da sind Gelder noch und nöcher reingepumpt worden, und deshalb darf nichts Negatives in den Schlagzeilen aufkreuzen. Das konnte sich jedes Vorschulkind an den Fingern einer Hand ausrechnen, aber der Deskchef hatte den Impuls, sich im Sensationsgeschäft neu zu positionieren.« Dante rieb sich die Hände.

»Es muss jedem klar sein, dass es hier um eine ganz andere Sache geht, die mit der breiten Öffentlichkeit nichts, aber auch gar nichts zu tun hat.«

»Das sagen Sie. Sie sind schließlich vom Fach. Aber warum liegen diese unappetitlichen Leichen und diverse menschliche Restbestände dann auf der ERBA-Insel?«

»Jemand will Aufmerksamkeit. Macht sich einen Spaß daraus, täglich in der Zeitung zu lesen, was die Schreiberlinge sich zusammenreimen.«

»Wir sind keine Schreiberlinge, wir sind Medienpartner«, verbesserte Dante.

»Von mir aus. Ich brauche Ihre Expertise, Wischnewski. Eine gute Geschichte.«

Katinka berichtete Dante von Özlems Flucht und ihrem Besuch in der Wohnung der Canavars. »Ich kann mich weder bei Hayat melden noch bei diesem Markus. Ich würde die Pferde scheu machen!«

»Gut erkannt.«

»Wir brauchen eine glaubwürdige Story, die es Ihnen erlaubt, Kontakt mit Özlems Familie aufzunehmen.«

»Mir?«

»Mich kennt sie. Ich scheide aus.«

»Läuft uns nicht die Zeit davon? Immerhin ist Özlem seit etlichen Stunden abgängig. Jetzt noch eine Story reimen, vielleicht sogar in Versen …«, spöttelte Dante.

»Ihrem Freund Markus hat Özlem erzählt, dass sie sich unter Personenschutz stellen will. Warum auch immer. Für den Fall, dass er sie mal nicht erreicht, braucht es eine Schnittstelle. Die Mutter bietet sich dafür an, ist aber nicht in ihrer Wohnung. Markus schien das nicht gewusst zu haben, sonst hätte er gar nicht dort angerufen.«

»Aber warum wurmt Sie das so?«, setzte Dante eins drauf. »Vielleicht ist die Dame in Wahrheit vor ihrem Freund auf der Flucht.«

»Glaube ich nicht. Ich sehe eine winzige Chance, dass Özlem und die abgeschnittenen Gliedmaßen in eine Story gehören.«

»Sie sprechen wie eine verbohrte Drehbuchautorin.«

»Plots sind Ihr Metier, Herr Medienpartner. Özlem hat Angst, aber sie hat keine Brüder. Sie hat mir gegenüber Lügenbaronin gespielt.«

»Und jetzt sind Sie beleidigt.« Dante musterte Katinka konzentriert. »Geht es Ihnen nicht gut? Sie sehen so blass aus.«

»Meine Emotionen sind hier nicht gefragt«, wiegelte Katinka ab. »Ich möchte lieber wissen, warum sie das gemacht hat.«

»Sie wollte mit der wahren Bedrohung nicht rausrücken, also hat sie sich was Zeitgeistiges ausgedacht«, sagte Dante. »Etwas, das ihr jeder glaubt, weil in regelmäßigen Abständen von amoklaufenden Türken in Berlin-Kreuzberg die Rede ist. Aber wer sollte ihr ein Ohr absägen? Ich bitte Sie. Ist Özlem am Ende eine heimliche Rosenexpertin?«

Katinka hob die Hände. »Null Ahnung. Wie kommen wir jetzt an Markus heran? Am besten google ich seine Vorwahlnummer. 003725 … sagt Ihnen das was?«

Dante machte sich über sein iPad her. »Was täte man ohne dieses hübsche, flache Helferchen.«

Katinka sah ihm über die Schulter. »Estland!«, rief sie nach ein paar Klicks erstaunt.

»Augenblick. Keine vorschnellen Schlüsse. Die nachfolgende 5 weist auf ein Mobilfunknetz.«

»Er hat ein estnisches Handy?«

»Vielleicht kugelt er im Baltikum herum. Aber warten Sie kurz.« Er klickte sich durch ein paar Nummernlisten. »Hier. Exakt, ich wusste es. Man kann sich eine Prepaid SIM-Karte zulegen, die weltweit funktioniert, sogar zu halbwegs anständigen Preisen. Die läuft aus technischen Gründen über das estnische Handynetz.«

»Ach du Schande! Vielleicht ist Markus sogar in Bamberg. Die Anschrift von Hayat Canavar habe ich schon. Sie wohnt in Bug.«

»Gute Arbeit«, lobte Dante. »Hier. www.dastelefonbuch.de macht's möglich. Markus Tremel. Wohnt am Jakobsberg.«

»Wohin zuerst? Und mit welcher Ausrede?«

»Was wollen Sie denn eigentlich wissen?«

»Wovor Özlem sich wirklich fürchtet. Ob es vielleicht mit Ohr, Finger und Hand zu tun hat. Wenn nicht, überlasse ich sie ihrem Schicksal.«

»Fragen wir sie also am besten selbst! Ich lache mich scheckig, wenn wir neben dem Gliederschnippler zusätzlich eine Türkenmafia in Bamberg haben! Für so viel Krimi ist das Fränkische Rom zu klein.«

»Mit mir jedenfalls steht Özlem auf denkbar schlechtem Fuß.«

»Dann klemmen wir uns erst mal hinter den Freund.«

Katinka warf Schlüssel, Geld und Waffe in ihren Rucksack. »Los! Sie gehen zu Fuß, ich hole das Auto.«

Dante sah Katinka entsetzt an. »Ich bin nicht Ihr Laufbursche«, mäkelte er.

»Nicht sauer sein. Gefahr im Verzug. Sie wissen doch, wie der Puls sich beschleunigen kann.«

36

Hauptkommissar Harduin Uttenreuther telefonierte mit Staatsanwalt Kohlschwab. Wegen der besseren Übersicht über die einzelnen Stränge eines Falles hatte er sich angewöhnt, Details, die ihm irgendwie sonderbar vorkamen, auf Haftnotizzettel zu kritzeln und an den entsprechenden Stellen auf den Ausdruck seiner Berichte zu kleben. Anhand dieser Notizen informierte er Kohlschwab über die neuesten Entwicklungen.

»Und Wellmann ist ganz offen und legal in Hannover?«, fragte der Staatsanwalt weinerlich.

»Wir haben seine Handyortung. Er ist seit Mittwoch dort, hat abends im Hotel eingecheckt. Nimmt an einer Konferenz teil. Irgendwas mit Immobilien.«

»Naheliegend.« Kohlschwab räusperte sich. »Wenn ich Sie recht verstehe, können wir Bernd Wellmann erst mal von der Liste streichen.«

»Von der Liste der Verdächtigen schon, da hatte ich ihn nie drauf, um ehrlich zu sein. Aber er könnte natürlich ein wichtiger Zeuge sein, sodass wir mit ihm sprechen müssen. Möglichst sofort. Nicht erst, wenn er am Montag zurückkommt.«

»Rufen Sie ihn an, wenn es sein muss. Aber das reicht wahrscheinlich nicht.«

Hardo zögerte. Er legte keinen gesteigerten Wert auf eine vierstündige Autofahrt nach Norddeutschland. Aber da war so eine Intuition, die er selbst nicht klar zu fassen bekam.

»Wir haben einen gewissen Niko Böhnert wieder auf freien Fuß gesetzt. Er ist Frau Palfy und mir heute Nacht nachgestiegen. Nicht sehr professionell. Er beruft sich darauf, wir hätten uns lediglich eingebildet, verfolgt zu werden. Natürlich haben wir nichts gegen ihn in der Hand, also schwirrt er ab jetzt draußen rum und erstattet vermutlich seinem Boss Bericht. Wir haben zwei Beamte an ihm dran.«

»Ja, ja, ich weiß«, schnaubte Kohlschwab.

»Dann ist da Udo Jollet. Seine Fingerabdrücke sind auf

diesen Rosenpapieren drauf. Und Jollet ist Angestellter bei Korin. Wie Kriwanek. Aber Kriwanek ist ein harmloser Bursche, während Jollet eine Akte wie ein Zementsack hat.« Hardo hielt den Atem an. Jetzt kam es drauf an, wie er den Staatsanwalt einwickelte.

»Korin«, murmelte Kohlschwab. »Interessant.«

»Der Name stand auf Ihrer Liste.«

»Haben Sie Verständnis!« Der Staatsanwalt räusperte sich noch lauter. »Ich werde diesen Informanten nicht nennen. Seien Sie versichert, dass er nichts mit dem Fall zu tun hat.«

»Dennoch wäre mir wohler ...«, wandte Hardo ein.

»Aber mir nicht.«

Thema beendet, dachte Hardo. Er sah aus den Augenwinkeln, dass Sabine Kerschensteiner auf seinem Handy anrief. »Augenblick«, bat er den Staatsanwalt. »Ja, Kerschensteiner?«

»Wir haben eine neue Spur.«

»Und?«

»Eine der Putzfrauen, die seit Jahren bei Korin putzen, im Auftrag der Firma Borgermann, ist wenige Tage nach dem Einbruch nach Kiew geflogen und bisher nicht zurückgekehrt.«

Hardo schwieg einen Moment.

»Chef, sind Sie noch dran?«

»Wieder Korin«, murmelte der Hauptkommissar. »Dreimal.«

»Was?«

»Sein Gärtner ist verstümmelt, die Fingerabdrücke eines seiner Angestellten sind auf den Papieren, die Feli Bohnstett abgegraben hat, und die Frau, die seit Jahren bei ihm sauber macht, hat die Fliege gemacht.«

»Uttenreuther?«, röhrte Kohlschwabs Stimme aus dem Telefonhörer.

»Kerschensteiner, kommen Sie ins Büro zurück. Einsatzbesprechung.«

»Himmel, Kommissar, melden Sie sich«, schnarrte Kohlschwab.

»Stoßen Sie dazu?«, fragte Hardo ungerührt, als er sein Handy weglegte und nach dem Telefon griff. »Die Lage spitzt sich zu. Wollen Sie bei der Besprechung dabei sein?«

»Ich komme.« Kohlschwab legte auf.

»Ach«, Allenstein streckte den Kopf rein. »Telefonieren Sie noch?«

»Nein. Was gibt's?«, fragte Hardo.

»Eben kam ein Typ und hat eine Aussage gemacht.« Der Beamte legte einen Stapel Papiere auf Hardos Schreibtisch ab. »Peter Rolfs. Schrotthändler. Es geht um einen Safe.«

37

Feli Bohnstett gehörte nun nicht zu den Leuten, die wegen jeder Kleinigkeit zu flennen anfingen. Das mit dem Strom und der Heizung ließ sich leicht einrenken. Eva hatte ihr das Geld geliehen, und Feli hatte es gleich bar auf der Sparkasse eingezahlt, unter Vorlage der Rechnungen und Mahnungen, die ihr die Stadtwerke seit einiger Zeit in zuverlässiger Regelmäßigkeit zuschickten.

Insofern war es natürlich ganz praktisch, eine Tochter zu haben.

Ansonsten stand ihre Beziehung zu Eva unter keinem guten Stern. Warum eigentlich nicht, fragte sich Feli. Es war vermutlich so: Wären sie beide nicht Mutter und Tochter, Feli Bohnstett und Eva Braun hätten nie auch nur einen Blick aneinander verschwendet. Höchstwahrscheinlich wären sie einander vorsorglich aus dem Weg gegangen, ohne es zu merken.

Nach dem Besuch bei der Bank streunte Feli stundenlang durch den Hain. Der ausgedehnte Stadtpark zog an einem Tag wie heute Hunderte von Sonnenanbetern und Spaziergängern an. Feli genoss den Frühling in vollen Zügen. Tagsüber wurde es wunderbar warm, sie saß lange am Ufer der Regnitz auf einer Bank, beobachtete die Enten und versuchte, sich keine Gedanken darüber zu machen, ob Evas Abneigung ihr gegenüber mit Hartz IV, den Genen oder mit erzieherischen Fehlern zu tun hatte. Theoretisch ließ sich für alles eine Begründung finden. Irgendwann hatte sie gelesen, dass Mutterliebe etwas Archaisches war, das gegenseitige Sympathie nicht unbedingt einschloss. Zutreffend oder ausgemachter Blödsinn? Sie wusste es nicht, und es war müßig, darüber nachzudenken. Natürlich machte sie sich manchmal Sorgen um Eva. Sie arbeitete hart, und dann war da ihr Ehemann, von dem Feli abgeraten hatte, aber das Malheur war nun einmal passiert. Der feine Herr tourte irgendwo in Hinterindien rum, wenn Feli das richtig verstanden hatte. Ein Nichtsnutz, die Scheidung würde folgen, so viel war klar. Sogar seinen Namen hatte Eva angenommen. Wahrscheinlich aus Opposition ihr, Feli, gegenüber. Um den Namen loszuwerden, den sie dem Kind zugemutet hatte. Bohnstett. ›Bohnenstange‹ hatten die Mitschüler Eva gehänselt. Aber du liebe Zeit, darüber sollte Eva sich nun wirklich keinen Kopf mehr machen, das lag nun sehr weit in der Vergangenheit.

Als es kühl wurde, machte Feli sich auf den Nachhauseweg. Sie mochte die Atmosphäre in der Stadt, wenn der Frühling erwachte und die Menschen trotz des frostigen Abendwindes nicht heimwollten. Weil sie während des Winters ein halbes Jahr zu Hause gehockt waren und jetzt nach draußen drängten. In der Fußgängerzone schleckten ein paar ganz Abgehärtete ein Eis, andere gingen Arm in Arm spazieren. Zwei Nonnen eilten auf Sankt Martin zu, die Gesangbücher unter die Arme geklemmt. Als Feli zum Heumarkt kam, lag der Platz beinahe zu still da. Ab hier herrschte eine andere Atmosphäre. Ein Haus nach dem anderen wurde saniert, das Gerüst schien Meter für Meter weiterzuwandern. In der alten Feuerwache, die jetzt zur Uni gehörte, brannte kein Licht mehr. Student sein, träumte Feli, das klingt nach Freiheit und Abenteuer. Ich hatte nie die Chance zu studieren, wurde mit dem Gesicht nach vorn in die Gärtnerei getunkt, habe mich durchgekämpft.

Eva wollte gar nicht erst an die Uni, lieber eine Ausbildung machen und dann arbeiten, Geld verdienen, unabhängig sein. Was Sinnvolles tun. Genau, damit war ihre Tochter ihr in den Ohren gelegen. Wieso studieren, dieses ganze trockene Wissen stucken und dann arbeitslos werden?

Feli seufzte. Zwei letzte Gäste im Café Dacabo trotzten der abendlichen Kühle, saßen draußen auf den Korbstühlen und rauchten. Feli sah die Zigarettenglut aufleuchten. Sie freute sich darauf, heute Abend Licht zu haben, die Heizung einzuschalten, sich eine schöne Tasse Tee zu gönnen und vielleicht einen Kognak. Irgendwie fühlte sie sich total aufgemöbelt. Der Polizeikommissar hatte ihr geschmeichelt. Feli Bohnstett war wer. Zwar musste sie bei ihrer Tochter baden, ihre Klamotten waren nicht ganz so sauber, und ihr Haarschnitt nicht der letzte Schrei. Aber sie hatte ein paar Informationen zu einem aussagekräftigen Ganzen verknüpft.

Ein Wagen rauschte über das Kopfsteinpflaster, bremste genau zwischen Feli und dem Café. Die hintere, rechte Tür ging auf, ein Arm griff nach ihr, riss sie von den Füßen, sie keuchte auf, strauchelte, fühlte einen fiesen Schmerz im Knöchel, jemand schob die Hände unter ihre Achseln, hievte sie in den Wagen, presste ihr etwas ins Gesicht.

Funkstille.

38

»Shit, der Typ ist nicht zu Hause!« Dante hopste an der Kreuzung herum, wo die Storchsgasse auf den Jakobsberg traf. Uralte, krumme Häuser, ein Pub, aus dem der abgestandene Gestank durchzechter Nächte wehte. Die Straßen eng, verwinkelt, zu schmal für einander entgegenkommende PKWs. Jetzt kam ein Bus den Berg hinunter. Er bretterte über das Kopfsteinpflaster, Dante presste sich an die Mauer von Nummer 17. Es war mittlerweile stockfinster. Ein halber Mond grinste vom Himmel.

»Keiner zu Hause?«, fragte Katinka. Sie hielt den Beetle mitten auf der Storchsgasse an. Der nachfolgende Wagen gab Lichthupe.

»Sie blockieren den Verkehr.«

»Der hier nichts zu suchen hat.«

»Sie sind ja wohl selbst Teil des Verkehrs!«

»Himmel, Arsch und Gewitter, Dante, steigen Sie ein!«

Er sprang auf den Beifahrersitz. »Und jetzt?«

»Sind Sie sicher, dass Markus nicht zu Hause ist?«

»Dann müsste er komplett im Dunkeln sitzen. Ich bin unten am Josefsheim vorbeigejoggt und habe vom Teufelsgraben aus geschaut, ob hintenraus Lichter brennen. Total tote Hose.«

»Also ist er bei Hayat?«

»Oder über alle Berge.«

Katinka fuhr an. Der Typ hinter ihr beschleunigte und versuchte, den Beetle zu überholen, was in der Enge natürlich unmöglich war. Katinka bremste, sprang aus ihrem Auto, rannte zurück zu der Nervensäge. Wütend riss sie die Fahrertür auf. »Schon mal was von Rücksicht gehört?«, polterte sie los.

Der Fahrer, ein ergrauter Mittfünfziger, sah sie erschrocken an.

»Hier geht es um Leben und Tod, verdammt!« Sie riss ihre ID aus der Jacke und schwenkte den Ausweis vor dem Mann hin und her. »Also sachte, klar?«

»Ich breche zusammen«, gluckste Dante, als sie wieder einstieg. »Dem haben Sie es aber gegeben. Gucken Sie mal, wie viel Abstand der jetzt hält.«

Katinka schnaubte nur. Sie kroch im Schritttempo die eng gewundene Materngasse hinunter, in der sie stets das Gefühl befiel, die Häuser rechts und links würden jeden Moment einen Schritt nach vorn treten und sie mitsamt dem Auto zerdrücken. Sie klemmte ihr Handy ans Ohr und rief Hardo an.

»Ich bin's«, sagte sie. »Kurzes Update. Nein, es ist wichtig. Trotz Besprechung. Wir fahren nach Bug.« Sie schilderte Hardo in wenigen Worten, was sie und Dante in Sachen Özlem bisher unternommen hatten.

»Deine Schutzperson macht sich auf und davon? Korins Dauerputzfrau auch! Kerschensteiner war bei ihren Nachbarn. Die Schmidtberger ist am 24.3. nach Kiew geflogen. Hat kurz vorher Urlaub genommen, sich dann krankschreiben lassen.« Im Hintergrund schwoll Stimmengewirr an und ab, wie eine träge Meereswelle.

»Dante hat das auch herausgefunden«, sagte Katinka. »Von einer Krankschreibung wusste er allerdings nichts.«

Dante schnitt wilde Grimassen. Katinka unterdrückte ein Lachen. »Aber Özlem kriege ich nicht in Verbindung mit Korin. Was anderes, Hardo: Ist Feli Bohnstett in Ordnung?«

»Was meinst du mit ›in Ordnung‹?«

»Geht es ihr gut? Sie hat sich ziemlich weit vorgewagt, war im Fernsehen. Das haben bestimmt nicht nur Özlem und ich gesehen.«

»Du bringst mich auf was. Ich kümmere mich darum.« Er legte auf.

39

Lukas Baumeyer bekam die Aufgabe, nach Feli Bohnstett zu sehen. Zu diesem Zweck gab man ihm sogar einen Dienstwagen. Das Praktikum entwickelte sich allmählich. Lukas Baumeyer hatte keinen Schimmer, ob er später wirklich bei der Polizei arbeiten wollte. Eigentlich hatte er vor, Jura zu studieren. In den letzten Wochen erwischte er sich jeden Tag mehrmals dabei, wie er sich weit weg wünschte, weg aus den Büros mit den übervollen Schreibtischen, dem kumpelhaften ›Du‹, das nicht gemeint war, wie es klingen sollte, und der Langeweile des Praktikanten, der darauf wartete, dass ihm jemand was zu tun gab.

Seit heute war das anders. Plötzlich machte das Praktikum Spaß. Er rauschte über den neuen Kreisverkehr am Wilhelmsplatz Richtung Innenstadt. Der Wagen besaß kein Navigationsgerät, aber er würde klarkommen. Die Lange Straße kannte er, den Kranen, die ehemalige Hafenanlage mit dem unübertroffenen Blick auf das Kloster Michaelsberg. So was hatte seine Heimatstadt nicht zu bieten, aber es kam ja mehr auf die inneren Werte an. Lukas gab Gas, um die grüne Welle zu nutzen, als ihn ein BMW schnitt. Er kam von rechts, die Reifen quietschten, und der Wagen schleuderte über zwei Fahrspuren, bis er an der nächsten Kreuzung links abbog, während die Ampel auf Rot sprang.

»Volldepp!«, schimpfte Lukas. Zu spät merkte er, dass er selbst längst hätte abbiegen müssen, wendete und schlängelte sich in den Verkehr über die Löwenbrücke. Jetzt machte er einen Umweg, wenigstens hatte er das Gefühl. Er hielt sich rechts, kam beinahe in der Fußgängerzone raus, fuhr wieder rechts, guckte angespannt in die dunklen Gassen rechts und links und musste schließlich jemanden fragen.

»Vorderer Graben? Na, einfach ein paar Meter geradeaus, Mann!«

Peinlich, dachte Lukas, aber nicht zu ändern. Er hielt den Wagen direkt vor Felis Haus an. Alles war dunkel.

Lukas stieg aus. Er stapfte durch den schmuddeligen Vorgarten zur Tür. Drückte auf die Klingel. Tief drin im Haus hörte er es schellen. Er klingelte noch einmal, stieß mit dem Fuß gegen die Haustür. Sie ging auf.

»Hallo?«, rief Lukas. Er hatte keine Ahnung, ob er durfte, was er tat. »Hallo? Ist jemand daheim?«

40

Während Katinka fuhr, dillerte Dante auf seinem iPad herum.

»Was treiben Sie da eigentlich?«, fragte sie scharf.

»Facebook. Haben Sie ein Profil?«

»Ich kann's mir verkneifen.«

»Özlem Canavar hat eins. Letztes Posting vor einem guten Monat. Fotos von sich und ihrem Lover. Ich brauche einen Ansatzpunkt, worüber ich gleich mit diesen Leuten quatschen soll. Ich meine, wenn Sie mich schon vorschicken!«

»Hat Özlem da irgendwas Spannendes reingeschrieben?«

»Fotos von Partys. Sie und Markus auf Türkeiurlaub.«

»Sie hat Schulden und eine Insolvenz hinter sich.«

»Ein Billigflug nach Antalya ist ab 49 Euro zu haben. Ich war selbst mal dort. Ist um Klassen billiger als eine Ferienwohnung auf Rügen. Wahrscheinlich kann Özlem sogar bei Verwandten unterkriechen. Für diesen Urlaub brauchte sie kaum was zu investieren!«

»Und Hayat? Hat die ein Profil?«

»Sie ist Lehrerin. Deutsch und Latein. O Gott.«

»Ihre Lieblingsfächer?«

»Wenn Sie wüssten, wie ich mit meinem Deutschlehrer im Clinch lag. Haben Sie einen Vorschlag für eine Strategie?«

»Stöbern Sie! Sind in Hayats Profil Kollegen angegeben, Schüler?«

»Noch und nöcher.«

»Suchen Sie sich einen aus. Profitieren Sie von den aktuellen Postings. Verwurschten Sie die Infos zu einer halbwegs glaubwürdigen Geschichte, warum Sie unbedingt heute Abend mit der Familie sprechen müssen.«

Grummelnd las sich Dante durch die Daten. »Manche Leute stellen wirklich jeden Scheiß ins Netz.«

Katinka bog ab. Die Straße fiel steil zum Fluss ab. Rechts und links Wohnhäuser. Wenige Lichter brannten. Alles wirkte verlassen.

»Dunkel war's, der Mond schien helle«, fing Dante an.

Sie erreichten den Fluss. Rechts in der Kurve lag ein Wirtshaus. Katinka stoppte.

»Was haben Sie vor?«

»Fahrerwechsel.«

»Aber wir sind fast da!«

»Ich muss das technische Equipment vorbereiten.«

Nörgelnd krabbelte Dante auf den Fahrersitz, während Katinka ein paar Gerätschaften aus ihrem Rucksack kramte. Sie schaltete das Licht ein.

»Na, geben Sie endlich Gas, Wischnewski, GPS führt Sie direkt zum Ziel!«

»Was wird das, wenn's fertig ist?«, fragte Dante.

»Ein schnuckeliges, mikroskopisch winziges Abhörgerät. Sie werden es bei Ihrem Besuch an Ort und Stelle an günstiger Stelle absetzen, und wir werden mithören, was dort gesprochen wird.«

»Ich glaub, ich spinne. Sie wollen die Wohnung verwanzen?«

»Ansatzweise, ja.«

41

Lukas drückte probeweise auf einen Lichtschalter. Direkt über ihm erstrahlte blendend hell die Deckenlampe. An einer Garderobe hing ein verdreckter Regenmantel. Gummistiefel lagen achtlos hingeworfen auf dem Boden. Vor Lukas führte eine steile Treppe in den ersten Stock.

»Hallo?«, rief er noch einmal.

»Wer ist da?«, kam es von oben. Eine Frauenstimme!

»Polizei!« In der Magengrube des Praktikanten machte sich ein unangenehmes Gefühl breit. Ich arbeite wirklich für die Polizei, beruhigte er sich. Ich fahre sogar einen Dienstwagen.

Eine junge Frau in Jeansrock und Kapuzenshirt kam die Stufen heruntergepoltert. Sie hatte eine Menge Sommersprossen im Gesicht und blickte Lukas empört an. »Polizei? Schon wieder?«

»Äh … ja.«

»Kaum lasse ich meine Mutter ein paar Stunden aus den Augen, sind die Bullen hinter ihr her. Nichts für ungut.«

»Äh … nein. Ist Frau Bohnstett zu Hause?«

»Wer sind Sie überhaupt?«

»Lukas Baumeyer.«

»Eva Braun. Angenehm.« Sie drückte ihm die Hand. »Also, meine Mutter ist heute Mittag bei mir abgedampft, wollte zur Sparkasse, dort was erledigen. Wie ich sie kenne, hat sie anschließend einen ausgedehnten Spaziergang gemacht. Ich wollte nach ihr sehen, schauen, ob der Strom geht und das Gas.«

»Aha!«, machte Lukas und nickte bedeutungsschwer.

»Tja, mit dem Haus ist alles in Ordnung, aber meine

Mutter fehlt.« Sie sah auf ihre Uhr. »Es ist nach neun. Da ist sie normalerweise zu Hause.«

Lukas kramte sein Handy aus der Hosentasche.

»Hier!« Er öffnete ein paar Bilddateien. »Kennen Sie zufällig diese Leute?«

Eva besah sich nacheinander die Porträts von Niko Böhnert, Manfred Korin, Bernd Wellmann, Max Walters, Günther Kriwanek, Theo Bauer, Sinan Yildirim und Udo Jollet. Mit Computern konnte Lukas ja, und er sorgte mit einem cleveren Programm dafür, dass bestimmte Daten aus Sabines PC automatisch auf seinem Handy aktualisiert wurden.

Eva tippte auf das letzte Foto. »Der kommt mir extrem bekannt vor. Hing ab und zu bei mir zu Hause im Innenhof rum. So eine Brutalovisage merke ich mir.« Sie scrollte zurück. »Und den.«

»Niko Böhnert?«

»Der da drückte sich auch bei uns am Haus rum.« Sie hob den Kopf und sah Lukas fragend an. »Was is'n das? Ein Kartell – oder was?«

»Sieht ganz danach aus«, bestätigte Lukas und wählte Sabines Nummer. Er hatte nicht den blassesten Dunst, was er jetzt tun sollte.

42

Das hier ist die Angst vor dem Tod, dachte Feli Bohnstett. Nicht der Wunsch nach Unsterblichkeit. Es sind zwei Paar Stiefel.

Der Nebel in ihrem Gehirn lichtete sich. Sie befand sich in einem Auto, auf dem Boden hinter den Vordersitzen, mit einer Decke über sich. Wäre der Liegeplatz nicht extrem hart gewesen, hätte die Fahrt sogar ganz bequem sein können.

Von mir bleibt jetzt nichts! Es war Gleichgültigkeit, die Feli erfasste, nicht Resignation. Nicht einmal eine Rose. Null. Weniger sogar. Eva wird meinen Krempel wegschmeißen und sich erleichtert mit ihren eigenen Problemen befassen.

Irgendetwas Hartes drückte in ihre Seite. Außerdem wurde ihr schlecht. Kotzübel. Sie begann zu würgen.

»Die Alte ist wach«, grunzte eine Stimme.

»Lass sie in Ruhe. Sie kann nichts machen«, erwiderte ein anderer.

43

»Es ist doch glaubhaft«, schlug sich Sabine auf die Seite des Praktikanten. »Feli Bohnstett weiß zu viel. Sie ist nie zu Hause angekommen, ihre Tochter macht geltend, dass sie, also die Mutter, sich auf einen gemütlichen Abend mit Licht und Heizung zu Hause gefreut hätte. Es ist stockfinstere Nacht, Kollegen, glaubt ihr, da stiefelt sie in der Stadt herum?«

»Oder auf einer Müllkippe«, warf Bley ein.

»Weil man im Dunkeln ja so gut sieht.« Sabine schüttelte den Kopf. Vollpfosten. Bley war in der Soko völlig fehl am Platz.

Allenstein zeigte auf. »Bei mir war ein Peter Rolfs. Hat ein Schrottgewerbe in der Nähe von Pommersfelden. Handelt mit Altmetallen. Er gibt an, in der Nacht vom 18. auf den 19. März einen Safe aufgeschweißt zu haben. Er sagt, er sei ihm von einem Typen angeliefert worden. Hat 5.000 Piepen für seine handwerkliche Dienstleistung bekommen. Selbstanzeige.«

»Was war drin in dem Safe?«, fragte Hardo.

»Geld. Außerdem hat der Knilch, der ihm den Safe gebracht hat, noch eine Box mit Kleinzeug drin und einen Stapel Papiere bei Rolfs auf dem Hof in den Müllcontainer geschmissen. Rolfs war das zu heiß. Er packte alles zusammen und entsorgte es bei nächster Gelegenheit auf der Deponie. Die Messie hat den Kram dann offensichtlich gefunden.«

»Das ist alles?« Sabine starrte Allenstein an.

»Rolfs schwört Stein und Bein, nicht mehr zu wissen als genau das.«

»Keine Ahnung, wer der Auftraggeber war? Der kann den Safe ja nicht per Fahrrad angeliefert haben. Hat Rolfs kein Autokennzeichen gesehen?«

»Er streitet das ab. Hätte nicht drauf geachtet. Ein Transporter brachte den Tresor. Angeblich gab es keine Absprachen. Der Typ kam einfach vorbei.«

Sabine grub die Finger in ihre langen Haare. Das durfte alles nicht wahr sein.

Das Telefon klingelte. Hardo nahm ab.

»Ja? – Wie – und da melden Sie sich erst jetzt?«

Er legte auf und sah ratlos in die Runde.

»Am Ende geht es womöglich um was ganz anderes«, stöhnte er. »Eine Lara Handwerker hat angerufen. Sie ist Walters' jüngste Exfreundin.«

»Mich laust der Affe!« Allenstein warf seinen Drehbleistift auf den Tisch. »Verdammte Weiber.«

»Halten Sie doch die Klappe!«, fuhr Hardo ihn an. »Raus, alle. Ich spreche alleine mit ihr.«

20 Minuten später klopfte es. Lara Handwerker war Mitte 20, klein, drahtig, kam in Jeans, Bluntstones und einem Flanellhemd.

»Guten Abend. Ich habe erst jetzt mitbekommen, was mit Max passiert ist. Ich war im Urlaub.«

»Sie sehen braungebrannt aus«, stellte Hardo fest.

»Wandern auf La Palma. Zwei Wochen. War schön.«

»Ohne Walters.«

»Mit einer Freundin. Zwischen Max und mir ist es aus gewesen. Vor vier Wochen. Deswegen bin ich mit meiner Freundin weggefahren.«

Mit einer Handbewegung bot Hardo der Frau Platz an.

»Max und ich hatten den Urlaub eigentlich zusammen geplant. Er motzte oft rum, dass er nie rauskommt und hinter seinen Akten verschimmelt. Er hatte nicht mal Zeit für die Muckibude. Ich habe ihm vorgeschlagen, lass uns wegfahren, und dann habe ich das Angebot gesehen, zwei Wochen Wanderurlaub auf La Palma. Genügend Zeit zwischendurch, um im Hotel zu chillen. Massagen, Yoga, Malen.«

Hardo hatte seit gefühlten 300 Jahren keinen Urlaub mehr gemacht. Schon gar nicht gechillt.

»Aber Sie sind dann mit einer Freundin gefahren?«

»Ich habe die Reise kurz nach Neujahr gebucht. Max hat sich gefreut. Hat er jedenfalls gesagt. Aber dann häuften sich die Mandate. Er hatte seltsame Arbeitsrhythmen. Manchmal bekam er innerhalb weniger Tage einen Haufen Sachen zu tun. Alles musste auf einmal erledigt werden. Er wurde unausstehlich. Ich habe ihn dann tagelang nicht zu Gesicht gekriegt.«

»Haben Sie deshalb gestritten?«

Lara Handwerker nickte wortlos.

Hardo strich sich über die Glatze. Er begann zu schwitzen. Lara Handwerker hatte mit Walters' Tod nichts zu tun. Das Alibi würden sie schnurstracks überprüfen. Doch als Zeugin war sie vielleicht ein Glücksfall. Vielleicht.

»Was wissen Sie über Walters' Mandantschaften?«

»Pfff! Nichts! Er hat nie über seine Arbeit geredet. Mit mir jedenfalls nicht. Wir waren ein knappes Jahr zusammen.«

»Was machen Sie beruflich?«

»Ich bin die Geschäftsführerin eines Sonnenstudios.«

Hardo fühlte die Schweißperlen auf seinem Kopf größer werden. Manches machte ihn aggressiv. Sonnenstudios zum Beispiel. Er wusste nicht, warum, aber allein ihre Existenz ging ihm auf die Nerven.

»Ich meine, mit Max und mir wäre es wahrscheinlich sowieso nichts geworden«, plusterte Lara Handwerker sich auf.

»Sie haben sich getrennt«, hakte Hardo schnell nach. »Was war der Grund?«

»Es war am 21. März. Frühlingsanfang. Wir hatten ausgemacht, wir verbringen den Abend gemeinsam. An einem 21. haben wir uns kennen gelernt. Ich wollte gern, dass wir einmal im Monat was zusammen unternehmen. Ohne Handy. Kino, danach nett essen gehen. Übernachten im Hotel.«

Keine schlechte Idee, dachte Hardo. Er ahnte, dass Katinka sich für diese Art der Traditionspflege erwärmen würde. Leider hatte er nicht den leisesten Schimmer, an welchem Datum sie einander zum ersten Mal begegnet waren. Katinka erinnerte sich vermutlich genauso wenig.

»Dann allerdings, wir standen schon im Kino und hatten die Eintrittskarten in der Hand, läutete sein Handy. Ich war sauer. Wir hatten ausgemacht: einmal im Monat ohne Handy. Mann, Max holte schließlich keine Unschuldigen aus irgendwelchen Polizeiverhören raus!« Lara lächelte. Ein Glitzerstein auf ihrem makellosen Gebiss blitzte auf. »Sorry. War nicht abwertend gemeint. Jedenfalls: Max hatte immer sein Handy an, und wir gingen nie gemeinsam essen oder irgendwo hin, ohne dass es zigmal klingelte. Deswegen bestand ich drauf, dass es am 21. abgeschaltet war.«

»Wer war der Anrufer?«

»Mandantschaft. Wichtige.«

»Haben Sie einen Namen mitbekommen?«

»Nein, ich glaub nicht.« Sie runzelte die Stirn. »Ich kann mich an keinen Namen erinnern.«

»Und dann?«

»Dann drückte Max mir die Kinokarten in die Hand. ›Ich muss weg‹, hat er gesagt. Es klang total alarmiert. Mehr hat er nicht gesagt. Nur ›Ich muss weg‹. Er rannte durch das Foyer davon, ich starrte ihm hinterher, dann gab ich jemandem die Tickets und lief ihm nach. Sah, wie er in ein Taxi sprang. Weg war er. Am nächsten Morgen habe ich ihn angerufen und ihm gesagt, dass Schluss ist. Es hat ihm überhaupt nichts ausgemacht.«

»Um wieviel Uhr kam der Anruf im Kino?«

»Ich weiß nicht mehr genau. Um 20.30 sollte der Film losgehen. Das Handy klingelte ungefähr fünf Minuten vorher.«

»Walters ist gefoltert worden. An den Folgen ist er gestorben.«

»Scheiße.« Laras Augen füllten sich mit Tränen.

»Haben Sie eine Vorstellung, wer …«

»… das gemacht haben könnte? Du lieber Himmel, nein! Wer macht denn so was!«

»Kennen Sie Bekannte, Freunde, Geschäftspartner von Walters?«

»Der hatte keine Freunde.« Lara rieb sich die Schläfen. »Das hat mir oft zu denken gegeben. Jeder hat Freunde! Leute, mit denen man einen trinken geht oder ins Schwimmbad.«

»Kollegen?«

»Max hat ganz isoliert gelebt. Wenn man ihn nicht gefunden hätte, mitten auf dem Gartengelände – vermisst hätten ihn höchstens seine Mandanten.«

»Sie haben keine Ahnung, wer ihn an dem Abend angerufen hat?«

»Nein!« Sie zuckte die Schultern. »Wirklich nicht.«

»Warten Sie einen Augenblick.« Hardo ging in Sabines Büro. Sie diskutierte mit dem Praktikanten.

»Kerschensteiner, überprüfen Sie noch mal die Handyverbindungen von Walters. Am 21. abends hat er einen Anruf bekommen. Ungefähr um 20.25. Checken Sie, woher der Anruf kam. Und die anderen Telefonate an diesem Abend.«

»Geht klar, Chef. Er ist also nicht schwul, was? Walters, meine ich.«

»Eher nicht.«

Hardo ging zurück ins Büro. Lara Handwerker saß genauso da wie eben. Sie sah ihn an, und er las in ihren Augen die Hoffnung, er würde ihr nun erklären, was passiert war.

»Lieben Sie ihn noch?«, fragte er zu seinem eigenen Erstaunen.

»Ich habe ihn nie geliebt. Ich fand ihn knuffig. Irgendwie liebenswert. Humorvoll. Aber … ach, verdammt.« Sie begann zu weinen, hatte sich aber sofort wieder im Griff. »Ist das wichtig?«

»Haben Sie eine Ahnung, ob er Feinde hatte? Leute, die ihm wirklich ans Leder wollten?«

»Er hatte bestimmt eine Menge Feinde. Ich meine, immerhin die Anwälte der Gegner. Oder?«

Hardo vergegenwärtigte sich die Liste an Anwälten und Prozessgegnern, Klägern und Zeugen, die alle einen Grund gehabt hätten, auf Walters sauer zu sein. Doch ein wirkliches Motiv hatte die Soko aus keiner der möglichen Konstellationen herausfiltern können. Foltern und den Tod in Kauf nehmen – das zeugte von überschießender Brutalität. Liebe und Hass wären als Motive in Frage gekommen, aber dazu besaßen sie ebenso wenig einen Anhaltspunkt. Lara Handwerker hatte ein Alibi. Er traute ihr die Tat nicht zu. Eine saubere Affekthandlung, ein Kurzschluss, das konnte jeden Menschen zum Mörder machen. Aber Folter …

»Walters nahm Medikamente.«

»Ja, einen Blutgerinnungshemmer. Er hatte mal einen Infarkt.«

»Wer wusste davon?«

»Sein Arzt natürlich. Und seine Sekretärin. Die wusste es, weil sie ihn nämlich ab und zu daran erinnern musste, die Tabletten zu nehmen. Bis er dann seine Handyuhr eingestellt hat. Die piepste, und Max schluckte das Axapradam.« Lara Handwerker stöhnte leise. »Ich weiß nichts über die Leute, für die er arbeitete. Nicht die leiseste Vorstellung, wer die überhaupt sind.«

Hardo drehte den Laptop so, dass Lara auf den Bildschirm schauen konnte. Er zeigte Fotos von Wellmann, Korin, Jollet, Böhnert, Kriwanek, Bauer, Yildirim.

»Nein. Ich kenne keinen Einzigen.«

Er sagte die Namen auf. Sie zeigte keine Reaktion.

»Hatte Walters etwas mit Rosen am Hut?« Hardo gab die

Hoffnung auf eine positive Antwort auf. Hier war nichts zu holen. Die Frau war geknickt, ein wenig zornig. Konnte nicht weiterhelfen und konnte nichts dafür.

»Nein. Er hat mir nie Blumen mitgebracht.« Sie hob den Arm. »Hier. Die Uhr hat er mir geschenkt.«

Hardo betrachtete die bunte, superflache Swatch an Laras Handgelenk. Knauser! Auf Max Walters' Konten wanderten Supernovabeträge hin und her. Aber seiner Freundin schenkte er eine Armbanduhr für 39 Euro.

»Nett«, kommentierte er.

»Nett? Beknackt.« Sie nahm die Uhr ab und legte sie auf den Tisch. »Kann ich gehen?«

»Sicher. Falls ich noch Fragen habe …«

Sie legte eine Visitenkarte neben die Uhr und ging.

Hardo sah auf die Karte. Lara Handwerker, Sonnenstudio Florida Beach. Oh Herr, lass Morgen werden, dachte Hardo.

»Chef?« Sabine schlüpfte in Hardos Büro. »Dieser Peter Rolfs … ich will Allenstein heißen, wenn das nicht der Safe aus Korins Villa war!«

»Die Frage ist nur, warum Rolfs erst jetzt damit rausrückt«, knurrte Hardo.

»Aus Angst?«, schlug Sabine vor.

»Muss man nicht mehr Angst haben, wenn man singt?«

»Wir brauchen mehr Leute. Die Puzzleteile können jedenfalls nicht bis zur Morgenbesprechung warten.«

Hardo nahm Lara Handwerkers Swatch in die Hand und hielt sie ins Licht. »Brauchen Sie zufällig eine neue Armbanduhr?«

44

Zwei Hände packten Feli Bohnstett und zerrten sie aus dem Wagen. Um sie herum herrschte stockfinstere Nacht. Ein Mann hielt sie mit Armen wie Schraubzwingen. Ein anderer verschwand in den Schatten.

»Halt bloß die Klappe, Alte«, raunte der Mann, der sie hielt.

Feli hätte, selbst wenn sie die nötige Bewegungsfreiheit besessen hätte, nicht mal mit den Zehen gewackelt. Sie war völlig benommen, ihr Kreislauf machte Sperenzchen. Grauweiße Pünktchen wirbelten vor ihren Augen. Wahrscheinlich würde sie in der nächsten Minute umkippen, und dann war sowieso alles egal. Zu schade, dass sie es nicht geschafft hatte, Frieden mit ihrer Tochter zu schließen. Aber das würde sie in 100 Jahren nicht bewerkstelligen, dazu war die Geschichte zu kompliziert, zu verwickelt. Felis Knie begannen zu zittern.

»Halt ruhig!«, knurrte ihr Bewacher.

»Mir ist schlecht«, gab Feli zurück. Im Angesicht des Todes brauchte man sich keine Gedanken über Höflichkeit zu machen.

Er ließ sie los, und sie sackte auf den Boden, wo sie sich übergab. Der Typ fluchte. Aus den Augenwinkeln sah Feli, wie massig er war. Ein wahrer Fleischklops. Sie würgte.

Der andere Mann kam zurück. Er war um einiges dünner als der, der Feli festgehalten hatte, und außerdem jünger. Seine Stimme klang ausgelaugt. Die beiden flüsterten miteinander. Feli drehte sich auf den Rücken, um ihr eigenes Erbrochenes nicht riechen zu müssen. Sie sah die Umrisse eines stockfinsteren Hauses. Rechts und links türmte sich Schrott auf. Ausgeschlachtete Autos, sogar ein

LKW, Rohre, Bleche, eigenartige Formen, die sich gegen die Dunkelheit lehnten.

»Ich habe seine Knarre«, hörte Feli den Bulligeren der beiden sagen. Sie sah, dass seine Hände in feinen Handschuhen steckten. Er steckte sich eine Zigarette an. Der Lichtschein des Feuerzeugs beleuchtete kurz sein Gesicht. Eine Visage wie aus einem Gangsterfilm. Feli Bohnstett, die sich zeitlebens gegen Klischees aufgelehnt hatte, geriet ins Grübeln.

Die Zigarette glühte auf.

»Also, wie machen wir's?«, fragte der andere. Ein Hänfling, fand Feli. Verdammt, was war ihr schlecht.

45

Mut hatte Dante, das musste Katinka anerkennen. Er war bei Hayat reingeschneit, verkabelt, und gab nun eine krause Geschichte zum Besten, die Katinka die Haare zu Berge stehen ließ.

Sie hatte sich nicht getäuscht. Mutter Canavar war bei Hayat untergekrochen. Özlem auch. Nur Markus fehlte.

Ungläubig lauschte sie Dantes Geplapper. Er schriebe eine Story über gelungene Integration. Er brauchte eine Familie türkischer Abstammung, in der Töchter lebten. Integrierte Töchter, Bildungsinländerinnen. Berufstätige Frauen, die sich nichts bieten ließen, weder von deutschen noch von türkischen Männern. Hayat wäre da eine ganz große Nummer.

Katinka grinste. Während sie den Antworten der Canavars lauschte, die sich hörbar geschmeichelt und verunsichert zugleich fühlten, tippte sie auf Dantes iPad herum. Er war noch in Facebook eingeloggt. Markus Tremels Profil enthielt eine Menge Postings über Autos. Er stand offenbar auf Porschemotoren, hatte eine Menge tiefschürfender technischer Informationen an seine Pinnwand geschrieben und Links angegeben. Katinka checkte seine Interessen durch. Ein paar Heavy Metal Bands waren da verzeichnet, die er mochte. Bücher über Technik. Sie klickte auf ›Freunde‹. Unter ›Verwandte‹ war eine Cousine namens Regine Meyer angegeben. Sie lebte in Rostock. Facebook bot ungefragt ein paar Links an. ›Wenn du Markus Tremel kennst, kennst du vermutlich auch Max Walters.‹

»Was?«, rief Katinka laut. Sie beugte sich tiefer über das iPad. Schnell hatte sie heraus, dass Markus Tremel und Max Walters gemeinsam die Schulbank am Bamberger Dientzenhofer-Gymnasium gedrückt hatten. Katinka klickte auf Max Walters' Profil. Geschützt. Man musste eine Freundschaftsanfrage versenden, was nunmehr sinnlos war.

Vielleicht Facebook-Mobbing, überlegte Katinka, als Mordmotiv käme das nicht zum ersten Mal vor. Sie rief Hardo an, während Dante mit den drei Frauen über kulturelle Verschiedenheiten diskutierte. Irgendwie hatte er sich verrannt.

»Was ist?«, raunzte Hardo.

»Ich störe, aber ich …«

»Kann man sagen, ja.«

»… habe eine wichtige Information. Zwei Fälle wachsen zusammen, Hardo: Max Walters ist ein Schulkamerad von Markus Tremel. Dem Mann, dessen Freundin meine Schutzperson ist. War.«

»Verdammte …«

»Verdammte Axt, meine Rede! Es muss einen Zusammenhang geben.«

»Feli Bohnstett ist verschwunden, ihre Tochter wird von einem Typen beschattet, ich muss Manfred Korin mindestens als Zeugen auftreiben, aber der ist abgetaucht.«

»Seht zu, dass ihr an Walters' Facebook-Daten rankommt. Sein Profil ist geschützt.«

»Verstehe.«

»Lass es den Praktikanten machen«, riet Katinka. »Der steht mit Sozialen Netzwerken bestimmt auf du und du. Habt ihr eigentlich irgendwas aus diesem Böhnert rausgekriegt, bevor ihr ihn habt abzwitschern lassen?«

»Nicht eine Silbe. Entweder war er von selbst clever genug, nichts zu sagen, oder er hat beste Instruktionen erhalten. Aber Eva Braun, Bohnstetts Tochter, hat ihn und Udo Jollet auf Fotos identifiziert. Die beiden lungerten bei ihr im Hof herum.«

»Dann hängen alle Personen drin. Braun und Bohnstett, die Putzfrau … wobei … die ist erst mal weg.«

»Das regeln wir schon«, sagte Hardo. Er senkte die Stimme. »Der Staatsanwalt hat sich angesagt. Wird jede Minute hier sein. Ich melde mich wieder.«

Katinka öffnete den Mund. Sie war drauf und dran zu sagen: Hardo, wir sind am Haus von Hayat Canavar in Bug. Aber in der Leitung hatte es klängst geklickt.

Sie steckte das Handy ein und stieg aus. In ihrem Headset hörte sie Özlems trockene Stimme über Gewalt von Männern gegen Frauen salbadern. Gemeinplätze, wie sie in jeder Frauenzeitschrift aufgetischt wurden. Dante kam nicht weiter.

Katinka fühlte die Beretta im Holster, kaltes, schweres Metall. Behutsam drückte sie die Autotür zu. Es klickte leise.

Hayat wohnte ganz am Rand von Bug, in einem ehemaligen Bauernhof. Er lag ein wenig höher als das Dorf. Katinka konnte den Fluss sehen. Das Mondlicht spiegelte sich darin, bevor eine Wolke es verschluckte. Eine dunkle, geheimnisvolle Nacht. Ein wenig zu kühl, um romantisch zu sein, aber der April machte seinem wechselhaften Ruf eben alle Ehre.

In einer Woche würde die Landesgartenschau eröffnen. Treffpunkt Natur. Brimborium für die Presse und die Verantwortlichen, Sponsoren und Politiker. Die sogenannten Medienpartner hypten seit dem Ohrfund eine Geschichte von Liebe und Hass. Der Botaniker, den Hardo beauftragt hatte, fummelte vermutlich noch in seinem Labor herum, um herauszufinden, ob die Hagebutten und die Rosen zusammengehörten.

Katinka umkreiste das alte Gebäude. Sandstein und Fachwerk, sehr sorgfältig renoviert. Ein Nebengebäude, verfallen. Da hatte das Geld nicht mehr gereicht. Sie rief sich das Haus in der Concordiastraße in Erinnerung. Ein Projekt, eine fixe Idee vielmehr. Aufbruch ins Unbekannte, spöttelte Katinka im Stillen. Als könnte ich nicht bei dem bleiben, was ich habe. Aber was habe ich eigentlich? Ziele erreicht. Job, Mann, alles im grünen Bereich. Und jetzt?

Es war ganz still im Ort. Weit weg kläffte ein Hund. Lange und vorwurfsvoll. Katinka stellte ihr Handy auf Vibration und schob es in die Jeanstasche. In ihrem Ohr stritt Dante mit Hayat. Warum auch immer. Irrelevant. Es geht nicht um Türken und Deutsche, Dante, dachte Katinka. Krieg endlich die Kurve.

Vielleicht sollte sie klingeln und Özlem auf den Zahn fühlen. Vor allem, was die Verbindung zwischen ihrem Freund Markus und Max Walters betraf.

Sie umrundete das alte Haus und blieb unter einer Robinie stehen. Die Sache würde eskalieren. Wenn Özlem es dumm angestellt hatte, dann war jemand ihr dicht auf den Fersen geblieben, seit sie aus dem Ibis abgehauen war. Und dieser Jemand konnte jetzt hier sein.

46

Kohlschwab zierte sich.

»Korin zur Fahndung ausschreiben? Nun übertreiben Sie aber, Hauptkommissar.«

Hardo schlug mit der Faust auf den Tisch. »Himmel Herrgott Sakra … ich brauche den Mann. Es läuft alles auf ihn hinaus.«

Sabine zählte an den Fingern einer Hand auf, was sie hatten. Eine Verbindung zu seinem Angestellten, dessen Fingerabdrücke auf den Rosenpapieren waren. Eine Verbindung zu Kriwanek, ebenfalls auf seiner Gehaltsliste. Schließlich Theo Bauer, Rosenexperte, verstümmelt. Feli Bohnstett, Rosenexpertin, verschwunden.

»Na und?« Zornig hievte Kohlschwab seinen massigen Körper aus dem Stuhl. »Was hat die alte Messie mit dem Fall zu tun?«

»Udo Jollet, Korins Angestellter, hat mehrfach Eva Braun, Bohnstetts Tochter, nachgestellt. Wir haben glaubwürdige Zeugenaussagen«, resümierte Hardo. »Wieder ein Hinweis auf Korin. Bei ihm laufen die Fäden zusammen.«

Der Praktikant hob zögernd die Hand. »Ich bin den Einzelverbindungsnachweis von Manfred Korins Handy durchgegangen. Bevor die Hand gefunden wurde, also vor dem 13.4., hat er mehrmals mit Yildirim telefoniert. Am 9., 10., 11. und 12. April. Das letzte Mal um 23.55.«

Alle Blicke wandten sich dem Praktikanten zu. Er wurde flammend rot.

»Wer hat denn diese Daten angefordert?« Kohlschwab hielt die Arme locker an der Seite, wie ein Boxer in der Aufwärmphase. Er ließ den Blick über die Anwesenden schweifen. »Sie hatten, soweit ich weiß, nur die Daten rund um den Mord an Walters?«

»Ich«, piepte Lukas.

»Heidewitzka!« Hardo schlug sich auf die Oberschenkel. »Ausgezeichnete Arbeit, Baumeyer. Kerschensteiner, fahren Sie ins Klinikum und ziehen Sie Yildirim aus dem Bett.«

Sabine setzte sich die Uniformmütze auf. »Willst du mit?«, fragte sie Lukas.

»Zieht schon Leine.« Hardo beugte sich vor. Er sah bunte Pünktchen vor seinen Augen tanzen. »Wir brauchen die Fahndung nach Korin. Jetzt.«

Kohlschwab lehnte sich ächzend an einen Schreibtisch, der unter seinem Gewicht ein paar Zentimeter wegrutschte. »Ich kümmere mich drum.«

»Außerdem müssen wir in die Villa.«

»Einen Durchsuchungsbeschluss?« Der Staatsanwalt sah entsetzt auf.

»Wovor haben Sie Angst?« Hardo verschränkte die Arme. Langsam vorgehen jetzt, den Mann nicht drängen.

»Das ist viel zu wackelig«, wehrte sich Kohlschwab. »Auf welcher Basis? Verdächtigen Sie Korin, Walters ermordet zu haben?«

»Ich habe den Verdacht, dass er die Verstümmelungen und die Folterung von Walters in Auftrag gegeben hat. Mag sein, dass er nicht mit dem Ableben des Anwalts gerechnet hat. Oder wusste er, dass Walters den Blutgerinnungshemmer schluckte?« Hardo schnappte sich sein Telefon und rief Walters' Ex an.

»Ja?«, kam es verschlafen.

»Entschuldigen Sie, Frau Handwerker, aber es ist wirklich wichtig. Wer wusste von dem Axapradam, das Walters einnahm?«

»Habe ich doch gesagt. Seine Sekretärin.«

»Wie oft nahm er die Tabletten?«

»Dreimal täglich.«

»Hatte Max Walters öfter ein Geschäftsessen?«

»Ja, hatte er.« Lara Handwerker schien zu überlegen. »Eigentlich traf er sich fast täglich mit irgendwelchen Geschäftspartnern zum Lunch.«

»Gut.« Hardo machte sich eine Notiz. »Sagt Ihnen der Name Manfred Korin etwas?«

Stille am anderen Ende der Leitung. Hardos Herz begann zu rasen. Der Schweiß brach ihm aus. Sein Kopf brummte plötzlich, als wollte er zerspringen. Der Stress machte ihm mehr zu schaffen, als er wahrhaben wollte. Es konnte Jüngere zerreißen. Leute wie Walters. Hardo atmete tief durch.

»Max hat mal ein Telefonat geführt, in dem der Name vorkam.«

»Sie waren dabei?«

»Ja, im Restaurant«, seufzte Lara Handwerker.

Selbstmitleid war auch ein Leid. Davon war Hardo überzeugt. Er hatte die Frau nach Korin gefragt, als sie bei ihm im Büro gesessen hatte. Offenbar benötigte ihr Erinnerungsvermögen eine längere Aufwärmphase. »Hat Walters mit Korin gesprochen oder über ihn?«

»Mir kam es vor, als würde er über ihn sprechen. Dass er ihn demnächst anrufen würde.«

»Wann war das?«

»Vielleicht vor zwei, drei Wochen.«

»Kennen Sie Markus Tremel?«, fragte Hardo weiter und ignorierte Kohlschwabs genervtes Augenrollen. Der Staatsanwalt sehnte sich nach Hause, in sein Anwesen, zu seinem Weizenbier.

»Klar. Ein Kumpel von Max. Eigentlich der einzige Freund aus seiner Jugendzeit. Wenn man so will.«

»Sie sagten, Walters hatte vor lauter Arbeit gar keine Zeit für Freundschaften.«

»Das stimmt. Aber Markus war eine Ausnahme. Weil … Markus interessierte sich für Automotoren, und er schrieb Bücher darüber. Über die technischen Sachen, meine ich. Er schenkte Max eine seiner Neuerscheinungen, Max freute sich, und wir gingen mit Markus essen.«

»Wann?«

»Kurz nach Weihnachten. Oder halt! Nach Silvester. Am 3. oder 4. Januar.«

»Brachte Markus seine Freundin mit?«

»Özlem? Die konnte nicht. Angeblich. Sympathisch war die mir nie. Machte immer einen auf beschäftigt. Wie viel sie zu tun hat und wie unglaublich wichtig sie ist.«

»Erzählen Sie mehr über die Freundschaft zwischen den beiden Männern.«

»Das war das letzte Mal, dass wir uns trafen. Ich glaube nicht, dass Max alleine mit Markus um die Häuser zog. Das hätte er mir erzählt. Max hat eigentlich von früh bis spät nur gearbeitet.«

Hardo kam in den Sinn, ob Katinka über ihn selbst eine ähnliche Auskunft geben würde, wenn man sie fragte. Er bedankte sich bei Lara und legte auf.

»Na?«, machte Kohlschwab.

»Wo sind meine Leute?«

»Im Klinikum, andere Leute aus dem Bett ziehen.« Kohlschwab hatte sichtlich Spaß an seiner zynischen Bemerkung.

»Ich brauche«, Hardo sprach zu sich selbst, als habe er den Staatsanwalt in seinem Büro längst vergessen, »die Handyverbindungen von Walters. Dann die von Tremel. Ich muss außerdem nachsehen, ob Markus Tremel ein offizieller Mandant von Walters war. Heilige Muttergottes, wo sind die Unterlagen?«

»Hauptkommissar …«

»Mit Verlaub.« Hardo, der sich über einen Stapel Akten gebeugt hatte, richtete sich auf. Er spürte die Hitze in seinem Gesicht und wie ihm der Schweiß über die Schläfen rann. »Ich dampfe aus jedem Knopfloch und soll Sie jetzt auch noch motivieren, am selben Strang zu ziehen?«

»Ich finde …«

»Fahndung nach Korin! Unterlagen über Tremel zusammentragen. Hoffentlich taucht Kerschensteiner bald auf.«

»Wo sind denn die anderen Soko-Mitglieder?« Kohlschwab drehte sich im Kreis, unbeholfen wie ein Albatros.

»Bley und Allenstein. Kroppzeug!« Hardo griff nach dem Telefon. »Denen mache ich Beine.«

»Weshalb die Eile?«

»Weil«, fing Hardo an. Er hatte einfach keine Lust, diesem Strohkopf von Staatsanwalt irgendwas zu erklären. In seinem Kopf hämmerten dumpfe Schläge. »Weil Feli Bohnstett verschwunden ist.«

47

Feli lag hilflos am Boden. Der eine der beiden Männer, der mit der Brutalo-Visage, hielt ihr die Knarre vors Gesicht.

»Nicht bewegen, Tante!«, knurrte er.

Der zweite fuhr das Auto vom Hof und kam dann zu Fuß zurück.

»Du bewachst die Alte!« Der Brutalo gab dem Dünnen die Waffe.

»He!«, schrie Feli.

Der Brutalo versetzte ihr einen Tritt in die Magengrube.

Für einen Moment war alles schwarz vor Felis Augen. Dann drehte sie den Kopf und übergab sich erneut. Es war nichts mehr im Magen. Nur Galle kam hoch.

»Ekelhaft«, grinste der Typ. »Leg dich nie mit Udo an. Klar? Du kannst schnell sterben oder dich quälen. Wähle selbst.«

Feli rang nach Luft. Der ständige Streit mit Eva war alles, was ihr im Kopf herumspukte. Ohne diese ganze miese Mutter-Tochter-Kiste könnte sie vielleicht sogar ganz entspannt ins Gras beißen. Was hatte sie schließlich noch zu erwarten außer einer Menge Bürokratiekram.

»Ich hole ihn jetzt«, bestimmte Udo. »Pass auf die Lady auf.«

»Die ist sowieso fertig«, setzte der andere an.

»He, Pflaume!« Udo packte den Dünnen am Revers. »Bau keinen Mist, klar?«

»Aber der Chef hat von den beiden hier keine Silbe gesagt! Jedenfalls nicht von der Alten!«

»Der Chef ist der Chef. Und wer bin ich?«

Der andere wand sich. »Der zweite Chef.«

»Und da der erste nicht hier ist und eine ganze Weile nicht hier sein wird, liegt dein Schicksal in meiner Hand. Kapiert?«

»Ist klar.«

»Mögliche Zeugen werden eliminiert. Die beiden Kacker hier werden nichts mehr preisgeben.«

»Aber …«

»Schnauze.« Udo ging über den Hof. Er machte dabei allerhand Lärm. Feli hörte metallisches Krachen, Blech, das sich bog, Dinge, die übereinander rutschten und auf dem Boden aufschlugen.

Im Haus ging Licht an.

»Wer ist da?«, rief eine Männerstimme.

Erneutes Rumpeln.

Feli blinzelte. Sie fragte sich, ob sie es schaffen konnte, ein paar Meter weit zu robben. Weg von dem Dünnen mit der Waffe in der Hand. Rüber in die Dunkelheit, zu all dem Schrott, wo sie sich ohnehin am wohlsten fühlte. Sie schluckte und kroch ein winziges Stück weg von ihm.

»He, Alte!«, zischte ihr Bewacher.

Es hatte keinen Zweck. Die Schmerzen in ihrem Körper unterliefen jeden Fluchtimpuls.

»Ist jemand da draußen?«, rief der Mann vom Haus her. Feli sah im ersten Stock eine menschliche Silhouette am Fenster stehen.

Wenn sie uns kalt machen wollen, warum tun sie's nicht?, rätselte sie. Von weiter hinten im Hof hallte ein Scheppern herüber. Der Mann verschwand vom Fenster.

Felis Mund entrang sich ein Röcheln. Sie sah in den Lauf des Revolvers. Wahrscheinlich war die Sache hiermit gelaufen. Wenn auch sonst ihr Leben niemandem viel gebracht hatte – wenigstens konnte sie den Mann dort im Haus warnen. Wenn der am Leben bliebe, wäre nicht etwas gewonnen? Warum all das Getue um Rosen und Unsterblichkeit, wenn diese letztlich eine lächerliche Illusion war?

Sie hörte, wie eine Tür sich quietschend öffnete.

»Abhauen!«, krächzte Feli. Das war keine Stimme mehr, das war bloß ein heiseres Kratzen, wie Schrottteile eben, die aneinander rieben.

»Scheiße, Alte!« Der Dünne tänzelte vor ihr herum wie eine nervöse Stute. »Halt den Rand!«

»Abhauen!«

»Scheiße! Klappe halten!« Der Mann fuchtelte mit dem Revolver herum. »Halt 's Maul! Der Udo, der knallt uns beide ab!«

»Haste Angst?«, ächzte Feli.

»Halt 's Maul!«

»Wer ist da?« Ein Lichtschein zuckte über den Hof.

Feli hustete. Der Dünne trat ihr auf den Arm. Zahm, beinahe behutsam, jedenfalls im Vergleich mit dem anderen.

»Die sind zu zweit!«, japste Feli. In ihrem Kopf summte es. Plötzlich schien die Zeit still zu stehen. Kein Geräusch störte mehr die Stille unter dem schwarzen Himmel.

Wie aus dem Boden gewachsen, zwischen all dem Schrott und Altmetall, richtete Udo sich vor ihr auf. Felis Herz setzte ein paar Schläge aus.

»Idiot. Schieß!«

Der Dünne richtete den Revolver auf Udo.

»Doch nicht auf mich, du Trottel!«

Feli biss die Zähne zusammen. Mit schier übermenschlicher Kraft rollte sie ein paar Mal um ihre eigene Achse, weg von dem Dünnen, stieß an ein dickes Rohr, brüllte vor Schmerz, schlang ihre Arme um das Rohr und wälzte es wie ein Schutzschild vor sich.

Ein Schuss zerfetzte die Nacht. Die Kugel streifte das Rohr. Funken sprühten.

»Irrer!«, jaulte Udo auf. Er schwang seinen Arm in die Höhe, und im Widerschein des Lichtes, das immer noch über den Hof zuckte, sah Feli die überlange Klinge durch die Luft schneiden, seitwärts auf das Bein des Dünnen zurasen.

Sein Schmerzensschrei schien von allen Seiten widerzuhallen. Der Revolver flog aus seiner Hand und landete irgendwo zwischen dem Schrott. Der Dünne brach zusammen. Sein rechtes Bein war knapp unterhalb des Knies sauber durchtrennt.

»Fuck!«, brüllte Udo.

Er rannte gebückt vom Hof. Wenige Sekunden später sprang ein Motor an.

48

Katinka drückte auf die Klingel. In ihrem Headset wurde es still. Sie nahm es ab und stopfte es in den Rucksack.

»Wer ist da?«, fragte eine Stimme gedehnt.

»Palfy.«

Es blieb still hinter der Tür.

»Hallo? Hayat? Özlem?«, rief Katinka. »Lassen Sie mich rein. Es ist wichtig. Es geht um Ihre Sicherheit!«

Wie blöd kann man sein, dachte Katinka, während hinter der Tür heiß auf Türkisch diskutiert wurde. Sie ließ ihren Blick schweifen. Unter der Beleuchtung vor der Haustür war sie weithin sichtbar. Sie hatte das Gefühl, dass etwas nicht stimmte, dass jemand die gleichen Schlüsse wie sie längst gezogen hatte. Sie ahnte, dass Özlem ein Opfer war, dem demnächst ein Finger oder mehr fehlen würde, wenn sie nicht schleunigst ein paar Sicherheitsmaßnahmen ergriffen.

»Özlem, wenn Sie nicht morgen früh als Garnitur eines Rosenkissens auf der ERBA-Insel liegen wollen, dann machen Sie auf, Himmel Herrgott!«

Ein Schlüssel wurde umgedreht. Die Tür ging auf. Eine großgewachsene Frau stand da.

»Ich bin Dilek. Özlems und Hayats Mutter.«

»Hallo!«, sagte Katinka überflüssigerweise und glitt durch die Tür. »Schließen Sie wieder ab.«

Özlem und ihre Schwester standen in der Diele und starrten Katinka mit hasserfülltem Blick an. Sie blickte sich rasch um. Ein alter, grober Holzboden, holzgetäfelte Wände, zu viel Landhausstil für ihren Geschmack. Es roch nach Bohnerwachs. Zwei Türen führten von der Diele weg und eine breite Treppe hinunter zum Keller und hinauf ins Obergeschoss.

»Was soll das?«, knurrte Özlem.

Die beiden Schwestern sahen einander kaum ähnlich. Özlem groß, kantig und knochig, sie schien nach der Mutter zu gehen. Hayat dagegen zierlich, mit einem zarten Gesicht und beinahe knabenhaft schlank, das Haar zu einem akkuraten Bob getrimmt.

»Wischnewski, wo sind Sie?«

Er kam zu ihnen in die Diele. »Das Interview kann ich knicken.«

»Sind alle Fenster geschlossen? Was ist mit Kellertüren?«

»Worum geht es?« Dilek Canavar stemmte die Hände in die Hüften. Sie überragte Katinka ein gutes Stück. Ihr Haar lag lang und lockig auf ihren Schultern, eine üppige Melange aus Silber und Schwarz.

»Özlem?«, fragte Katinka. »Soll ich anfangen, und Sie ergänzen, was fehlt?«

Özlem schnaubte nur.

»Sie haben mir eine schöne Geschichte aufgetischt. Von wegen, dass Ihre Brüder Sie verfolgen und umbringen wollen. Sie haben einen ganz anderen Feind. Im Sinne der Lebensrettung sollten wir den Klartext zu lesen kriegen!«

»Brüder?«, fragte Dilek verwundert.

Özlem und Hayat wechselten Blicke.

»Bevor Ihre Töchter sich entscheiden, Piep zu sagen«, wandte Katinka sich an Dilek, »könnten wir beide einen Gang durchs Haus machen?«

Sie eilten vom Keller bis zum Dachboden, überprüften Türen, schlossen Fenster. »Özlem hat Probleme. Wussten Sie das?«, fragte Katinka.

»Schulden hat sie. Das ist ihr Problem. Alles andere …«

»Wovor hat Özlem Angst?«

»Dass ihre Gläubiger ihr auf die Zehen steigen! Nehme ich zumindest an. Sie teilt sich mir nicht mit, wissen Sie. Jammerte schon als junges Mädchen, ich würde sie kontrollieren, das sei nicht auszuhalten. An ihrem 18. Geburtstag ist sie ausgezogen. Und erst wieder eingezogen, als sie kein Dach mehr über dem Kopf hatte. Hat eine Wohnung gekauft und sich damit durch und durch ruiniert.«

»Wer sind die Gläubiger?«

»Wenn ich das wüsste! Irgendwie hängt alles an diesem Markus.«

»Özlems Freund.«

»Özlem war durch das private Insolvenzverfahren endlich frei. Die Dinge schienen in Ordnung. Hayat wollte ihr helfen, einen Job als Sekretärin in der Schule zu kriegen, wo sie Lehrerin ist.«

»Zu langweilig für Özlem.«

»Nicht langweilig. Zu mühevoll, jeden Morgen aufzustehen, sich zur Arbeit zu schleppen. Ich habe das mein Leben lang so gemacht. Der Vater der Mädchen hat sich rechtzeitig absentiert, um den Stress nicht mitzukriegen!«

»Özlem hat also neue Schulden gemacht? Und ihr Freund hat sie nicht ermuntert, das sein zu lassen?«

»Er hat doch selber welche! Noch und nöcher!«

Sie kehrten ins Wohnzimmer zurück. Im Kamin brannte Feuer. Dante saß mit den beiden Frauen um einen schmalen Couchtisch voller Kekse und Teetassen. Die Stimmung schien zum Schneiden.

»Worauf sind Sie aus?«, fragte Özlem.

»Ich schlage Ihnen vor, kurzfristig von Ihrem hohen Ross runterzusteigen!«, sagte Katinka frostig. »Sie können dann gleich wieder aufsatteln. Aber jetzt geht es um Ihre Sicherheit und die Ihrer Familie.«

Özlems Gesicht färbte sich puterrot. Katinka stellte den Rucksack ab. Sie ließ den Blick durch den Raum gleiten. Die Vorhänge waren zurückgezogen. Sie saßen auf dem Präsentierteller.

»Wischnewski, bricht Ihnen ein Zacken aus der Krone, wenn Sie die Vorhänge zuziehen?«

Dante hopste vom Sofa. Der Mond kroch hinter den Wolken hervor und schickte eisiges Weiß ins Wohnzimmer. Katinka war froh, als der dunkle Stoff das Licht verschluckte.

»Özlem, Sie und Markus haben Schulden. Sie haben Angst, tranchiert auf dem Landesgartenschaugelände ausgelegt zu werden.«

Özlems Gesichtsfarbe änderte sich schlagartig.

»Sie haben keine Angst vor Ihren Brüdern, weil es die gar nicht gibt. Sie haben Schiss gekriegt, nachdem Walters zu Tode gefoltert im Fischpass aufgefunden wurde. Frage: Warum?«

Özlem knabberte an ihrer Unterlippe.

»Sie kennen Manfred Korin, nicht wahr?«, versuchte es Dante.

»Ich kenne ihn nicht. Ich habe den Namen nie gehört. Aber dann … dann bekam Markus einen Hinweis. Wo was zu holen wäre. Wir haben das ja noch nie gemacht.« Özlem würgte die Worte hervor, als bereiteten sie ihr körperliche Schmerzen.

»Ihr habt nie was gemacht?«, ging Dilek dazwischen.

»Einen Bruch gemacht«, kam es von Özlem. Sie kroch tief in die Sofapolster.

»Scheiße aber auch«, murmelte Dante.

»Markus hat einen todsicheren Tipp gekriegt. Von einer Putze. Die bei Korin in der Villa saubermacht. Die wusste die Codes für das Türschloss und alles. Markus hat ihr eine satte Beteiligung versprochen. Das war alles.«

Dilek und Hayat sahen Özlem so entgeistert an, dass Katinka sich das Lachen kaum verbeißen konnte. Ein bitteres Lachen. Aber jetzt fügten sich sämtliche Teile zu einem großen Ganzen. Sie dachte an Linda, die ihr von dem Einbruch erzählt hatte, an die resolute Emma Theiss und an die offene Frage, warum jemand bei Linda eingedrungen war.

»Die Putze ließ durchblicken, dass seit einiger Zeit eine Menge Bargeld in dem Safe wäre. Wir wollten damit unsere Probleme aus der Welt schaffen und neu anfangen.«

»Im Ausland«, fuhr Katinka schweigend dazwischen. »Aber das mussten Sie erst klarkriegen.«

»Markus ist nach Guernsey geflogen. Er … ach, egal.« Sie fasste ihr Haar im Nacken zusammen. »Wir haben Panik geschoben. Als wir das mit dem Ohr und der Hand mitkriegten. Wir glaubten, da säbelt einer die Mitwisser in Stücke. Es ist nur eine Frage der Zeit, wann dieser Korin die Putze in die Finger kriegt und kleinschneidet. Die hätte gesungen.«

Ihr Jargon ist schlicht lächerlich, dachte Katinka. Die ganze Özlem ist lächerlich.

»Woher kannten Sie Katharina Schmidtberger?«, erkundigte Dante sich sanft.

»Wen?«

»Die Putze.«

Özlem fuchtelte mit den Händen in der Luft herum. »Markus hat eine Zeitlang bei Borgermann gearbeitet.«

»Als nichts mehr ging, nehme ich an«, schnappte Hayat.

»Also«, fuhr Özlem fort. »Wir haben Walters angequatscht. Er sollte sich mit Korin treffen und ihm die Kohle zurückbringen. In dem Safe waren 500.000 Mäuse, als wir ihn ausräumten. Die Putze bekam 50.000. Der Kroate 5.000.«

»Welcher Kroate?«

»Der uns den Safe aufgeschweißt hat.«

»Den Safe aufgeschweißt?«

»Wir haben ihn aus der Wand gestemmt und auf einem Sackkarren zum Auto gezerrt. Den Safe, nicht den Kroaten. Er war nicht besonders groß.«

»Wie haben Sie denn die Bluthunde auf dem Grundstück unschädlich gemacht?«, wollte Katinka wissen.

»Mit einem Ultraschallgerät. Die Tiere mögen die Wellen nicht und ziehen sich zurück. Wir waren ratzfatz in dem Haus drin. Kein Problem.« Özlem zog die Beine an und presste die Stirn an die Knie. Undeutlich drang ihre Stimme zu den anderen durch. »Als wir das mitkriegten, mit dem Ohr, dem Finger und der Hand, wollten wir das Geld zurückgeben. Markus und Max Walters waren Schulkollegen. Sie trafen sich ab und zu auf ein Bier. Markus bat Max um Hilfe, weil wir sonst keinen Anwalt kennen, und der sagte zu, Korin in unserem Namen die Kohle zurückzugeben.«

»Als offizielle Mandanten seiner Kanzlei?«

»Inoffiziell.«

Hayat verzog das Gesicht, als wollte sie zu weinen beginnen. »Özlem«, fing sie an, aber Katinka machte nur: »Scht!«

»Max sollte sich mit Korin treffen, ihm das Geld zurückbringen und zusichern, dass wir die fehlenden 55.000 abstottern.« Auf ihrem Gesicht glänzten Schweiß und Tränen. Özlem wischte sich mit dem Ärmel über die Stirn.

»Wobei der Anwalt natürlich keine Namen nennen sollte«, grinste Dante.

»Wischnewski, das ist nicht lustig«, murmelte Katinka.

»Keine Namen, nein.« Özlem schüttelte entschieden den Kopf.

»Ich brauch einen Schnaps!« Dilek verschwand in der Küche und kam mit einer Flasche zurück. »Noch jemand?«

Katinka winkte ab.

»Max sollte sich am vergangenen Samstag mit Korin treffen«, machte Özlem weiter. »Er tauchte nicht mehr auf. Er verschwand einfach. Wir hatten ausgemacht, ihn nicht anzurufen. Schon gar nicht auf dem Handy. Max meinte, es wäre sicherer, wenn wir nicht mit ihm in Verbindung zu bringen sind. Aber in der Nacht hat Markus über Facebook zig Nachrichten an Max gepostet. Wir haben uns tierische Sorgen gemacht.« Özlem fing hemmungslos zu weinen an.

Dilek trank ein Glas Zwetschger auf Ex, setzte sich neben Özlem und nahm sie in die Arme.

»Korin hat die Gunst der Stunde genutzt. Er wollte wissen, wem er den Verlust zu verdanken hat«, nickte Katinka.

»Wir hätten alles zurückgezahlt!«, jammerte Özlem, während sie sich die Tränen abwischte.

»Das sagst du immer!«, kam es brutal von Hayat. »Aber du zahlst nie auch einen einzigen Cent zurück. Leere Versprechungen, mehr kommt nicht von dir. Ich habe längst aufgegeben nachzurechnen, wie viel du mir schuldest.«

»Um das Geld ging es Korin schätzungsweise gar nicht«, unterbrach Katinka den Entrüstungssturm. »500.000 konnte er verschmerzen. Aber den Verlust der Rosenpapiere und der Hagebutten nicht.«

»Hagebutten?« Özlem glotzte Katinka verdutzt an.

»Woher kommen denn Ihre und Markus' Schulden?«, fragte Dante leichthin, als interessiere ihn die Herkunft einer Antiquität.

»Markus spielt.« Hayat spuckte die Worte hasserfüllt in den Raum. »Und meine liebe Schwester vermutlich auch.«

»Hayat«, begann Özlem und schluchzte erneut los.

»Heulen, das kannst du! Aber dein Leben in die Hand nehmen, da fehlt's. Was denkst du, woher ich Geld habe? Weil ich arbeiten gehe, auch wenn ich gerade keine Lust dazu habe!«

»Moment!« Katinka stand auf. Sie trat ans Fenster, schob

den Vorhang ein paar Zentimeter zurück. Der Garten und der dahinterliegende Hang lagen völlig im Dunkeln. »Wer ist der Kroate?«

»Den nennen alle nur so«, schluchzte Özlem. »Ich kenne seinen Namen nicht mal. Aus Kroatien kommt er jedenfalls nicht. Markus hat ihn aufgetrieben. Ein Schrotthändler. Metalle, Altpapier, was weiß ich, womit der sein Geld verdient. Mit Müll.«

»Adresse?«

»Irgendwo bei Pommersfelden.«

»In einem Dorf? Oder wo? Nun sagen Sie schon, der Mann muss vielleicht um sein Ohr fürchten.« Oder um Wichtigeres, fügte Katinka in Gedanken hinzu.

»Nicht in einem Dorf. Außerhalb. Er lebt wie ein Einsiedler, hat den ganzen Hof voller Schrott.«

»Özlem, was haben Sie aus dem Safe rausgeholt?«

»Da war das Geld. Außerdem ein Stapel Zettel. Und eine Box mit Krümeln.«

»Könnten die Krümel Hagebutten gewesen sein?«

Özlem runzelte die Stirn, als fiele ihr die Konzentration schwer. »Eventuell. Ich habe nicht in die Schachtel reingeschaut.«

»Was haben Sie mit den Papieren und den Hagebutten gemacht?«

»Nichts. Ich glaube, Markus hat alles weggeschmissen. Beim Kroaten auf dem Hof in den Abfallcontainer.«

»Wo ist Markus jetzt, Özlem?«, fragte Katinka.

»Auf Guernsey.«

»Sicher?«

Özlem nickte stumm.

»Augenblick.« Katinka ging in die Diele. Der Holzboden unter ihren Füßen knarrte. Die Treppe in den ersten

Stock lag finster da. Das große Haus war ihr unheimlich. Sie wählte Hardos Nummer und schilderte, was sie von Özlem erfahren hatte. Sie hatte das beklemmende Gefühl, dass keine Zeit mehr blieb. Der Schweiß brach ihr aus.

»Teufel auch!«, brummte Hardo.

»Markus Tremel ist wahrscheinlich auf Guernsey. Die Kollegen dort werden ihn sicher in aller Hilfsbereitschaft festsetzen.«

»Darum kümmere ich mich mit Freuden.«

»Hardo, Feli hat angegeben, diese Rosenzuchtpapiere auf einer Müllhalde gefunden zu haben!« Aufgeregt spähte Katinka ins Wohnzimmer, aber da redete niemand ein Wort. Das Shirt klebte ihr nass am Körper. »Weißt du noch, von welcher Deponie sie sprach?«

»Hier sind wir einen Schritt weiter. Wir haben die Aussage von einem Peter Rolfs, der als Helfershelfer den Safe aufgeschweißt hat. Die Dose mit den Hagebutten und die Papiere hat er mitsamt dem ganzen anderen Abfall aus seinem Container auf der Deponie entsorgt. Wo Feli sie dann gefunden hat. Übrigens ist Yildirim vor ein paar Stunden gestorben.«

»Was?« Ein Frösteln kroch über Katinkas Rückgrat.

»Die Entzündung, die durch die unsachgemäße Amputation entstand, hat ihn dahingerafft. Sie haben den Arm knapp über dem Ellenbogen amputiert, um das befallene Gewebe loszuwerden, aber es war zu spät, die Sepsis hat den ganzen Körper lahmgelegt, die Antibiotika blieben wirkungslos. Nichts zu machen. Ich melde mich.«

»Warte, Hardo. Ich bin hier allein mit Dante und den drei Frauen. Ich habe kein gutes Gefühl.«

»Ich schicke jemanden vorbei.«

Keineswegs beruhigt legte Katinka auf und ging zurück ins Wohnzimmer.

»Sie haben nicht nur Walters auf dem Gewissen, Özlem«, sagte sie, »sondern auch Kriwanek, der sein Ohr verloren hat, Theo Bauer, der mit einem Finger weniger durch die Welt zieht, und schließlich Yildirim. Er ist vor wenigen Stunden gestorben. Sepsis.«

»Ich kenne keinen von denen!«, winselte Özlem.

»Interessieren Sie sich für Rosen?«

»Rosen?«

»Sinan's Sunshine?«

»Was?« Özlem tauschte Blicke mit Hayat und ihrer Mutter.

Dante winkte ab. »Das können wir später klären.«

»Max Walters bekam einen Blutgerinnungshemmer«, machte Katinka weiter.

»Ja.« Özlem wischte sich die Tränen vom Gesicht. »Kann ich einen Schnaps …?«

Dilek goss ihr ein Glas ein. Özlem schüttete es sich hinter die Binde. Katinka griff nach der Flasche und stellte sie direkt neben den Kamin. »No go, bevor ich nicht die ganze Story habe.«

»Max hat einen Herzinfarkt gehabt«, presste Özlem hervor. »Deswegen nahm er eine Menge Medikamente. Er hat mit Markus darüber gesprochen. Markus war ziemlich schockiert. Die beiden sind gleich alt! Markus hat sich gedacht, man muss doch leben, sich's gut gehen lassen, selbst wenn man dabei vielleicht mal Mist baut. Wer weiß, wann das Leben zu Ende geht. Es macht ›klatsch‹, und du landest mit gesprengtem Herzen in der Notaufnahme, hängst an Schläuchen. Davor hatte Markus Angst. Er wollte nicht enden wie Max, der immer nur gearbeitet hat.«

Hayat schlug sich mit der flachen Hand an die Stirn.

»Wer wusste von den Medikamenten?«, fragte Katinka. Sie lauschte nach draußen. Irgendein Geräusch irritierte sie. Hayats Blick hielt ihren fest.

»Ich glaube, dass davon viele wussten. Markus erzählte, Max wäre mit dem Herzinfarkt ganz offen umgegangen. Hätte darüber geredet. So wie über …«

»Leise!«, unterbrach Dilek flüsternd.

Alle hoben die Köpfe.

49

Katinka hörte ein Knacken. Ganz leise, direkt über ihrem Kopf. Sie sah Dante an. Der verzog die Lippen. Es war plötzlich so still, dass sie das Blut in ihren Ohren rauschen hörte.

»Jemand ist im ersten Stock«, hauchte sie.

Özlem verzog das Gesicht, als wollte sie anfangen zu schreien.

»Leise!« Katinka legte den Finger auf die Lippen. »Um Gottes willen, leise!«

»Wir sollten ganz normal weiterreden. Ihm suggerieren, wir hätten nichts von ihm mitbekommen«, raunte Dante.

»Wie ist er reingekommen?«, wisperte Dilek.

Hayat begann zu zittern. Katinka zog die Waffe.

»Ihr bleibt alle hier. Dante, rufen Sie Hardo an. Sabine, egal wen. Wir brauchen Unterstützung. Wenn ich draußen bin, schließt die Tür ab.«

Dante nickte. Während Katinka zur Tür ging, stand Dilek auf.

»Sie gehen da nicht allein raus!«, bestimmte sie.

»Ich habe meine Beretta.«

»Unsinn. Ich komme mit.«

Katinka zuckte die Achseln. Überwach, der Körper gespannt wie eine Bogensehne, öffnete sie die Tür einen Spalt. Sie glitt hinaus in die dunkle Diele. Dilek mit ihr.

Genauso war es bei Linda gelaufen. Jemand war im Haus. Katinka zerbrach sich den Kopf, warum sie bei ihrem Rundgang mit Dilek niemanden gesehen hatte. Nicht einmal die Anwesenheit eines Menschen hatte sie gespürt.

Die beiden Frauen standen nebeneinander, ihre Schultern berührten sich.

Er ist gewarnt, dachte Katinka. Egal, wer er ist. Die angeregten Gespräche haben schlagartig aufgehört. Ihm ist klar, dass wir ihn dort oben herumlaufen hörten.

Nur, wo steckte das Phantom? In einem Zimmer? Oder bloß ein paar Meter von ihnen entfernt, auf dem Treppenabsatz im ersten Stock?

Nichts tun, schoss es Katinka durch den Kopf. So sehr ihr übererregter Körper danach trachtete, anzugreifen, diese alte evolutionäre Kraft auszuspielen, so sehr zwang sie sich zur Ruhe. Dem anderen den ersten Schritt überlassen. Nicht lange, und die Polizei wäre hier. Bis dahin musste sie dafür sorgen, dass der Typ blieb, wo er war. Das war alles.

Ein Gegenstand schnitt durch die Luft. Sie spürte die Vibration direkt neben ihrem Gesicht, hörte im selben Augenblick, wie die Klinge eines Messers neben ihr in die holzverkleidete Wand eindrang. Dilek schnappte nach Luft.

»Runter!«, wisperte Katinka. Sie machte sich klein und kroch über den Boden, während ein zweites Messer durch die Dunkelheit raste. Der ist irre! Katinka keuchte. Total durch den Wind. Was hat der vor?

Sie griff nach Dileks Arm, zog sie mit sich. Sie krochen bis zur Haustür. Katinka öffnete die Tür zum Gäste-WC, schob Dilek hinein.

Abhauen, dachte sie, wäre jetzt das Ideale. Dilek stieß in der Toilette gegen irgendetwas. Das Rumpeln dröhnte durch das ganze Haus. Dann begann Dilek, in ihrem Versteck Selbstgespräche zu führen. Katinka durchzuckte der Schreck, aber dann wurde ihr klar, was Dilek beabsichtigte: Sie wollte dem Eindringling zu verstehen geben, sie hätten sich zu zweit im WC eingeschlossen.

Katinka kroch zurück zur Treppe. Der Schweiß rann ihr übers Gesicht. Unwillkürlich sträubten sich ihre Nackenhaare. Ein Schauder lief ihr über den Rücken. Nun spürte sie die Gegenwart eines Menschen. Sie ließ sich Zeit, glitt lautlos eine Stufe Richtung Keller hinunter. Dann noch eine.

Er muss uns beobachtet haben, dachte Katinka. Mich. Und Özlem. Aber wer ist ›er‹? Manfred Korin? Oder einer seiner Handlanger? Und warum war er bei Linda?

Die Anspannung ließ für Sekunden nach. Bis sie ausrutschte und ein paar Stufen hinunterfiel.

»Fuck!«, fluchte sie halblaut, richtete sich wieder auf. Dann waren auch schon Schritte über ihr. Sie hob die rechte Hand. In der Dunkelheit erahnte sie mehr eine Silhouette, als dass sie jemanden sah.

»Stehen bleiben!«, brüllte sie. Der erste Schuss schlug in einen Spiegel ein. Das Glas splitterte. Der Knall pflanzte sich in Wellen durch das Treppenhaus fort und zerriss Katinka fast das Trommelfell. Sie stolperte die letzten Stufen hinunter und tastete über die Wände. Öffnete die Kellertür. Glitt in den dahinterliegenden Korridor.

Die Finsternis war ihr Schutz. Aber jemand drückte auf

einen Lichtschalter. Licht flammte auf, blendend hell. Sie sah eine Hand und einen Arm. Wieder surrte ein Messer. Es raste auf Katinka zu. Sie warf sich auf den Boden, mehr aus Instinkt, ohne zu ahnen, dass die Schneide Millisekunden später die Stelle passierte, wo eben noch ihr Kopf gewesen war.

»Manfred Korin?«, schrie sie. Wie im Fieber drückte sie die nächstbeste Klinke. Abgeschlossen. Neuer Versuch an der nächsten Tür. Auch die gab nicht nach. Katinka schlug auf den nächstbesten Lichtschalter. Dunkelheit umhüllte sie. Sie presste sich an die Wand. »Ich bin bewaffnet«, schrie sie.

»Ach nee«, kam es höhnisch.

Der Mann fühlte sich verdammt sicher.

Katinkas Hoffnung richtete sich auf die letzte Tür. Eine Metalltür, die zum Heizungskeller führte. Hier steckte der Schlüssel. Sie musste ihn herumdrehen, mit der linken Hand, während die rechte die Waffe hielt. Der Schlüssel klemmte zunächst, ließ sich dann aber bewegen. Im Schloss knackte es.

Katinka riss die Tür auf, zerrte am Schlüssel, um ihn aus dem Schloss zu ziehen, aber irgendwas blockierte, sie orgelte, während sie spürte, wie der Angreifer durch den Keller auf sie zukam. Endlich! Sie hielt den Schlüsselbund in der Hand, schlüpfte durch die Tür in den Heizungskeller. Die Luft war trocken und heiß, ein leises Summen lag in dem Raum.

Katinka wollte die Tür mit dem Fuß zustoßen. Doch jemand trat dazwischen. Sie zielte. Da flammte Licht auf, eine Hand packte zu und verdrehte ihren Arm.

Vor Schmerz knickten ihr die Knie weg. Sie sank auf den Betonboden, ihr Kopf knallte gegen die Türkante. Sie schrie auf, die Pistole rutschte aus ihrer gefühllosen Hand. Sie sah das Blitzen der Klinge aus den Augenwinkeln. Das Messer in der Hand des Mannes sauste hernieder. In ihrer Verzweiflung trat Katinka gegen die Kniescheibe des Mannes. Er strauchelte und das Messer raste Zentimeter neben Katinkas Arm herab. Sie riss sich los. Ihre Schulter glühte vor Schmerz. Sie wirbelte um ihre eigene Achse und sprang auf. Das Licht ging aus.

Von oben aus der Diele hörte sie einen Schrei, dann vernahm sie Schritte, presste ihren Rücken gegen ein heißes Rohr, bereit, sich zu verteidigen. Es gab keine Fluchtmöglichkeit.

Ein Schuss löste sich, wahrscheinlich sogar aus ihrer Waffe, die Kugel schlug über ihr in die Wand, prallte ab, sie hörte den Querschläger gegen irgendetwas Metallisches rasen.

Im Keller flammte Licht auf und fiel durch die halboffene Tür. Sie sah den Umriss eines massigen Mannes, der ihre Beretta in der Hand hielt und für einen überraschten Moment ins Licht starrte. Katinka stieß sich von der Wand ab, zog ihr rechtes Bein an und rammte ihren Fuß dem Mann in den Bauch. Die Beretta fiel scheppernd auf den Boden. Katinka warf sich darauf, ihre linke Hand griff nach der Pistole und riss sie hoch. Stimmen überschlugen sich plötzlich. Sie richtete sich auf, der Schmerz in ihrer Schulter explodierte, und dann brüllte jemand:

»Waffe weg. Wir haben ihn.«

Katinka glitt zurück auf den Boden, ihr Kopf schlug hart auf dem Beton auf. Jemand beugte sich über sie, nahm ihr die Waffe ab und sicherte sie. Sie hörte das Klicken, bevor sie wegdämmerte.

»Katinka?«

»Hm?«

»Ich renke jetzt deine Schulter ein.«

Hardo!

Bevor sie antworten konnte, schnitt ihr der Schmerz erneut durch den ganzen Körper. Sie schrie wie nie in ihrem Leben. Ihre Stimme kam irgendwo tief aus ihrem Bauch, nicht aus ihrem Hals.

»Ist okay.« Sie spürte Hardos Hand auf ihrem Haar. »Ist okay.«

»Der Typ?«

»Unschädlich gemacht.«

»Die Canavars? Und Dante?«

»Die sitzen gemütlich am Kamin und trinken Tee.« Hardo half ihr auf die Beine. »Der Notarzt ist da. Du kriegst eine Schmerzspritze. Dann fahren wir dich ins Klinikum.«

»Na, super.«

»Nur zur Untersuchung. Nebenbei, falls es dich interessiert, vor ein paar Minuten hat der Botaniker angerufen: Hagebutten und Rosenkissen gehören zusammen. Aber die langstielige ist eine andere Sorte.«

25.4.2012 – MITTWOCH

50

»Freudeneck?«, fragte Katinka ungläubig. Der Arm in der Schlinge nervte, aber ansonsten kam sie mit dem Leben im Moment ziemlich gut klar. Unabhängig von sinnvollen Beschäftigungen, Jobs, Immobilienplänen und anderen Dingen bedeutete das Leben aus sich selbst heraus etwas. Nicht nur etwas. Alles, eigentlich, dachte Katinka. Allerdings kommt man erst drauf, wenn man beinahe drauf geht. Ist das jetzt ein Wortspiel? Sie würde Dante bei Gelegenheit fragen.

»Ein kleiner Ort an der Itz.« Er brauste über die B 4. »Kohlschwab lädt uns ein.«

Katinka sah in das dichte, frische Grün. Es nieselte leicht, die Sonne hatte sich den ganzen Tag nicht aus den Wolken gewagt. Graue Dunstfetzen krochen aus dem Fluss und glitten über die Straße. Seit dem Zweikampf in Hayats Keller waren die Schweißausbrüche vorbei. Alles nur psychisch. »Arbeitsgespräch?«

»Vermutlich will er uns am Nachspiel teilhaben lassen.« Hardo bog nach Rattelsdorf ab.

»Ich habe mit Linda Roose telefoniert und sie nach den Fotos auf ihrem alten Handy gefragt. Sie kann sich an nichts Kompromittierendes erinnern. Nur an ein Bild, das ihre Freundin Emma geschossen hat. Als die Doggen ausrückten und die beiden Damen sich bedroht fühlten.«

»Meinst du, Korin oder seine Leute vermuteten, dass sie noch andere Fotos auf der Speicherkarte hatte?«

»Kann doch sein. Ansonsten macht das alles keinen Sinn, Hardo. Warum haben die das Handy geklaut und sonst nichts? Ein normaler Einbrecher hätte die 500 Euro in ihrer Tasche nicht verschmäht.«

»Jollet ist ein Einbruchskünstler. Er kam unbemerkt bei Linda Roose rein und genauso bei Hayat.«

»Also, als Künstler würde ich ihn nicht bezeichnen.« Katinka stöhnte leise. »Kunst ist bei mir positiv besetzt.« Schulter und Arm schmerzten. Sie nahm seit Tagen Analgetika, konnte in der Nacht kaum eine bequeme Position im Bett finden und fühlte sich, als habe man sie stundenlang geprügelt.

»Wie konnte Jollet wissen, dass er uns bei Hayat finden würde?«

»Der Mann ist ein Profi und absolut kaltblütig. Wer weiß, was er alles aus Walters rausgepresst hat, während er ihn folterte.«

»War es Jollet?«

Hardo nickte. »Möglicherweise zusammen mit Böhnert oder einem anderen Spießgesellen. Vielleicht ist sogar Jakob Schreiber, Korins Hausgeist, verwickelt. Die Flusen auf Walters' Hemd stammen von Jollets Mikrofaserpulli. Die Wollpartikel konnten wir bisher nicht zuordnen. Jollet macht von seinem Aussageverweigerungsrecht Gebrauch, aber wir wollen mal sehen.«

»Wo haben sie Walters gefoltert?« Katinka öffnete ihr Fenster ein Stück. Sie brauchte frische Luft.

»Böhnert wohnt in Lisberg in einem abseits liegenden Haus mit einem geeigneten Keller. Die KT hat Spuren von Walters' Blut gefunden und außerdem das Tranchiermesser, mit dem die Fingerkuppen an den abgeschnittenen Gliedmaßen weggesäbelt wurden.«

»Dann ist Böhnert der Gliederschnippler?« Katinka fröstelte, obwohl sie einen warmen Pulli und drüber das Softshell trug.

»Von seiner Persönlichkeitsstruktur her eher der Helfershelfer. Einer, der sich breitschlagen lässt, beim größten Mist mitzumachen«, seufzte Hardo. »Wir haben einiges zu tun. Abgesehen von diesem Fall: Wer weiß, wie viele ungeklärte Einbrüche in Bamberg und Umgebung auf Jollets Konto gehen.«

Katinka verbannte den Gedanken an ihren Zweikampf mit Udo Jollet in den Keller ihres Gedächtnisses. Dorthin waren auch ihre Immobilienpläne gewandert. Fürs Erste. Sinnsuche oder nicht, das eigentliche Privileg bestand darin, dass man überhaupt leben durfte. »Habt ihr die Handyverbindungen ausführlich durchgesehen?«, fragte sie. »Am Sonntag hat mich jemand angerufen, seinen Namen nicht gesagt. Vielleicht Böhnert oder Jollet?«

»Das ist genau die passende Aufgabe für Lukas. Er findet das raus.«

Der Fluss schlängelte sich durch die Wiesen. Vögel hatten es eilig, ihren Geschäften nachzugehen. Tiere kümmerten sich um Essen und Fortpflanzung. Um mehr nicht. Sehr simpel. So gesehen war das menschliche Gehirn zu kompliziert. Menschen machten sich wegen allem Möglichen einen Kopf. Warum eigentlich …

Sie fuhren eine schmale Straße entlang, erreichten kurz darauf das Dorf. »Wenn du angeln gehen willst, hier wäre ein guter Platz«, bemerkte Hardo. Die Häuser standen eng an der Ortsdurchfahrt. »Und hier essen wir.«

Brauerei Fischer, las Katinka. Der Heilige Nepomuk wachte an der Hausmauer. Ein paar Meter weiter parkte Hardo. Direkt an der Itz.

»Tatsache! Da angeln welche!« Sie schüttelte sich fröstelnd.

»Lust auf Fisch?«

Sie zuckte die Schultern und sofort überfiel sie der Schmerz. »Eher auf ein Bier. Und eine fränkische Brotzeit mit massenhaft Bratkartoffeln. Fettig. Salzig. Zwiebelig.«

»Dann sind wir hier richtig.«

Sie suchten sich einen Platz in der Wirtstube. Kohlschwab tauchte fünf Minuten später auf. Und an seiner Seite schwebte – Cristina Sandros!

»Guten Abend. Wie schön, dass Sie kommen konnten!«, dröhnte der Staatsanwalt. »Wirklich, ich bin außerordentlich erleichtert. Alles ist ja noch einmal, wie soll man sagen, glimpflich ausgegangen.«

Er brauchte im Prinzip nichts mehr zu erläutern. Katinka gingen auch so die Zusammenhänge auf. Schlagartig.

»Korin ist gefasst. Er saß in Frankreich. In einem Hotel in Troyes, in der Champagne. Schöne Gegend.« Kohlschwab und seine Begleiterin setzten sich. »Wir können beweisen, dass die Zuchtpapiere aus dem Safe wirklich Korins Unterlagen waren. Das bis dato unbekannte Set Fingerabdrücke passt zu ihm. Ich erhebe Anklage gegen Manfred Korin wegen Anstiftung zum mehrfachen Mord. Und gegen Udo Jollet als seinen willfährigen Sekundanten.«

Katinka spürte, wie Hardos Bein gegen ihres drückte. Sie war ein bisschen dünnhäutig seit der Geschichte in Bug. Aber so dünnhäutig auch wieder nicht. Die Gefahr, in der sie und Dante geschwebt hatten, waren ihrem Verstand längst zugänglich, sie waren vorstellbar, begreifbar, nichts Dunkles oder Fremdes, sondern etwas, das sie analytisch zerlegen konnte. Nur nachts, im Traum, krochen die Monster heran.

Das Bier kam. Katinka nahm einen tiefen Schluck. »Dann wäre da noch der Einbruch!«

»Böhnert und Jollet kriegen wir dran. Ihre Akten sind fett genug.« Kohlschwab grinste. Er passte mit seinem enormen Bauch kaum hinter die Tischkante.

Katinka schluckte. »Ich frage mich, wieso Jollet überhaupt auf die Idee kam, bei dem Kroaten, der keiner ist, auf den Hof zu fahren und Terror zu machen.«

»Weil«, mischte Hardo sich ein, »Peter Rolfs, wie der Kroate eigentlich heißt, eine Aussage gemacht hat. Bei Allenstein. Am Donnerstag, und zwar genau zu der Zeit, als wir Böhnert aus seiner Haftzelle rausgelassen haben. Böhnert lief Rolfs direkt vor der Polizeidirektion über den Weg. Selbst ein intellektueller Schmalfuß konnte sich ausrechnen, dass Rolfs mehr wusste, als gut für Böhnert und seinen Boss war.«

»Böhnert verpetzte Rolfs bei Jollet, und dann fuhren sie zu ihm auf den Schrottplatz, um ihn unter Druck zu setzen?«, fragte Katinka.

»Um ihn zu töten«, präzisierte Hardo. »Wobei sie Feli Bohnstett auch noch ins Spiel brachten. Die Frau war den Ganoven zu nahe gekommen. Sie fand die Sachen auf der Deponie und trat im Fernsehen groß auf. Damit stellte sie für uns erst die Verbindung zu Korin her. Freilich ohne es zu wissen. Es sollte nach Jollets Plan so aussehen, als hätte Rolfs erst Bohnstett und dann sich selbst erschossen.«

»Allerdings hatte Feli Glück, vielleicht hat ihr auch die eigene Cleverness geholfen, zu überleben«, referierte Katinka, was sie von Sabine wusste. »Sie konnte sich auf dem dunklen Hof hinter einer Ladung Schrott verstecken. Jollet ging vor Wut auf Böhnert los und hieb ihm den Unterschenkel ab. Rolfs war schlau genug, sich im Haus zu verschanzen, bis Jollet die Fliege gemacht hatte.«

»Diesen Jollet hat anscheinend der Größenwahn gepackt«, sinnierte Kohlschwab. »Manche geraten in einen Strudel rein, wie Junkies, die dringend eine Dröhnung brauchen. Ohne Gewalt können sie nicht mehr. Und da Korin, der üblicherweise die Fäden in den Händen hielt, nicht greifbar war, hielt Jollet sich für Gott. Um alles stilecht zu machen, legte er eine langstielige Rose auf der Leiche ab. Irgendeine. Er traf Korins Ton eben nicht ganz, während die Rosen aus den Rosenkissen ja zu den Hagebutten gehören, die Feli Bohnstett gefunden hat.«

»Kriwanek ist unschuldig«, fuhr Hardo fort. »Es wird keine Ermittlungen gegen ihn geben. Er wäre nicht im Traum auf die Idee gekommen, seinen Chef zu hintergehen. Er hatte keinen Grund. Bei dem Gehalt …«

»Ich habe mir überlegt, ob Kriwanek diese Rosenkissen angefertigt hat, auf denen die Körperteile lagen!« Katinka versuchte, den Schmerz in der Schulter zu ignorieren und auf ihrem Stuhl eine einigermaßen bequeme Position zu finden.

»Bei der Durchsuchung von Korins Anwesen haben wir eine kleine Gärtnerwerkstatt gefunden. Theoretisch hätte Kriwanek sowohl die Mittel als auch die Fähigkeit gehabt, floristisch tätig zu sein. Eindeutige Spuren gab es aber nicht. Keine Weidenzweige, keine Schwämme. Ich nehme fast an, dass Korin selbst die Kissen gemacht hat. Kriwanek jedenfalls streitet ab, damit zu tun zu haben.«

Kohlschwab studierte interessiert die Speisekarte. »Wie wäre es mit einem Presssack, Schatz? Hausgemacht?«

»Aber wer hat Özlem und Markus den Tipp gegeben, wie sie das Türschloss umgehen?«, fragte Katinka. »Wirklich die Putzfrau?«

»Ich habe mit der Dame telefoniert.« Kohlschwab blickte

von der Speisekarte auf. »Sie brauchte Geld für ihre kranke Mutter. In der Ukraine ist das so eine Sache mit Krankenversicherungen. Dort herrschen nach wie vor post-sowjetische Zustände, gerade alte Leute sind nicht versichert und müssen die Kosten für sämtliche Behandlungen selbst tragen. Der Mutter stand eine Operation ins Haus, eine Frauengeschichte, ihre Tochter suchte eine Möglichkeit, sie zu bezahlen. Von ihrem Lohn bei Borgermann ließ sich nicht viel abzweigen.«

»Und dann türmte sie.«

»Sie verriet Markus Tremel die Funktionsweise der Sicherheitstechnik und die Zahlenkombination für das Schloss. Als IT-Spezialistin hatte sie sich für das Equipment bei Korin interessiert und sich in einem stillen Moment schlau gemacht. Im Gegenzug bekam sie 50.000 Euro.« Kohlschwab winkte dem Wirt.

»Und Theo Bauer?«, fragte Katinka. »Ich sehe immer noch nicht klar. Ich meine das Motiv. Welches Motiv könnte Korin gehabt haben, Bauer verstümmeln zu lassen?«

»Nun, vielleicht möchtest du berichten, Schatz?«, fragte Kohlschwab.

Hardo hustete. Katinka verkniff sich ein Grinsen. Glücklicherweise trat in diesem Moment der Wirt an ihren Tisch und notierte ihre Essenswünsche.

»Ich habe einen gewissen Einblick in Korins Geschäfte«, begann Cristina Sandros schließlich. In dem schicken Kostüm, auffällig geschminkt und frisch vom Friseur kommend wirkte sie in dem urigen Landgasthof wie eine exotische Pflanze. Eine fleischfressende.

»Frau Sandros lebt in Scheidung«, erläuterte Kohlschwab und leerte sein Bier. »Wir beide sind uns nähergekommen und möchten unser Leben gerne gemeinsam verbringen, sobald die Scheidung durch ist.« Er sprach emotionslos. Als erzählte er von einem neu einzurichtenden Wohnzimmer. Wenn Cristina Sandros diese intime Preisgabe peinlich war, zeigte sie es nicht.

»Ethelbert geht seit Jahren fremd«, sagte sie lässig. »Eine Frau muss sich nicht alles gefallen lassen.«

»Nun erzähl mal von Ethelbert und seinen Kumpanen«, brummte Kohlschwab gönnerhaft und zeigte dem Wirt am Zapfhahn an, dass er schnellstmöglich ein zweites Bier brauchte. Cristina Sandros trank Wasser.

»Wie gesagt, ich habe einen gewissen Einblick in die Geschäfte meines Mannes. Ich profitierte von seinen gewieften Taktiken, indem ich von ihm lernte, wie das Business funktioniert. Wie man den richtigen Riecher dafür entwickelt, wo es sich zu investieren lohnt. Für die Gewinne habe ich meine Pizzerien. Mit der Galerie«, sie sah Katinka aus unergründlichen Augen an, »habe ich mir einen Traum erfüllt.«

»Ihr Mann hat sicher etliche Geschäfte mit Manfred Korin gemacht«, warf Katinka ein.

»Die beiden haben ihre Firmen miteinander vernetzt, ohne dass davon je in der Öffentlichkeit die Rede gewesen ist. Sie haben an Preisen gedreht und sich gegenseitig zu Absatzmärkten verholfen. Wobei natürlich jeder der beiden auf den eigenen Vorteil achtete. Weder Korin noch mein Mann haben illegale Geschäfte gemacht. Alles blieb im Bereich des Gesetzlichen. Nun,«, fügte sie mit einem Seitenblick auf Kohlschwab hinzu, »ein Jurist findet sicher die prekären Kleinigkeiten. Aber weder mein Mann noch Korin haben jemals einen Menschen verprügelt, geschweige denn gefoltert oder ermordet!«

Foltern lassen aber schon, ging es Katinka durch den Kopf.

»Sie haben in Geschäfte investiert, die der Mehrheit der Bürger womöglich unmoralisch vorkommen. Zum Beispiel in ein Bordell. Doch ungesetzlich war das nicht.«

Legales Bordell mit Umsatzsteuervoranmeldung und Frischfleischbeschaffung via Menschenhandel lagen ziemlich nahe aneinander. Zu nahe. Sie überlappten sich meistens. Aber Katinka sagte nichts.

»Ethelbert und Manfred Korin haben ein natürliches Gefühl dafür, was geschäftlich geht und was nicht. Es gibt solche Leute.«

»Von daher ist es begreiflich, dass sie auf einem Gebiet aneinander gerieten, das mit ihren Unternehmen überhaupt nichts zu tun hatte«, schaltete der Staatsanwalt sich ein. Er trommelte mit seinen Wurstfingern auf die Tischplatte.

Entweder ist er hungrig oder ungeduldig, dachte Katinka. Oder beides.

Cristina Sandros nickte. »Sie ahnen sicher bereits, wo es zwischen den beiden zum Eklat kam.«

»Die Rosen!« Katinka trank von ihrem Bier. In der Wirtstube wurde es dämmrig.

»Exakt. Die Rosen.« Cristina Sandros ließ den Blick durch den Gastraum schweifen. Die meisten der blankgeputzten Tische waren besetzt. Es gab wenig Deko. Nur ein Blumensträußchen auf der Tischdecke. Der Geräuschpegel schwoll allmählich an, befeuert durch eine Sportübertragung auf irgendeinem Radiokanal. »Korin züchtet seit seinen frühen Erwachsenenjahren Rosen. Unter dem Pseudonym Heinz Kesten ist er in der Szene bekannt. Auf ihn geht die Princess of the Dark zurück. Ihm schwebte vor, eine weitere Rose zu züchten, eine, wie soll ich sagen, widerstandsfähigere, die jedoch die königliche Aura der Princess of the Dark beibehält.«

»Königliche Aura?«, meldete sich Hardo zu Wort.

»Herr Hauptkommissar, die Rose liebt man oder man versteht sie nie«, lächelte Cristina. »Zugegeben, ich habe kein Faible für Rosen. Aber mein Mann …«

»Ihr Mann züchtet Rosen?«

»Er und Manfred Korin standen in einer Art kameradschaftlichem Wettbewerb. Zu Anfang. Dann wurde der Umgangston schärfer, wenn es um Rosen ging, und Ethelbert scherte aus. Er überließ seine Züchtungen, seine Aufzeichnungen, all sein Wissen seinem Geschäftsfreund Korin.«

»Hatte er Angst, dass Korin ihn sonst nicht mehr protegieren würde?«, fragte Katinka.

»Nun ja, protegieren würde ich das nicht nennen«, ließ sich Kohlschwab vernehmen.

»Doch, so kann man es ausdrücken«, widersprach Cristina Sandros. »Die Rosen waren Ethelbert letzten Endes nicht so wichtig wie die Jahresbilanz. Bei Korin war es wohl anders herum.«

»Es klickt was«, sagte Katinka. »Korin hatte die Aufzeichnungen zu seiner neuen Rose im Safe. Zusammen mit den Hagebutten der Züchtung.«

»Sie waren eine Reserve, falls etwas mit den Sämlingen nicht wie vorgesehen klappen sollte. Rosen wachsen nicht einfach wie Pusteblumen!« Cristina Sandros kicherte affektiert.

»Den Rest der Geschichte kennen wir«, bestätigte Hardo. »Bei dem Einbruch ließen Canavar und Tremel nicht nur die 500.000 aus dem Safe mitgehen, sondern auch die Aufzeichnungen und die Hagebutten. Auf das Geld hätte Korin leicht verzichten können. Er brachte den Einbruch nicht zur Anzeige. Wahrscheinlich handelt es sich um Schwarzgeld. Wir haben Kollegen unter uns, die hier gerne nachforschen.« Er warf Kohlschwab einen Blick zu. Dieser verzog das Gesicht, als habe er Zahnweh.

»Aber der Verlust der Unterlagen und der Hagebutten ließ Korin zum Berserker werden«, führte Katinka den Gedankengang fort. »Er hatte zunächst seinen Gärtner im Verdacht, den Code weitergegeben zu haben. Ließ ihn verstümmeln, er sollte mit der Sprache heraus. Korins Handlanger haben Kriwanek bedroht: Wo sind die Unterlagen, wo die Hagebutten?«

»Bislang hat Kriwanek dazu nicht ausgesagt.« Kohlschwab rückte seinen schweren Körper auf der Sitzbank zurecht.

»Er behauptet, er könnte sich nicht erinnern, was in der Nacht vor der Verstümmelung passiert ist. Wer's glaubt, wird selig! Er hat eine Heidenangst, das ist alles!« Katinka schüttelte den Kopf. »Aus Kriwanek konnten Korins Brecher nichts rauspressen, weil er nichts wusste.«

»Aber das Ohr … auf einem Kissen aus Rosen auf der ERBA-Insel«, stöhnte Kohlschwab.

»Korin ist ein Exzentriker. Nicht wahr, Frau Sandros?« Katinka sah der Frau direkt in die Augen.

»Das kann man sagen.«

»Er hat die Verstümmelungen inszeniert, um Angst zu verbreiten. Ein abgeschnittenes Ohr auf dem Gelände der Landesgartenschau, hingebungsvoll drapiert, verspricht Schlagzeilen. Ganz anders, als wenn Ohr, Finger und Hand irgendwo in einem Pappkarton herumliegen.«

»Nun. Wir können alle erleichtert sein, dass nicht die Gartenschau selbst gemeint war«, sagte Kohlschwab.

Hardo verdrehte die Augen.

»Wer konnte noch an Rosendokumenten interessiert

sein?«, nahm Katinka ihren ersten Gedankengang auf. »Es blieb Theo Bauer. Oder? Frau Sandros?«

Sie verzog die Lippen zu einem verächtlichen Lächeln.

»Die Liste, die Herr Kohlschwab an die Mordkommission weitergab, kam von Ihnen, Frau Sandros«, stellte Katinka zuckersüß fest. Sie nahm ein leises Rauschen in ihren Ohren wahr.

Hardo fummelte umständlich ein Taschentuch aus seinen Jeans und schnäuzte sich ausführlich. Kohlschwab griff nach der Speisekarte und ging mit dem Zeigefinger die Gerichte durch. Der Galeristin schien die Lust, zu kokettieren, vergangen.

»Ich nehme an, dass Bauer und Korin sich gut kennen. Eventuell ist dem Rentner aus Windischletten eher der Name Heinz Kesten ein Begriff.« Katinka nippte an ihrem Bier. Das Rauschen schwoll an. »Bauer ist ein ausgewiesener Rosenfachmann. Das muss Korin doch bekannt gewesen sein. Ihnen ja auch. Sie schrieben ihn auf die Liste.«

»Nun, ich …«

»Aber der Grund, warum Sie das taten, Frau Sandros, war nicht, dass es der Wahrheitsfindung diente. Sie verfolgten eine ganz andere Absicht. Sie wollten Ihren Mann mit Manfred Korin in Verbindung bringen, von dem sie ahnten, dass er nun endlich genug Dreck am Stecken hatte, nachdem die schrecklichen Funde auf dem Landesgartenschaugelände gemacht wurden. Sie dachten gleich an Korin. Brutal genug, vernarrt genug in Rosen, um auf diese Weise zuzuschlagen. Natürlich nicht selbst. Für grobe Gemeinheiten hat er Leute.«

Kohlschwab schien etwas sagen zu wollen, überlegte es sich dann aber anders.

»Im Übrigen ist auch Yildirim ein Rosennarr. Sinan's

Sunshine sollte ihn unsterblich machen. Er landete aber nicht auf Ihrer Liste. Inzwischen ist er tot.« Obwohl es in der Wirtsstube unnatürlich warm war, lief Katinka mit einem Mal Gänsehaut über die Arme. »Yildirim war ein weiterer Konkurrent Korins auf dem Rosenmarkt, der hinter dem Einbruch und dem Diebstahl der Hagebutten hätte stehen können. Korin rechnete nicht damit, dass zwei junge Leute mit zu vielen Schulden lediglich an sein Geld wollten. Er ging von vornherein davon aus, dass es der Einbrecher auf die Zuchtpapiere und die Hagebutten abgesehen hatte!«

Hardo nickte. »Tatsächlich hätte Yildirim bei seinem Lebenswandel ausreichend Leute zur Verfügung, die zu einem Bruch imstande gewesen wären und einen Safe in seinem Auftrag aus der Wand hätten stemmen können.«

»Ich kenne diesen Yildirim überhaupt nicht.« Cristina Sandros blickte gelangweilt in der Gaststube umher.

»Das glaube ich Ihnen sogar«, hielt Katinka dagegen. »Aber Sie kennen Bauer. Über Ihren Mann. Zu Zeiten, als dieser noch mit Rosen was am Hut hatte, müssen die beiden miteinander in Kontakt gestanden haben. Stimmt's?«

»Also …«

»Sie wollten Ihrem Noch-Ehemann eins auswischen, ihn bei den Ermittlungsbehörden in Verbindung mit einem Verbrecher wie Korin bringen, der mit Sicherheit die Gesetze fantasievoll gehandhabt hat, wenngleich Sie hier andere Thesen aufstellen. Aber die Welt ist nicht schwarz-weiß, sondern ziemlich bunt. Sie sind stinkwütend auf Ihren Mann, weil er Sie etliche Male betrogen hat und weil Sie keine Zuversicht haben, dass sich das in absehbarer Zeit ändert. Also tut ein bisschen Rache gut. Sie setzen seinen Namen mit auf die Liste. Korin, Schneider. Und als Dritten einen ganz anderen, damit Ihre Absicht nicht gleich ins Auge fällt. Ist es nicht so, Frau Sandros?«

Cristina Sandros' Hände zitterten. Sie verbarg es schlecht. Kohlschwab warf Hardo einen Blick zu, aber der hielt die Augen direkt auf Cristina Sandros gerichtet.

»Mit dem abgeschnittenen Finger habe ich nichts zu tun«, schnappte sie.

»Nein. Aber dass der gute Mann auch noch mit der Polizei Stress kriegt, das haben Sie nicht mitbedacht. Oder doch?« Katinka reckte ihr Kinn vor und zurück. Der Lärm in ihren Ohren erstarb.

Die Galeristin zuckte die Achseln.

»Schade um das Essen«, sagte Katinka. Sie stand auf und ging hinaus. Ihr war schlecht. Richtig schlecht. Das Bier hatte ihr nicht gut getan. Alkohol und Schmerzmittel vertrugen sich eben nicht. Und dann diese Geschichte. Kohlschwab mit geifernden Lefzen, die Sandros, die die Kaltschnäuzigkeit ihres Mannes vordergründig verurteilte, aber selbst keinen Deut besser war.

Es nieselte immer noch. Katinka sah hoch in den grauen Himmel. Die feinen Tröpfchen benetzten ihr heißes Gesicht. Die Empörung verflog.

Sie hatten immerhin etwas erreicht. Morgen eröffnete die Landesgartenschau. Es würde kein Blutbad geben, keine Katastrophen, alle würden eine tolle Zeit haben. Selbst diejenigen unter der Bevölkerung, die üblicherweise ein wenig länger auf der Leitung standen als andere, hatten inzwischen gemerkt, dass es nie um die Gartenausstellung gegangen war. Katinka fiel ein, dass sie verpasst hatte, sich eine Dauerkarte zum Vorzugspreis zu sichern. Egal.

Langsam ging sie zur Itz. Auf der kleinen Brücke am Parkplatz blieb sie stehen und sah in das grüne Dickicht.

»Katinka?«

Sie wandte sich um. Hardo kam in ihre Richtung. Die Schultern im Regen hochgezogen, rannte er fast. »Scheißwetter«, rief er grinsend.

Katinka ging auf ihn zu. Seine Arme waren warm, sein Geruch rief wie immer das Geschrei von Möwen und das Platschen von Wellen an einem langen Strand in ihrer Fantasie hervor.

»Hör mal«, brummte Hardo. »Solltest du mit dem Haus in der Concordiastraße noch nicht klar sehen – schauen wir es uns gemeinsam an?«

»Ach! Möchtest du mit mir einziehen?«

»Warum nicht? Sofern mir nicht die Asseln nachts über die Bettdecke spazieren …«

Katinka ließ ihre Gedanken schweifen. Vielleicht war die Idee mit dem Haus doch keine schlechte Sache. Sie hatte ihre Pläne zwar so gut wie begraben, aber zwei Wohnungen nebeneinander, für sie und Hardo … einen besseren Traum zu produzieren war ihre Vorstellungskraft gerade nicht in der Lage.

»Wir könnten uns bei Gelegenheit umsehen. Vielleicht gibt es irgendwo ein stabileres Objekt«, sagte sie schließlich in das vertraute weiche Leder von Hardos Jacke.

»Kohlschwab hat keine ganz schlechten Kontakte. Ich werde ihn bei Gelegenheit wegen eines Zweitgutachters fragen.«

Katinka schnaubte.

»Ich schätze«, murmelte sie, während Hardo ihr durchs Haar fuhr, »dass Kohlschwab sich ab morgen um Frühpensionierung bemühen wird.«

»Bis das durch ist, frisst er mir aus der Hand«, antwortete Hardo.

ENDE

NACHWORT

Für April 2012 habe ich mir mein eigenes Wetter gemacht. Ich habe eine Menge Leute durch die Weltgeschichte gehetzt, die alle erfunden sind, reine Fiktion, das Ganze nennt sich Roman. Außerdem habe ich an einigen Stellen Häuser gebaut, wo keine sind, wissenschaftliche Institute aus dem Boden gestampft, ebenso Reinigungsdienste, Imbissbuden, Cateringfirmen, Bordelle und so weiter. Ich habe zum ersten Mal in meinem Leben Rosen gezüchtet, und auch diese Sorten sind ausgedacht, obwohl ich ehrlich gesagt inzwischen Lust hätte, es in der Wirklichkeit zu versuchen. Und nein, Dante Wischnewski ist eine Buchfigur, wobei mir zu Ohren gekommen ist, er sei in Bamberg gesehen worden. Es muss sich dabei allerdings um eine Verwechslung handeln.

Weitere Krimis finden Sie auf den folgenden Seiten und im Internet: www.gmeiner-verlag.de

FRIEDERIKE SCHMÖE

Spinnefeind

374 Seiten, Paperback.
ISBN 978-3-89977-782-6.

STRENG GEHEIM Jens Falk, Mathematiklehrer und Hobby-Kryptoanalytiker, steckt in der Klemme: Im letzten Halbjahr sind nicht nur wichtige Klausuren und Schülerakten verschwunden, sondern auch sein Schüler Hannes Niedorf – während einer Exkursion mit Falk.

Aus Angst um seinen Job sucht er Hilfe bei Privatdetektivin Katinka Palfy. Sie soll die wahren Hintergründe aufdecken. Da wird Doris Wanjeck, Falks Ex-Verlobte, ermordet, und der Lehrer ist dringend tatverdächtig. Gemeinsam mit seiner Anwältin macht sich Katinka an die Aufklärung des Falls, fühlt sich aber bald von der Juristin hintergangen.

Es scheint, als würde jemand gezielt versuchen, die einzige Person aus dem Rennen zu werfen, die an Falks Unschuld glaubt …

FRIEDERIKE SCHMÖE

Pfeilgift

278 Seiten, Paperback.
ISBN 978-3-89977-756-7.

KEINE AUSZEIT FÜR KATINKA PALFY Privatdetektivin Katinka Palfy braucht eine Auszeit. Sie nimmt deshalb in den Haßbergen bei Bamberg an einem Kurs in Bogenschießen teil. Mit Paula Stephanus, einer anderen Teilnehmerin, freundet sie sich an. Nach einer durchzechten Nacht liegt Paulas Mann Hagen tot im Wald: Sein Brustkorb wurde von einem Pfeil durchbohrt. Laut Obduktion starb er einen langsamen, qualvollen Tod, verursacht durch das Pfeilgift Curare.

Während die Polizei den Mörder jagt, bittet die verängstigte Paula Katinka um Schutz. Doch auch Paula ist verdächtig, immerhin wollte sie sich von Hagen trennen. Und von seinen Geschäften mit verbotenen Substanzen weiß sie auch mehr, als gesund für sie ist …

GMEINER

Wir machen's spannend

FRIEDERIKE SCHMÖE
Januskopf

271 Seiten, Paperback.
ISBN 978-3-89977-737-6.

AUF DEN SPUREN E.T.A. HOFFMANNS Im unterfränkischen Königsberg stürzt eine Frau in den Tod. War es ein Unfall, Selbstmord oder gar Mord? Dem neuen Klienten der Bamberger Privatdetektivin Katinka Palfy wird der mysteriöse Todesfall per anonymen Brief in die Schuhe geschoben. Noch rätselhafter ist allerdings der Mann selbst: Ewald Isenstein leidet seit einem Unfall an einer Persönlichkeitsspaltung, sein Innenleben ist unberechenbar. Katinka hält ihn für unschuldig, doch dann geschehen zwei Morde, und Isenstein hat wieder kein Alibi. Als auch ein Anschlag auf Katinka verübt wird, macht Kommissar Harduin Uttenreuther eine erstaunliche Entdeckung: Der Mörder scheint E.T.A. Hoffmanns »Die Elixiere des Teufels« »nachzuspielen«. Doch wenn das stimmt, wird es einen dritten Mord geben …

FRIEDERIKE SCHMÖE
Schockstarre

324 Seiten, Paperback.
ISBN 978-3-89977-710-9.

NEUES VOM TATORT BAYERN Jahresbeginn 2005: Privatdetektivin Katinka Palfy ist vom Pech verfolgt. Erst wird sie Opfer eines Anschlags, dann verschwindet ihre Beretta, um kurz darauf wieder aufzutauchen: als Mordwaffe in einem Fall ohne Beweise, dafür mit umso mehr Motiven. Katinka folgt der Spur in das mittelalterliche Städtchen Coburg, wo sie sich sehr zum Missfallen der dortigen Polizei in die Ermittlungen einklinkt. Diese führen sie zur Arbeitsstelle des Toten, einer Werbeagentur. Als die Detektivin erkennt, dass seelische Abgründe hinter scheinbarem Glück und beruflichem Erfolg klaffen, wird der Burghof der trutzigen Veste Coburg zur tödlichen Falle.

GMEINER

Wir machen's spannend

FRIEDERIKE SCHMÖE

Käfersterben

322 Seiten, Paperback.
ISBN 978-3-89977-681-2.

MYSTERIÖSES KÄFERSTERBEN IM SÜDEN Eine spektakuläre Verbrechensserie im kalten Bamberger Frühsommer: VW-Käfer werden rituell ›erdolcht‹ und in der Stadt ›ausgestellt‹.

Die Polizei glaubt an einen Spinner, doch Privatdetektivin Katinka Palfy hat schlimmere Sorgen: Warum verschwindet ihre Freundin, die Wiener Bildhauerin Dani Zanini, kurz vor einer wichtigen Ausstellung? Und wer stellte den ›erdolchten‹ Spielzeug-Käfer vor Danis Haustür ab? Als Katinka einen Hilferuf von Dani erhält, sucht sie Rat bei ihrem kunstverständigen Vater. Doch Ignaz Palfy verheimlicht seiner Tochter etwas und bringt sie damit in größte Gefahr …

FRIEDERIKE SCHMÖE

Fratzenmond

277 Seiten, Paperback.
ISBN 978-3-89977-675-1.

JAGD AUF DEN BAMBERGER REITER Privatdetektivin Katinka Palfy wird von der 76-jährigen Ida Schenck um Hilfe gebeten. Angeblich schleicht allabendlich ein als der berühmte »Bamberger Reiter« verkleideter Mann um ihr Haus und jagt ihr Angst und Schrecken ein. Katinka glaubt zunächst an eine etwas zu üppige Fantasie der alten Dame, doch als sie sich im Garten auf die Lauer legt, bemerkt sie, dass kein Spuk umgeht, sondern ein Mörder …

GMEINER

Wir machen's spannend

FRIEDERIKE SCHMÖE
Kirchweihmord

277 Seiten, Paperback.
ISBN 978-3-89977-643-0.

MORDSSTIMMUNG IN BAMBERG Kurz vor der Sandkirchweih, dem berühmten Volksfest der Stadt, treibt eine Tote im Fluss. Beunruhigend ist, dass die junge Frau an einer Ricinvergiftung gestorben ist.

Privatdetektivin Katinka Palfy, gerade mit der Suche nach einer verschwundenen Ehefrau beauftragt, vermutet einen Zusammenhang zwischen den beiden Fällen und ermittelt fieberhaft in alle Richtungen. Da ereignet sich ein weiterer Todesfall. Am Kirchweihfreitag stirbt ein Mann im Gedränge der Altstadt. Wieder war Ricin im Spiel. Und an der Tür ihrer Detektei klebt ein Erpresserbrief: Wenn sie ihre Ermittlungen nicht einstellt, wird Bambergs größte Sause ein giftiges Desaster erleben. Katinka steht unter Druck: Vor dem beliebten Fischerstechen am Kirchweihsonntag muss sie die Karten der Verdächtigen neu gemischt haben …

FRIEDERIKE SCHMÖE
Maskenspiel

277 Seiten, Paperback.
ISBN 978-3-89977-636-2.

KRIEG IM ELFENBEINTURM Privatdetektivin Katinka Palfy hat endlich ihren ersehnten ersten Fall an der Hand: In der Universität Bamberg, am Lehrstuhl des renommierten Romanisten Prof. Laubach, verschwinden CD-ROMs, Festplatten werden gelöscht und neue Dateien durch alte Versionen überspielt. Doktorand Carsten Stielke hat es am schlimmsten getroffen: Ihm wurde eine Diskette mit all seinen Doktorarbeitsdateien gestohlen.

Eine harmlose Sache, denkt Katinka, und macht sich frisch ans Werk. Bald steckt sie jedoch zwischen den Fronten schräger und absonderlicher Lehrstuhlmitarbeiter fest, von deren Launen die Detektivin den Eindruck pathologischer Persönlichkeitsdefekte gewinnt. Anscheinend hat jeder ein dringendes Motiv, einen anderen um die Ergebnisse seiner Arbeit zu bringen. Eine Art akademischer Karneval mit ganz eigenen Spielregeln …

GMEINER

Wir machen's spannend

Alle Gmeiner-Autoren und ihre Romane auf einen Blick

Alle Gmeiner-Autoren und ihre Romane auf einen Blick

GARDENER, EVA B.: Lebenshunger **GEISLER, KURT**: Friesenschnee • Bädersterben **GERWIEN, MICHAEL**: Isarbrodeln • Alpengrollen **GIBERT, MATTHIAS P.**: Menschenopfer • Zeitbombe • Rechtsdruck • Schmuddelkinder • Bullenhitze • Eiszeit • Zirkusluft • Kammerflimmern • Nervenflattern **GOLDAMMER, FRANK**: Abstauber **GÖRLICH,HARALD**: Kellerkind und Kaiserkrone **GORA, AXEL**: Die Versuchung des Elias • Das Duell der Astronomen **GRAF, EDI**: Bombenspiel • Leopardenjagd • Elefantengold • Löwenriss • Nashornfieber **GUDE, CHRISTIAN**: Kontrollverlust • Homunculus • Binärcode • Mosquito **HÄHNER, MARGIT**: Spielball der Götter **HAENNI, STEFAN**: Scherbenhaufen • Brahmsrösi • Narrentod **HAUG, GUNTER**: Gössenjagd • Hüttenzauber • Tauberschwarz • Höllenfahrt • Sturmwarnung • Riffhaie • Tiefenrausch **HEIM, UTA-MARIA**: Feierabend • Totenkuss • Wespennest • Das Rattenprinzip • Totschweigen • Dreckskind **HENSCHEL, REGINE C.**: Fünf sind keiner zu viel **HERELD, PETER**: Die Braut des Silberfinders • Das Geheimnis des Goldmachers **HOHLFELD, KERSTIN**: Glückskekssommer **HUNOLD-REIME, SIGRID**: Die Pension am Deich • Janssenhaus • Schattenmorellen • Frühstückspension **IMBSWEILER, MARCUS**: Schlossblick • Die Erstürmung des Himmels • Butenschön • Altstadtfest • Schlussakt • Bergfriedhof **JOSWIG, VOLKMAR / MELLE, HENNING VON**: Stahlhart **KARNANI, FRITJOF**: Notlandung • Turnaround • Takeover **KAST-RIEDLINGER, ANNETTE**: Liebling, ich kann auch anders **KEISER, GABRIELE**: Engelskraut • Gartenschläfer • Apollofalter **KEISER, GABRIELE / POLIFKA, WOLFGANG**: Puppenjäger **KELLER, STEFAN**: Totenkarneval • Kölner Kreuzigung **KINSKOFER, LOTTE / BAHR, ANKE**: Hermann für Frau Mann **KLAUSNER, UWE**: Engel der Rache •Kennedy-Syndrom • Bernstein-Connection • Die Bräute des Satans • Odessa-Komplott • Pilger des Zorns • Walhalla-Code • Die Kiliansverschwörung • Die Pforten der Hölle **KLEWE, SABINE**: Die schwarzseidene Dame • Blutsonne • Wintermärchen • Kinderspiel • Schattenriss **KLIKOVITS, PETRA M.**: Vollmondstrand **KLUGMANN, NORBERT**: Die Adler von Lübeck • Die Tochter des Salzhändlers • Schlüsselgewalt • Rebenblut **KOBJOLKE, JULIANE**: Tausche Brautschuh gegen Flossen **KÖSTERING, BERND**: Goetheglut • Goetheruh **KOHL, ERWIN**: Flatline • Grabtanz • Zugzwang **KOPPITZ, RAINER C.**: Machtrausch **KRAMER, VERONIKA**: Todesgeheimnis • Rachesommer **KREUZER, FRANZ**: Waldsterben **KRONECK, ULRIKE**: Das Frauenkomplott **KRONENBERG, SUSANNE**: Kunstgriff • Rheingrund • Weinrache • Kultopfer • Flammenpferd **KRUG, MICHAEL**: Bahnhofsmission **KRUSE, MARGIT**: Eisaugen **KURELLA, FRANK**: Der Kodex des Bösen • Das Pergament des Todes **LADNAR, ULRIKE**: Wiener Herzblut **LASCAUX, PAUL**: Mordswein • Gnadenbrot • Feuerwasser • Wursthimmel • Salztränen **LEBEK, HANS**: Todesschläger **LEHMKUHL, KURT**: Kardinalspoker • Dreiländermord • Nürburghölle • Raffgier **LEIMBACH, ALIDA**: Wintergruft **LEIX, BERND**: Fächergrün • Fächertraum • Waldstadt • Hackschnitzel • Zuckerblut • Bucheckern **LETSCHE, JULIAN**: Auf der Walz **LICHT, EMILIA**: Hotel Blaues Wunder **LIEBSCH, SONJA/MESTROVIC, NIVES**: Muttertier @n Rabenmutter **LIFKA, RICHARD**: Sonnenkönig **LOIBELSBERGER, GERHARD**: Mord und Brand • Reigen des Todes • Die

Alle Gmeiner-Autoren und ihre Romane auf einen Blick

Naschmarkt-Morde **MADER, RAIMUND A.**: Schindlerjüdin • Glasberg **MARION WEISS, ELKE**: Triangel **MAXIAN, JEFF / WEIDINGER, ERICH**: Mords-Zillertal **MISKO, MONA**: Winzertochter • Kindsblut **MORF, ISABEL**: Satzfetzen • Schrottreif **MOTHWURF, ONO**: Werbevoodoo • Taubendreck **MUCHA, MARTIN**: Seelenschacher • Papierkrieg **NAUMANN, STEPHAN**: Das Werk der Bücher **NEEB, URSULA**: Madame empfängt **NEUREITER, SIGRID**: Burgfrieden **ÖHRI, ARMIN / TSCHIRKY, VANESSA**: Sinfonie des Todes **OSWALD, SUSANNE**: Liebe wie gemalt **OTT, PAUL**: Bodensee-Blues **PARADEISER, PETER**: Himmelreich und Höllental **PARK, KAROLIN**: Stilettoholic **PELTE, REINHARD**: Abgestürzt • Inselbeichte • Kielwasser • Inselkoller **PFLUG, HARALD**: Tschoklet **PITTLER, ANDREAS**: Mischpoche **PORATH, SILKE / BRAUN, ANDREAS**: Klostergeist **PORATH, SILKE**: Nicht ohne meinen Mops **PUHLFÜRST, CLAUDIA**: Dunkelhaft • Eiseskälte • Leichenstarre **PUNDT, HARDY**: Bugschuss • Friesenwut • Deichbruch **PUSCHMANN, DOROTHEA**: Zwickmühle **RATH, CHRISTINE**: Butterblumenträume **ROSSBACHER, CLAUDIA**: Steirerherz • Steirerblut **RUSCH, HANS-JÜRGEN**: Neptunopfer • Gegenwende **SCHAEWEN, OLIVER VON**: Räuberblut • Schillerhöhe **SCHMID, CLAUDIA**: Die brennenden Lettern **SCHMÖE, FRIEDERIKE**: Rosenfolter • Lasst uns froh und grausig sein • Wasdunkelbleibt • Wernievergibt • Wieweitdugehst • Bisduvergisst • Fliehganzleis • Schweigfeinstill • Spinnefeind • Pfeilgift • Januskopf • Schockstarre • Käfersterben • Fratzenmond • Kirchweihmord • Maskenspiel **SCHNEIDER, BERNWARD**: Todeseis • Flammenteufel • Spittelmarkt **SCHNEIDER, HARALD**: Blutbahn • Räuberbier • Wassergeld • Erfindergeist • Schwarzkittel • Ernteopfer **SCHNYDER, MARIJKE**: Stollengeflüster • Matrjoschka-Jagd **SCHÖTTLE, RUPERT**: Damenschneider **SCHRÖDER, ANGELIKA**: Mordsgier • Mordswut • Mordsliebe **SCHÜTZ, ERICH**: Doktormacher-Mafia • Bombenbrut • Judengold **SCHUKER, KLAUS**: Brudernacht **SCHWAB, ELKE**: Angstfalle • Großeinsatz **SCHWARZ, MAREN**: Treibgut • Zwiespalt • Maienfrost • Dämonenspiel • Grabeskälte **SENF, JOCHEN**: Kindswut • Knochenspiel • Nichtwisser **SKALECKI, LILIANE / RIST, BIGGI**: Schwanensterben **SPATZ, WILLIBALD**: Alpenkasper • Alpenlust • Alpendöner **STAMMKÖTTER, ANDREAS**: Messewalzer **STEINHAUER, FRANZISKA**: Sturm über Branitz • Spielwiese • Gurkensaat • Wortlos • Menschenfänger • Narrenspiel • Seelenqual • Racheakt **STRENG, WILDIS**: Ohrenzeugen **SYLVESTER, CHRISTINE**: Sachsen-Sushi **SZRAMA, BETTINA**: Die Hure und der Meisterdieb • Die Konkubine des Mörders • Die Giftmischerin **THIEL, SEBASTIAN**: Wunderwaffe • Die Hexe vom Niederrhein **THADEWALDT, ASTRID / BAUER, CARSTEN**: Blutblume • Kreuzkönig **THÖMMES, GÜNTHER**: Malz und Totschlag • Der Fluch des Bierzauberers • Das Erbe des Bierzauberers • Der Bierzauberer **TRAMITZ, CHRISTIANE**: Himmelsspitz **TRINKAUS, SABINE**: Schnapsleiche **ULLRICH, SONJA**: Fummelbunker • Teppichporsche **WARK, PETER**: Epizentrum • Ballonglühen **WERNLI, TAMARA**: Blind Date mit Folgen **WICKENHÄUSER, RUBEN PHILLIP**: Die Magie des Falken • Die Seele des Wolfes **WILKENLOH, WIMMER**: Eidernebel • Poppenspäl • Feuermal • Hätschelkind **WÖLM, DIETER**: Mainfall **WOLF, OLIVER**: Netzkiller **WUCHERER, BERNHARD**: Die Pestspur **WYSS, VERENA**: Blutrunen • Todesformel